U0467027

路漫漫

LU MANMAN

余 韵 /著

时代出版传媒股份有限公司
安徽文艺出版社

图书在版编目（ＣＩＰ）数据

路漫漫/余韵著.—合肥：安徽文艺出版社，2020.12
ISBN 978-7-5396-7066-9

Ⅰ.①路… Ⅱ.①余… Ⅲ.①长篇小说－中国－当代
Ⅳ.①I247.5

中国版本图书馆 CIP 数据核字(2020)第 206851 号

出 版 人：段晓静
责任编辑：汪爱武　　　　　　装帧设计：徐　睿

出版发行：时代出版传媒股份有限公司　　www.press-mart.com
　　　　　安徽文艺出版社　　www.awpub.com
地　　址：合肥市翡翠路 1118 号　　邮政编码：230071
营 销 部：(0551)63533889
印　　制：合肥创新印务有限公司　　(0551)64456946

开本：880×1230　1/32　印张：8.5　字数：200 千字
版次：2020 年 12 月第 1 版
印次：2020 年 12 月第 1 次印刷
定价：29.80 元

（如发现印装质量问题，影响阅读，请与出版社联系调换）
版权所有，侵权必究

一

很多年以后,一个漫天飘雪的冬日,叶慧坐在徽城火车站候车室里,那一刻,她才终于明白,她这一辈子的放不下和困扰,都源于那个飘雪的下午。那个飘雪的下午和无数个下午一样,痛苦忧伤,纷乱迷茫。叶慧一直都端坐在她房间窗前静静地看着窗外,窗外的雪花硕大无朋,像铺天盖地洁白的蝴蝶,一片片风情万种地从辽阔的空中翩然而下,似是要去赶赴一场神圣的约会。

那个飘雪的下午,叶慧的思绪也像窗外的雪花一样纷乱无序,忽而东忽而西,忽而上下旋转,一片纷乱迷失。世界在雪花中却是一片鸦雀无声,白茫茫肃穆宁静。就在叶慧神思缥缈,如雪花般无目的地到处飞扬时,一阵清脆的敲门声,伴着一位中年男人厚重的声音传进门来:"叶慧,你的信。"叶慧,你的信,这五个字,伴着清脆的敲门声,已经无数次地在叶慧的耳边响起过。但叶慧还是愣了愣,才梦醒般地起身下楼,信已经被父亲叶子建接过来,再转交到她的手上。

叶慧接过信返身上楼,进到自己的房间重新坐到窗前,看着这陌生的字迹、陌生的地址、陌生的信,叶慧没有立即去打开它。叶慧在参加外省的一个文学函授班学习,一学期结束了,函授班为了学员们便于交流学习,给大家印制了一本通讯录。刚拿到手时,叶慧只是简单地翻看了一下,根本就没当一回事地丢到了一边,也根本就没有兴趣去和谁交流,没想到现在却天天被这些如雪花一样的信件所扰。

这一段时间以来,叶慧已经收到许多封这样陌生的字迹、陌生的地址、陌生的信,内容无非都是千篇一律的要与之交友。最远的来自深圳,最近的来自本省,最可笑的是有一封信中竟夹寄着照片,搞得像征婚似的。也不知此人是怎么想的,如此信心满满,胜券在握,细看之下也并非绝世之貌,世间难找,也不过就一副平庸之相,放到人堆里只怕三天三夜也寻不到。叶慧感到简直无聊,连信都懒得再展开去读,她将信件和照片一样不少地装入原信封,又在外面套一个空白信封,按原地址邮寄回去。其他信件看了也就看了,没有一个看得进心里,更不放在心上,叶慧也更不可能回信。

眼前的信,叶慧连打开它的兴趣都没有,无非又是一封交友信,世上的男人对女人哪有多少真友谊,不是有所图,就是有所取,没有图取的男人是根本就没有兴趣多看你一眼的。奇怪的是却没有收到一封女生的来信,女人和女人之间要建立纯粹的友谊,难道真的很困难吗?

眼前的这封信,和其他平邮过来的信不同的是一封挂号信,是从遥远的边城而来,可见寄信之人是多么慎重和用心,但真正吸引叶慧的不是诞生翠翠的边城,而是那字体。一个人能写出如此刚劲挺拔、清俊飘逸的字体,该是怎样的文采飞扬,洒脱不羁?叶慧的心莫名地动了一动,她终究还是没能管住自己的心,自己的手,打开了信,就像打开潘多拉的盒子。所谓的信只是一张明信片,正面是一枝正傲雪怒放娇艳夺目的红梅,倒是很贴合眼下的天气,可见寄信之人也是很用心很有心的,这正好也是叶慧喜欢的梅花。背面也就两行字,上面写道:叶慧小姐,您好!很荣幸在这圣洁的殿堂里与您相遇,盼望与您相识!韩湘。倒是很简洁明了,干脆直接,不像其他的来信洋洋洒洒几大张纸,也不知写的啥,无非就是想证明自己挺有才华和文采。

在万千人中想要出挑,想要给人留下深刻印象,就要与众不同,所幸韩湘走的正是这一着。一直矜持的叶慧,都没多想就毫不犹豫地回了信,当然也是三言两语。信上写道:韩湘先生,您好!谢谢您的明信片,很荣幸与您相识,希在今后的文学路上多交流多指教多帮助。叶慧。信写好了,叶慧却不放心投进家附近的邮筒,害怕人家不能按时开箱取走,她便决定去离家三四条街远的春晓路邮政局去投寄。

下了一天一夜的大雪,终于在第二天的凌晨停止了。上午,叶慧站在二楼的阳台上眺望,天地上下一片白茫茫,对面低矮的房屋几乎要被积雪隐埋,门前五六米远横穿而过的铁路更是连影子也找不到,只能模糊地知道位置。好在它只是一条城际运煤铁路,一天跑不过一两趟,早上或夜间轰隆隆地如山洪海啸般呼啸而来,震得小楼似乎都在摇晃。叶慧不明白房主为什么要把房子建在铁路旁,也许是先有房子后有铁路的吧。他们家租住的是一栋白色的二层小楼,鹤立鸡群般地孤立在一片低矮的民房中。

叶慧家本来住在花园街,因为那里成了日后影响整个江南,以至江北好一大片的花园街小商品批发市场。浙江人亲帮亲,故帮故，难民般成批成批地拥进徽城，把从他们老家义乌的货物一车又一车地运到徽城进行批发交易。一夜间，飞来的财富就砸到了他们家的房顶，不仅他们家的房子，一整条街临街的房子，一时都成了重金难求的门面房。虽然只是小砖小瓦土坯墙的两间小房舍，不过三十平米，却成了众人争租的香饽饽。当然是谁出的价高就租给谁喽，一家人欢天喜地地搬出了那里，不费丝毫力气就获取了丰厚的租金。除了租眼前的小楼，还有许多的结余，既改善了住房条件，又有利润可得，何乐而不为呢！

叶慧已有很长时间没有下楼走出家门，外面的世界到底发生了怎样翻天覆地的变化，她一无所知。当然，她也不想知，不愿知，她似乎早已没有走出家门的兴趣和热情，她的心至今还没有完全走出那一段噩梦般的生活和阴影。叶慧手拿着装封好的信，走出家门，门口小巷水泥路上的积雪，已经被不同的鞋底无情地踩踏得肮脏而又光滑，完全失去了它本来纯白的面目。叶慧走出小巷来到主马路上，看到厚厚的积雪已被环卫工铲起，在路边堆成一堆又一堆的大圆包，像乡下山岗边垒起的一座座阴气逼人的坟包。奇怪的是，人行道上厚厚的白雪依然覆盖着无人理会，只有极少数商店门口被商家自扫门前雪，清扫得干净清爽。这样一来行人就都走到了马路上，好在那时车辆并不多，半天才会清冷地过一辆，就不会形成拥堵。老人们总说霜前冷雪后寒，雪后的天气清冷而又寒凉，许多人都穿着长大衣，厚棉袄，戴着棉帽子，围着厚围巾，生怕冻伤了自己，哪里像是温暖的江南，一派北国的冬景。叶慧却很特别，她外面只穿一件马海毛织成的紫色棒针衫加长外套，下面是一条黑色大富豪裤，里面也就一条薄薄的绒线裤,脚上是一双普通的白色深帮运动鞋,既没系围巾也没戴棉帽。相较于那些把自己包裹得严严实实,像一个滚圆的大熊猫,只留两只眼珠在外面转动的人,叶慧更像是真正走在春意盎然的江南街头,洋溢着一股青春独有的清新气息和掩藏不住的蓬勃朝气,引得路人不住地对她侧目。叶慧倒是不以为然,她根本就不去理会别人多管闲事的目光,因为她确实没感觉到外面有多寒冷,而真正寒冷冰冻的是她的内心。

以前,叶慧最爱跑的是邮局,一是投稿,二是买文学刊物。自从发生那段噩梦般的生活后,她就完全把自己封闭在家里,过着与世隔绝的生活。现在,从这一刻起,此后的很多年里,她最爱跑的还是邮局,邮局是一个让她充满复杂感情的地方,以致后来她每每经过邮局,都会心潮澎湃,思绪万千。邮局里寄信的人不是很多,叶慧买了一张八分钱的长城邮票,认真端正地贴好在信封右上方,然后双手投进邮筒。寄了信,叶慧来到邮政报刊柜台前,像以前一样买了一本《写作》、一本《散文》和一本《小说月报》,总共不超过五块钱。拿上书走出邮局,来时是从马路对面过来的,现在顺着邮局同一边返回,走至路尽头北湖边,叶慧突然感到有些恍惚和陌生。曾记得这里有家红枫叶照相馆,她当时报名作家班函授学习时,还在里面照过证件照,旁边是一家生活日用品商店,她还在里面上过短短一个多月的班,才几个月不见都无影踪了,改成了一家食品商场,人头攒动,生意兴隆,一派繁荣景象。

叶慧呆立在商场门口,原来外在的一切东西,都可以毫不费力地随意改变拿走,甚至可以毁得面目全非也无关痛痒。可是内心的东西却不是三刀两刀就能切除拿走,它会像癌细胞一样扩散全身,时时刻刻死死地跟着你,啃噬着你,像阴魂不散的魔影一样一直追随着你,侵扰着你。

二

1

那是秋天落叶满地黄时,叶慧从二堂哥叶超的家具店里出来,一身白衣素如仙地去一家叫华美的私营商场上班,介绍人老谢说是去做文秘。老谢和叶超是多年的战友兼朋友,在税务部门工作,叶超跟老谢一说,他就满口爽快地答应了。二堂哥叶超在叶慧的心里,也是个经久挥之不去的痛。叶超是个不安于现状,喜欢不断搏击之人,他是家族里第一个从铁饭碗体制里跳出来下海经商之人,相继开过木材店、装潢店、家具店,也是第一个投身风险股市操盘之人,当他辛苦做生意挣来的三十万,如一滴水般平静地消融在股海时,他的精神一下子垮了。他把自己关在房间里整日整夜地抽烟,一个月不到就抽成了肺癌,接着南京上海辗转治疗,三个月不到就撒手而去了。大伯和大妈白发人送黑发人,两年不到大妈就忧伤成疾,郁郁而逝了。大伯心胸要开敞得多,他居然安享高寿,当然这都是多年以后的事情了。

当时是下午,接待他们的男青年叫文雨,是商场的会计兼文秘。叶慧知道有文如其人,字如其人,今天却见识了名如其人。这个名叫文雨的男青年,举手投足慢条斯理,说话声音也像细雨般轻柔,和他浓眉大眼,胡须如紫藤蔓般爬满两腮的男人相完全不相符。他一边轻手轻脚地用白色陶瓷杯为他们泡茶,一边说你们稍等,赵总在午休,一会就过来。

正说着,走进来一位一身黑色西装,四十岁左右的中年男人,他就是华美商场总经理赵学军。只见他身材高挑修长,面容清癯苍白,颧骨高耸突出,一双大眼睛明亮而深邃,像两潭永远看不到底的深渊。他腋下夹着一个半新不旧的黑色公文包,双手插在裤兜里,一副很随意的样子。老谢忙起身迎上去,伸出双手和赵学军伸过来的手紧紧握在一起,大声而直率地说:"赵总,近来生意不错吧?先介绍一下,这是我朋友的小妹叶慧,还请你多多关照,她平常喜欢写点文章,就让她来给你当秘书吧,也减轻一下文秘书的负担。"

赵学军打着哈哈并没有马上回答,而是眉眼含笑地上下打量了叶慧一番,才问道:"你喜欢写什么?"叶慧一直面含微笑地站在旁边,看着他们,见问便轻声说道:"小说和散文。"

"好,好,才女。坐吧,坐吧。"赵学军边说边示意叶慧坐下,一边又对文秘书说把名字记下来,转过头又对叶慧说:"你明天就来上班。"

这么容易?这么简单?叶慧有点不敢相信自己的耳朵,以为自己听错了。直到很多年以后,叶慧才渐渐明白越是简单容易获得的东西,其实后面却隐藏着看不见的危险和陷阱,只是当时她太年轻单纯,不能深谙世事。

第二天叶慧准时去商场上班,她像昨天一样直接上到三楼,走进总经理办公室,赵学军还没来,叶慧便坐在他的办公室里等。从上午等到下午,再从下午等到晚上九点钟下班,一天过去了,叶慧连赵学军的半个人影都没见到。这中间,叶慧只有中午和晚上两餐吃饭时才出去,然后几乎就算没离开办公室。这两餐是由商场食堂提供,月底再从工资里扣除伙食费。

头一天上班可以说是毫无头绪和结果,倒也不奇怪,怪就怪在一天、两天、三天、四天、五天……到底一连过去了多少天,叶慧自己都不清楚了,她始终连赵学军的半个人影都没见着,更别说安排什么工作了。有好几次叶慧站在家门口犹豫着都不想再去了,她心中有一种说不出的憋屈和羞辱。可是叶慧又没有别的好去处,堂哥的家具店是再也回不去了,今天不是这个来找碴,明天就是那个来闹事。不要说叶慧一个女孩子应付不过来,怕出意外,就是堂哥自己整天守在店里也不行,有人存心捣乱让你做不成生意,你只能自动关门退租。堂哥已经够烦心了,叶慧不想再给他添堵找事。

伯父曾经所在的建安公司就更不可能回去了,工作辛苦不说,整天都穿不到干净的衣服,总是一身水一身泥的,再说还充满着危险。叶慧刚去工作时,第一天她和别人合抬一个水池,当时她是倒退着走,正好脚下有一根木棍,似乎是不怀好意地绊了她一下,她一下子就失去了平衡,身体往后一仰,整个人就摔在地上,水池也从手中脱落,重重地砸在了她的右小腿上。小腿很快就红肿起来,叶慧也疼得在地上直打滚,那一刻,那种疼让她感觉腿似乎已经断了。原来出来工作是想让自己独立起来,能够养活自己,现在倒好,砸断了腿成了残疾人,还要连累父母,叶慧躺在地上哭得伤心又绝望。幸亏当时腿没有被砸断,只是红肿疼痛了一个多星期,否则还不知道会留下怎样的后遗症,现在想想都还会心惊肉跳的,后怕不已,又哪里还会再去自找苦吃。再说伯父早已退休,当时还是卖着老面子给她挣来这份工作,她吃不了苦放弃了,也就不可能再回去。哪有好马再吃回头草的。

现在,叶慧只有一次次地抑制着自己孤傲的性子、失落而焦灼的心情,强迫着自己打起精神来,天天按时去华美商场上班。

会计室在隔壁,里面是文雨和出纳王兰英,王兰英是一位四十多岁的中年妇女,她每天只工作一个上午。所以叶慧上午一般都会待在会计室里,和他们说说话,有时也会跟着王兰英一起去下面的商场和各个分部门店取销售清单,帮着整理一下销售单打发时间。最难耐的是整个下午到晚上下班,这段时间漫长而又无聊,既无事可做,也没人说话。下午会计室里只有文雨一个人,叶慧是不会过去的,一是不太熟,二是毕竟孤男寡女的,叶慧不想惹麻烦。再说文雨在工作,她闲坐在那里算什么。所以,多半下午,叶慧还是喜欢一个人坐在总经理室里看书,倒也自由自在。

这天下午,叶慧一如既往地坐在总经理室窗下的沙发上,面对着门口看书。无意中一抬头,见赵学军站在门外,正默默地看着她。猛然一见,叶慧还来不及准备好如何打招呼,赵学军很快转身而去。叶慧直呆呆地看着门口,以为自己刚刚是看花了眼,这是她这么多天来第一次看见他,也不知道他在门口站了多久,叶慧的心立即惶恐不安起来。

又是一个下午,叶慧同样是坐在总经理室窗下的沙发上,面对着门口在看书。一抬头,赵学军又正站在门外,正默默地看着她,还没等叶慧有所反应,赵学军又已然很快转身离开。叶慧感到无比的惶恐和不解,不管让她干什么工作总得有个交代和安排吧,让她天天这样无所事事地干等下去,到底算什么呢?

这天一上班,叶慧就跟着王兰英去下面门店,在路上,叶慧终于忍不住对王兰英说:"王大姐,天天这样无所事事地待着,我真不想再来了。"

"你傻啊,不来干什么?现在找一份工作哪有那么容易,听大姐的,既来之则安之。"

"可是世上哪有只拿工资,不干活的道理。"

"别可是了,赵学军若不想用你,早就说了,他那么精明的人是不会白养闲人的。"王兰英一边轻拍着叶慧的肩膀,一边说,"根据我这么多年对赵学军的了解,他越是不着急安排你工作,就越是要重用你,他现在可能正在考验你呢,你就耐心地等着吧。"

叶慧点点头不再言语,但是叶慧的心里总是不踏实,暗想不就是安排一份工作吗?还要观察考验吗?真的有这个必要吗?叶慧倒不在乎什么重用不重用,她只在乎有一份合适的工作,不要这样天天无所事事的,像一个闲人一样被养着,让她感到忐忑不安。

2

华美商场位于春江路商业街中间的黄金地段,是一家大型的购物中心,也是商品最齐全的商场,一楼二楼都是商业区,只有三楼是办公区。它的周边都是各种花样的小商店,所以这段路人流量最大,也最拥挤、最繁华。华美商场是一座老式楼房,也不知道年代有多久了,地板上的油漆早已被磨损得斑斑驳驳,看不出原来的面目,走在里面整个人都有一种下陷之感。狭长幽暗的楼道像一节没有尽头的火车,两边的房门一个个紧闭着,显得楼道更加阴暗悠长,大白天的阳光都照不进来,让人总感觉阴森森的,有一种说不出的压抑和恐惧。会计室和总经理室在楼道的最尽头,叶慧天天要从这一扇扇上着锁的门前经过,她从没见门被打开过,也不知道里面是什么,倒总觉得每扇门后面都有一双莫名的眼睛在盯着她,让她有种说不出的感觉。

在华美商场,文雨不仅是秘书还兼会计,所以他几乎整天都埋身在办公室里。每天上午总是比较忙碌,而且又有王兰英在,所以时间倒也不难挨,只有漫长的下午和晚上总是最难打发。现在叶慧来了,文雨满以为这下自己有伴了,不再孤独,不再寂寞,可叶慧并不像他想象的那样。文雨多次下午去邀请叶慧,可叶慧宁肯一个人孤独地坐在总经理室看书,也不肯过来。整个下午都听不到叶慧一丝声息,她是不是又在看书?这个女孩真是很特别,很让人不解,文雨坐在自己的办公室里,眼光茫然地望着窗外出神地想着,天色不知不觉就暗下来了,他起身走了出来。

文雨走向隔壁的办公室一看,果然,叶慧正端坐在沙发上专心地看书,看那专注的神情,整个人都似沉迷在书中。文雨站在门外默默地看着,他想象不出什么样的书,什么样扑朔迷离的故事情节能这样深深地吸引着她,让她整个下午都无声无息,安静地坐在这里。天色已经暗下来,她不知道去开灯,她和楼下那些女孩同样是花季的年龄,却是这样不同,文雨被叶慧深深地吸引着。文雨便想试探一下叶慧,他悄无声息地缓缓靠近叶慧。叶慧虽然专注于书中,但是本能还是让她意识到,一个黑影正悄无声息地慢慢向她靠近,一种莫名的恐惧漫上她的心头,让她全身感到冷飕飕的汗毛根根直立,她惊骇地猛一抬头。两双黑洞洞的眼睛一下子对上,还没等叶慧开口,文雨已先说话了。他微笑着声音温柔地说:"不好意思,吓着你了。天已经黑了,你怎么不开灯?不会找你要电费的。"文雨边说,边轻飘飘地走到门边去开灯。

房间一下子明亮如白昼,也让叶慧感到了温暖和安全,才醒悟似的说:"我忘了。"文雨温柔地一笑,又轻飘飘地走回到叶慧身边,随手从叶慧的手中拿过书,念道:"《百年孤独》,难怪你喜欢孤独,不喜欢说话,也不喜欢热闹。"

叶慧一笑,说:"喜不喜欢孤独,跟这本书没有直接关系。"

"总之,你还是喜欢孤独,为什么不到楼下商场去转转?"

"我一个人去转什么,再说我也没兴趣。"

"我陪你去。"

"现在?"叶慧摇摇头,"算了,我不想去。"叶慧想,自己和文雨一道下去,在商场里转悠算什么?文雨是会计,是秘书,自己是什么连自己都不知道,在商场里转悠,让人指指点点岂不成了笑话。

"那我先下去了,你一会记得下来吃饭,食堂里的大锅饭,去晚了就没好菜了。"文雨说完便轻飘飘地走出房间。

现在,整个楼上只剩下叶慧一人了,静极了。叶慧又坐在沙发上继续看书,不一会儿,她清晰地听到楼道最里面有轻微的脚步声,她的心一下子提到了咽喉处,莫名地紧张起来。叶慧本来对这座阴暗的办公楼就已怀有敬畏之心,现在分明没有人了,为什么会突然出现脚步似的声音?难道有鬼?叶慧越想恐惧感就越强,神经绷紧,她一动也不敢动,屏息静气地聆听着楼道里的脚步声。这声音在楼道最里面会计室那个地方,一会轻一会重,很不均匀,有点吃力的样子,不像叶慧平常听到的脚步声。叶慧既怕那声音走到自己门口,又希望那声音走过来,好让她看个清楚明白,但是那声音始终在原地徘徊不前,不一会儿就消失了。叶慧又屏息静气地听了一会儿,楼道里依然静悄悄的,她这才敢蹑手蹑脚地走到门口,慢慢地探出头去,倒好像她是个偷盗者。叶慧先向楼道最里面看过去,空无一人,她又转过头看向外面的楼道,一样空无一人,只有橘黄色的灯光无精打采地照在空旷的楼道里。

叶慧屏息静气地站在门口竖耳聆听着,整个楼上都是死一般地寂静,她正犹豫着不知道自己是继续留下来,还是迅速离开。忽然,一阵凉风从楼道尽头的窗户外吹进来,白色的纱窗帘趁势随风轻飘曼舞起来。凉风又像一个人哀怨的叹息一样,轻悠悠地拂过叶慧的面颊,叶慧一激灵,禁不住打了一个寒战。叶慧突然感到这楼道是那样阴森恐怖,那种强烈的恐惧感再度漫上心头,她再也不敢久留,飞快地向楼门口奔跑而去,生怕后面有什么东西来追赶她。

这件事后,叶慧始终没对一个人说起,这神秘的楼道让她不知道该对谁说,又该如何说,她竟莫名地产生了一种不能随便说的感觉。自此,叶慧晚上再不敢一个人在楼上,她会跟着文雨同上同下,同处一间办公室。

这天晚上,叶慧和文雨同坐在会计室里,一个在低头看书,一个在埋头做账,一幅很安静祥和的场景。突然,顶棚上的电灯和办公桌上的台灯都同时灭了,室内顿时一片黑暗,俩人面对面隔着两张办公桌的距离,竟然谁也看不清谁的面目。叶慧顿时紧张恐惧得汗毛都根根竖立起来,忍不住轻声唤道:"文雨。"

"我在这,你别怕。"文雨边说,边哗啦一声拉开了窗帘。窗外是繁华的春江路商业街,有微弱的光线射进来,虽然能隐约看见彼此的位置,但还是一片模糊。文雨借着微弱的光线,在办公桌下面的抽屉里找到了半截蜡烛,却怎么也找不到打火机。文雨平常不抽烟,所以根本就没有准备这个,俩人在黑暗中默默地相坐着,始终不见来电。

"看来一时半会儿不会来电了,你先下班吧,我送你下楼。"文雨说着起身向门口走去,叶慧紧随其后。俩人一走出房间来到楼道上,整个人瞬间就被黑暗完全吞噬,只能凭感觉慢慢摸黑向前移动脚步。在黑暗中,文雨分明感觉到叶慧的紧张和恐惧,以及她紧紧靠近他的身体,他不由分说地准确地抓住了叶慧的手。叶慧也没有退缩任由他抓着,俩人在黑暗中手牵着手。在文雨的牵引下,叶慧很快就来到了楼门口。面对黑暗中一级一级的楼梯,叶慧举步维艰,通常,在黑暗中下楼比上楼要困难得多。

"不要紧张,跟着我的脚步一级一级而下。"文雨抓着叶慧的手,侧着身体一步一步地试探着往下移动。快到二楼的时候,脚下还有一级阶梯,叶慧误以为没有了,步子就跨大了一些,一下子就踩空了,整个身体就失去了平衡,随着哎哟一声,叶慧整个人都跌倒在文雨的怀里。文雨一把搂住了她,急切地问道:"你没事吧?"叶慧连忙站起身体说道:"我没事。"

俩人又继续向下摸索着前行,他们从三楼如履薄冰般地摸黑来到二楼,再从二楼如履薄冰般地摸到一楼,一楼商场里到处是烛光闪烁,一片光明。叶慧像一个长时间溺水者终于浮出水面,不由得长舒了一口气,更像是从黑暗寒冷的地狱来到光明温暖的人间天堂。

3

这天下午,叶慧一如往常地站在临街的窗前看书,不经意间一回头,看见门口站着一位陌生的女人。女人三四十岁的样子,体态臃肿,体格壮硕,眉眼平淡,面无表情。女人默默地看着叶慧,叶慧也默默地看着她,女人足足看了叶慧几分钟,然后才默默地走了,脚步声很轻很轻,和她的体形极不相称。叶慧感到很奇怪和疑惑,这个女人会是谁呢?从哪里冒出来的,怎么从来没见过,自己又没招她惹她,她为什么像看贼一样看着自己?

第二天上午,叶慧将偶然看见女人之事告诉了王兰英,并不经意问道:"王大姐,她是谁啊?"王兰英毫不隐瞒地说:"她就是赵学军的老婆张明玉,一直就住在楼上。"

"一直就住在楼上?"叶慧差点要惊叫起来,"我为什么一次也没看见?"

"他们都住在楼上,包括文雨他们很多人,不要问为什么,你知道得越少越好。"王兰英似乎知道很多秘密,却不肯告诉叶慧。叶慧虽然满腹狐疑,但还是知趣地不再追问了。

叶慧偶遇张明玉不几天,在一个阳光明媚的秋日午后,在总经理办公室里,赵学军终于"召见"了她。叶慧一脚踏进总经理室,就明显地感觉到与平日不同的氛围,办公桌上的台灯大开着,临街的窗子被厚厚的红丝绒窗帘遮挡住。赵学军坐在门后的办公桌旁,面前放着一本打开的黑色笔记本,他正用黑色钢笔在上面写着什么,叶慧刚一走进去身后的门就被赵学军起身关上了。叶慧虽然没显出特别的紧张和不安,但还是感觉有些别扭和不寻常,以及满心说不出的疑惑。

赵学军倒是很自然,他示意叶慧在他对面坐下,叶慧很顺从自然地坐下了,俩人中间隔着两张办公桌,桌上的台灯亮着橘黄色的灯光,这一画面乍一看上去,真似地下党接头一般。赵学军双眼专注地盯着叶慧,叶慧也默默地望着他,等待着他开口。赵学军终于谨慎着问道:"这么多天来,我一直没给你安排工作,你都有什么想法?"

想法?叶慧面对室内这种严密的氛围,心里早已免不了多了一些戒备。再说,这么长时间过去了,赵学军才这样正儿八经地和她约谈,谁知道他是什么想法?叶慧一时还摸不清赵学军究竟是什么意图,她就是有千万种的想法,此时也不能随便将自己的心里话如实相告,便很谨慎地说:"没有。"

"这些天王兰英是不是经常和你在一起?她都和你说了什么没有?"

"没有。"

"王兰英其实是个好人,她丈夫是法院经济庭庭长,当初帮我打赢了一场十几万元的官司,让我的企业起死回生。我很想感激他们,就请他们给我提条件,王兰英就提出了要到我这里来上班,她那个年龄到我这里来能做什么呢?她提出做出纳,我当时很惊愕,但也毫不犹豫地就答应了。当然她根本就不管钱,也就每天上午到下面去收收销售清单,算算账,很清闲的。其实她就是每天不来,我也会按月给她发工资的,但她觉得过意不去,一定要来做点事情。"赵学军一直面带微笑,目不转睛地望着叶慧,说了这一堆与叶慧毫不相干的话,叶慧也始终面带礼貌微笑地默默听着。确实,王兰英从没对叶慧提过这事。

沉默了一会儿,赵学军又问叶慧:"你想干什么工作?"

叶慧愣怔了一下,想到自己和赵学军没有任何直接的人情关系,只是老谢的关系,算不得什么重要关系。更不像王兰英那样有恩于他,她只不过是老谢介绍而来的,赵学军至今都不给她安排工作,现在反倒来问她想干什么工作,分明是出于老谢的面子不好推托才接受她,却又不好安排,可又不能不安排,所以现在又把难题推给她。叶慧在脑子里经过这一番辗转思考,想到事到如今,自己还有什么可挑肥拣瘦,又哪有资格挑肥拣瘦,现在只想尽快有事可做就行,便很随意地说:"什么工作都可以。"

"老谢说让你做文秘,我也想过了,但是我们只是一个私营企业,平时也没什么东西可写。再说文秘书一直都做得很好,他又没犯什么错误,我不能随随便便就让他不做,而且你初来乍到,很多方方面面的关系都不清楚,只有他才能处理好。"赵学军微笑着对叶慧说,叶慧什么也没说,只是微笑着点点头表示赞同。其实叶慧的心里也一直在打鼓,担心自己胜任不了文秘工作,反而让老谢难堪,现在既然这样,叶慧反倒有一种如释重负的感觉。

晚上回到家里,叶慧跟家里人说了今天下午的谈话,叶子建忍不住问道:"原来是说让你做文秘,现在又不让你做了,那说让你做什么?"

"不知道,他也没说。"叶慧心中忽然就有点闷闷不乐,虽说不做文秘也没什么,但叶慧的心里不知为什么,还是有一些说不清道不明的小小的难过和失落。

"你也没问问?嘴巴总是那么紧,顺口边的话不知道问,什么事都闷在心里,别人怎么知道你在想什么,还以为你看不上那里的工作呢。什么叫'话不说人不知,理不论人不明'?就是这个道理。"叶子建生气地埋怨道,他的心里也一直在为这件事着急,却又使不上劲。

叶慧没再说话,她知道,干什么工作并不是她问了就一定能得到。叶慧突然意识到,她只不过是别人手中的一枚无足轻重的棋子而已,别人爱把她放在哪里就放在哪里,完全由不得她自己,她也不可能像王兰英那样底气十足地有自己的选择。那种坐冷板凳的煎熬令她早就不想再去了,可家人还要一次次地劝她去,一次次地让她等等,再等等,她实在是感到委屈和无可奈何。她实在后悔自己答应来到徽城,她当初如果不是太偏文科,一次就考上学校,或者复读一年后再考,还会有今天这样处处都寄人篱下的烦恼吗?

4

几天以后,叶慧被安排到楼下商场去收款,赵学军问叶慧对这样的安排有没有什么意见。叶慧摇摇头说没有,叶慧想自己能有什么意见,不管什么样的工作,都比天天无所事事地坐冷板凳强。有工作做心才会踏实,才会安稳,就像手中有粮心中不慌一个道理,才知道自己还有存在的价值。

楼下商场一共有三个收款台,一个男装部,一个女装部,叶慧所在的是鞋柜及童装部,是最忙碌和烦琐的。好在柜员都是二十几岁的女孩子,个个青春活泼,能说会道,妙语连珠,互相又配合得天衣无缝,总能让顾客高兴而来,满意而归。她们销售的一款叫"步云"的皮鞋,款式新潮,鞋面柔软,鞋底轻便,很快就风靡了整个徽城,走在大街上的男女老少个个都脚蹬"步云",步履轻盈地穿梭在人流中,人人看上去都似是一副平步青云的样子。因此,她们每天忙得吃饭也都像打仗一样,三口两口囫囵吞下去,连咸淡滋味都不清楚。尤其是下午,顾客像潮水样汹涌,一批紧跟着一批,始终退不下去,像抢购绝货样疯狂,围得柜台风雨不透。

叶慧坐在高高的收款台上更是忙得晕头转向,一个个夹着单据和钱币的铁夹子,顺着牵拉的铁丝线像一发发子弹一样,向她的头顶嗖嗖嗖地飞射过来。叶慧快速地取下,看好单价和所收钱款,再把所找的零钱和留给营业员的那份加盖过收讫印章的单据共同夹好,再顺着铁丝线原路滑过去。一阵购买潮过去,就像打了一场激烈的战斗,硝烟还未散尽,很快又迎来了下一场战斗。

　　商场里的大部分员工都在食堂里就餐,也有少部分人嫌饭菜不好,去附近的市委食堂买饭菜。叶慧初来乍到,除了文雨谁也不认识,别说去市委食堂买饭菜,就是去商场的食堂她也没时间,所以每天都是文雨从商场食堂里给她带饭菜。这样没几天,叶慧所在鞋柜组的那些爱八卦的小姐妹,好奇心一下被激活膨胀起来,纷纷上前围住她,忍不住你一言,我一语,七嘴八舌地"盘问"起来。

　　"你什么时候来商场的?""你一直都在楼上?""你什么时候认识文秘书的?"……叶慧像明星一样被众人包围在中心,也像答记者问一样,一一回答她们五花八门的问话。

　　黄艳又说:"你胆子好大,我们可从不敢一个人上楼,冷冰冰,阴森森的,跟个古墓似的,你看文秘书成天待在楼上,身上一股阴冷绵柔之气,哪有一点男人的阳刚气。"

　　"就是。"丁蓓不由分说地接过了话,滔滔不绝地径自说下去,"你在楼上见到过张大姐吗？她是赵总的老婆,以前天天在下面看着我们,上个厕所都得向她打报告,经她批准才能去,而且只给一个一个去,若是看见两个人结伴同去,她准会说得你直想找个地缝躲进去。没人来的时候,我们要是聚在一起说话,不小心被她撞见,那就更不得了,那脸拉得比北门的油条还长。说我们整天就挤在一起叽叽咕咕的,顾客看见我们这样连门都不会进的,更别说有生意,谁不想干就抓紧回家。听听,没生意都是我们的错,我们整天像犯人一样被她看管着。"丁蓓表情丰富,绘声绘色地说着:"后来有一天听说她病了,上了楼就一直没下来,已经好几个月了。谢天谢地,她要是永远不下来就好了。"丁蓓边说,边双手合十地作揖。

黄艳也问叶慧:"你看见过她吗?"叶慧如实地说看见过一次,她好好的,不像生病的样子。丁蓓夸张地瞪大眼睛看着叶慧,不相信地说:"不可能吧,这不像她一贯做事的风格,她怎么可能那么放心地一直待在楼上不下来?你一定看错人了。"叶慧只得摇摇头,表示自己也不是很清楚。

又过几天,叶慧发现一位身材中等、微胖、皮肤白净、眼睛大大的女员工经常无事在她的收款台前走来走去。别人经过时只是简单地看一眼,或者冲她友好地笑一笑,或者根本就不看,而她每次看过来的目光简直像钉子一样,恨不能穿透叶慧的身体。叶慧真是百思不得其解,自己跟她既不熟,更没有交往,怎么就得罪了她。

终于一天,叶慧忍不住问黄艳:"她是谁啊?天天像打灯虫一样,在我的收款台前绕来绕去的。"黄艳笑了,说:"她啊,你不知道吧?她是我们这里大名鼎鼎的醋坛子,文雨的女朋友陈菊花。文秘书天天给你带饭,她能放心吗?也就是你,换作别人恐怕早打上门了。"难怪呢!难怪文雨今天没给叶慧带饭,而是由他的弟弟文青带来的。

丁蓓一听,一脸的不屑,说:"文雨有什么了不起,一副文绉绉的样子,酸不溜丢的,有谁稀罕他,也就只有陈菊花拿他当宝贝,一天到晚防这个人,防那个人,认为人人都会去抢他。上次还和王雪打架,真是好笑,人家王雪根本就没看上文雨,完全是文雨一个人在那里自作多情,在拼命地追王雪。"

黄艳接着又说:"文秘书也真是的,见到漂亮的女孩就去追,上次丽丽上楼去领工资,被他吓得像见了鬼一样,连工资都不要了,一路狂奔喊叫着跑下楼。"

"我看他简直就是花痴加花疯!"丁蓓总是快言快语。

叶慧本来对文雨就没有多少了解,心中仅有的那一点好感,被这些小丫头清洁剂般的话语,洗刷得干干净净,一丝不留。想不到经理面前的大红人、大能人,在这些小女孩的心目中居然如此不堪,被贬损得一塌糊涂。陈菊花心中的一块宝,竟及不上她们眼中的一棵狗尾巴草。叶慧的心中涌出一种说不出的莫名的失落。

虽然文雨不再帮叶慧带饭,但他每天还会来她这里几次,打个招呼,说几句话,顺带问问收款情况。以前出于礼貌,叶慧不能不搭理,况且他们在楼上还和谐友好相处了一段时间。现今则不同了,叶慧可不想让人家女朋友视她如仇敌,只要远远看见文雨过来,她早早就把头埋得低低的,甚至还装模作样地在那里写东西或算账,免得文雨说她不理睬他,在赵学军面前再打打她的小报告,她还有活路吗?

渐渐地,文雨来得越来越少,以致后来一连很多天,叶慧都见不到他的身影,心里忽然莫名地升起一种说不出的失落。好在这种莫名的失落就像清晨的露水一样,只要叶慧晚上一回到家,坐到书桌前翻开书,握起笔,它很快就从叶慧的心头迅速风干,消失得无影无踪。

在楼上那么长时间里,叶慧几乎难得见赵学军一面,他总是神龙见首不见尾。现在倒是很奇怪,每天都能很容易地见上三四次,甚至次数更多,除了中午和晚上是正常来收款,其余的时候都像是正好路过。每次路过,赵学军都一改他从前严肃高冷、居高临下的领导面孔,面带微笑看向叶慧。叶慧出于礼貌和尊重,也会回以浅淡的微笑。

中午之时,赵学军照例去每个收款台收走现金,到叶慧这里收完款后,他对叶慧说:"你不要着急,只是暂时代几天,等原来的收款员回来,就来替换你,让你重回办公室。"

叶慧只是微笑地嗯了一下,并没显出特别的欣喜和渴望。其实,叶慧现在倒宁愿坐在这高高的收款台上,虽然从早到晚有时忙得饭都吃不安,但也比再回到那毫无人烟气息,整天无所事事,冰冷阴森的楼上办公室好上百倍甚至千倍。叶慧每每回想起那些孤独寂寞的日子,心里就会恐惧得要命。

在楼下,黄艳和丁蓓她们都很友好,每天都会轮流帮她带饭,也从不要她洗碗,更不让她拖地抹灰,她们总是抢着去做这一切。她们总说她天生就是一副被保护怜惜的文弱相。但是她们除了做生意外,平常谈论的话题实在是太乏味了,不是化妆穿衣,就是谁的男朋友如何帅气高大,再不然就是哪里又发现了新的美食。叶慧对这类话题既不喜欢,也提不起兴趣,这就使得她很难融入她们的群体,很难与她们交流。她们越是嘻嘻哈哈地在一起疯闹,没心没肺般地开心玩笑,叶慧就越发显得孤独寂寞,郁郁寡欢。

刚一入冬,天气就开始转冷了,一点都不像是江南。叶慧坐在高高的收款台上,穿着薄薄的白色化纤棉袄,常常有种高处不胜寒之感。赵学军每天依然分别在中午和晚上两次来收走现金,每次来时,他都会很自然很关心地问叶慧吃饭了吗,冷吗,叶慧每次都会说吃过了,不冷。但赵学军似乎对叶慧的回答不放心,他每次都还要亲自再抓起叶慧的手握一握,感觉一下,似乎要确证一下,叶慧是不是真的不冷。叶慧每次倒也表现得很平静自然,得体大方,没有什么特别异样的感觉和感动。

5

原来的收款员回来后,叶慧又回到了楼上办公室,这才得知王兰英大姐早已因病辞职。本来就人烟稀少的楼上,现在更是冷清得犹如一座年代久远的古墓。

好久没在楼下露面的文雨,正在没日没夜,加班加点地赶背税法知识问答题。一个星期后,他将要参加全市私营企业税法知识大赛,不仅时间紧迫,而且赵学军要求他必须冲名次拿奖状,他哪里敢掉以轻心。所以叶慧一回到楼上,文雨就像见到救星一样,迫不及待地让叶慧帮他训练测试。经过几天多种反复的演练,文雨已经对所有的问答题熟稔在心,成竹在胸。比赛那天,一共去了十个人,除文雨本人外,赵学军是非去不可的,陈菊花也是必定要去的,下面还有叶慧、王雪、商场部经理郭俊、保卫科科长毛威武、工会主席沈萍萍,另外还有三个男人是各分店的负责人,叶慧和他们有过一面之缘,但并不熟悉。

参加竞赛的选手都是来自全市私营企业各行各业的优秀代表,个个都准备充分,对答如流。除了个人应答题外,还有抢答题。一个女选手快速按下抢答键,却半天答不出题,急得满脸通红。一个男选手也是在按下抢答键后,忘却了答题,急得额头上热汗直流。比赛场上不仅选手们紧张,台下观赛的,人人也都是紧张得连大气都不敢出,手心上冷汗直冒。比赛场面越临近尾声,就越激烈精彩,那种看不见的硝烟弥漫在每个人心头。选手间的比分也很快拉开了距离,文雨始终一路遥遥领先。

大赛结束后,文雨果然不负众望,一举拿下冠军,大家都欢呼雀跃。陈菊花更是激动得热泪盈眶,不顾众人在场,忍不住冲上前去紧紧拥抱住文雨,惹得大家又是一阵鼓掌起哄。其实,真正喜形于色的当属赵学军,他几乎一路旁若无人地高声放歌,快乐得像一只百灵鸟,惹得马路上的行人频频不住地侧目看过来。众人像众星捧月般地紧紧尾随在他身后,簇拥着他,倒好像得冠军的是他。而真正得冠军的文雨却被冷落一旁,只有陈菊花喜滋滋地陪着他一路又说又笑。

前不久,赵学军刚开完市政协会议,会上的豪言壮语犹然在耳,他表示要对自己和企业以及职工高标准、严要求,如此才是企业生存发展之道,所以这次的冠军对他和企业尤为重要。大家一路欢声笑语回到商场,已是晚饭时间,众人又一起嬉笑着哄入食堂。赵学军吩咐食堂师傅,晚上多加几个好菜,再把前年收藏的那瓶五粮液拿出来,他要和大家一起开怀畅饮,不醉不休。说罢,他还很具伟人气魄般地挥动了一下手臂。

"好好好,赵总终于开戒了,今晚谁不喝醉谁孬种。"大家跟着一起附和。

第二天上班,一切又都恢复如常,各人都回到自己的岗位,只有叶慧又像是一个孤魂野鬼一样,冷清地待在古墓一般的楼上办公室。除了看书,她偶尔也会站在窗前,看看楼下整天人来人往、热闹繁华、拥堵不堪、人声喧嚣的街道。对面是一家音像店，从早到晚一刻也不停地大声播放着唱片，其他的商店为了招揽生意，也是从早到晚不停地播放着港台歌曲。满大街到处都流淌着泛滥成灾的蜜糖般的情歌，你想不听都不行，你就是捂住耳朵，那歌声也像小虫子一样，会拼命一个劲儿地直往你的耳朵里钻。

"今夜微风轻送，把我的心吹动，多少尘封的往日情，重回到我心中，往事随风飘送，把我的心刺痛，你是那美梦难忘记，深藏在记忆中，总是要历经百转和千回才知情深意浓，总是要走遍千山和万水才知何去何从。为何等到错过多年以后，才明白自己最真的梦，是否还记得我，还是已忘了我，今夜微风轻轻送，吹散了我的梦……"

忧郁伤感的歌声，没来由地触动了叶慧的敏感多愁，少女的心脆弱得不堪一击，泪水无阻无挡地肆意而下。她接受不复读，甚至错过省城未来作家班的学习，只为了随父母来徽城，怀揣着梦想和希望，满以为来到这里会有一个好前途好未来，可是一切都与想象大相径庭。到处都是下岗的人，到处都是企业倒闭，到处都是伸手要工作吃饭的人，你一个外来的没有城市身份之人，哪里会有你的一席之地，你的前途、梦想和归宿在哪里？

来到商场满以为自己会有用武之地，可是现在就像被打入冷宫无人问津，叶慧不知道自己接下去该怎么办？是继续坚守还是转身离开？叶子建总是拿旧社会资本家的那一套来劝说她，让她不要急躁要沉住气，要耐心等待，哪会你一去就安排一个要职给你。叶慧知道父亲是不会理解她的，她哪里想要什么要职,这里又有什么是要职,她只不过是要一份赖以生存的饭碗,对文学梦想的追求才是她今生不变的要职,偏偏父亲最反对她看书写作。叶子建只要一见叶慧在看书,就会大发雷霆,怒吼道:"看书看书看书,看书能当饭吃吗?"

是的,看书永远不能当饭吃!可是肚皮的饥饿是容易解决的,而灵魂的饥饿是无救的,叶慧不想成为一个灵魂饥饿的无救人!

叶慧正在独自黯然神伤时,文雨一手上拿着算盘、账本和笔,一手还抱着一个报纸包,从门外走进来,望着窗边的叶慧说:"看什么呢,这么入神?过来帮帮我。"文雨边说边在办公桌上放下手上的东西。叶慧转身走过来,见报纸包里是一堆的现金,以及工资袋,才想起今天是发工资之日,她却忘了。她现在满脑子都是何去何从,整天这样无所事事地闲待着,让她的心始终在腹腔中荡秋千,感到忐忑和不安。

以前发工资都是文雨和王兰英一起做,现在文雨只有来找叶慧帮忙。按照工资表上的名单金额,文雨数第一遍,叶慧数第二遍,然后装入工资袋。这项工作既简单又快捷,不要一个小时他们就做好了。现金是用一张《工商时报》包着的,现在空留下一张报纸,叶慧便顺手拿过来看,眼睛一下子就被副刊上那首台湾歌曲《想哭就哭》牢牢地牵引过去:

好久没有陪伴你,同坐在黑暗里,离开人们的眼睛,只剩下我和你。

好久没有问过你,是不是还哭泣,却没想到你的心,已受伤这么深。

　　想哭就哭,如果你也孤独,把你的心交给我,我好好珍惜。想哭就哭,如果你也孤独,你至少拥有我的爱……

　　叶慧痴痴地对着歌词发呆,不知道文雨早已经走过来,紧贴住她站在身后。文雨那男性温热的气息如微风样不断吹拂在她的脸颊和耳朵上,她的脸颊和耳朵顿时被弄得通红,瞬间整个脸部都红润起来,身体也像被施了定身法一样,动弹不了。文雨似是得到某种启示,趁机迅速地用他整个男人的身体将叶慧包围起来,将她拥入怀中,并迅速地将自己的唇印在叶慧的唇上,他热烈地吻着她,如痴如醉。而叶慧却感觉不到一丝幸福和甜蜜,只有一股悲凉和忧伤从心底涌出,她的泪唰地就流了下来。她一边躲让着他的唇,一边用力推开他的身体。

　　这件事后,叶慧常常有一种说不出的负罪感,她不时地在心里谴责着自己,痛恨着自己,她不能原谅自己。自此,叶慧尽量刻意避免和文雨单独相处,好在这种被冷落一旁无事可做的日子很快就结束了,她又被派到分店去收款。

6

　　分店正对着风景秀丽、人潮涌动的徽城北湖公园大门,得天独厚的优越地理位置,再加上一群年轻活泼、朝气蓬勃的男孩和女孩,个个热情待客,服务周到,生意哪有不好的道理。叶慧坐在收款台上一坐就是一整天,常常数钱数得手都疼,就连上厕所都没时间,总是等到实在受不了了,才一路奔跑着来回。

饭倒是也不用叶慧亲自去打,每天大家轮流着两人一组去食堂一次性打过来,但放在手边的饭菜,叶慧也时常没时间吃。一开始,叶慧总是想等到忙过这一阵再吃,可间歇不到两分钟,刚打开的饭盒还没吃上两口,就又忙起来,想要安静地吃好一顿饭,简直就是奢望。但也不能一直饿着肚子呀。实在没办法,叶慧只能见缝插针地吃上一口,这样就免不了常常吃冷饭,实在冰凉得不行,她就加点开水烫烫。寒冬腊月,滴水成冰,天天这样,餐餐如此,叶慧担心自己的胃迟早要出毛病。只是叶慧的胃还没来得及提出抗议,她的右手大拇指却率先不乐意了。由于每天不停地数着大量的现金,叶慧的右手大拇指开始红肿发炎,吃了一个礼拜的消炎药,也无济于事,反而更加肿痛难受。

原来的收款员王雪,因受不了这份苦累,这份约束,她情愿去做自由轻松的营业员,也不愿干这名声好听,责任重大的收款员。叶慧初来乍到,基础薄根基浅,哪有什么资格去挑剔,更不可能去讨价还价,只能安排什么就做什么。再说叶慧一不喜欢热闹,二不喜欢串岗,反倒是这沉默寡言的工作更适合她。

赵学军还是中午和晚上两次来收款,每次都和以前一样会问叶慧是否吃饭了,冷吗?叶慧也是同样不变的回答,吃过了,不冷。赵学军也还是和以前一样不放心地要亲自握一下叶慧的手,感受一下她是不是真的不冷。赵学军的手刚一碰到叶慧的手,叶慧就疼得喊出了声:"哎哟。"

"怎么啦?"赵学军慌忙抓起叶慧的手举起,看到她的大拇指已严重红肿,不可能再继续数钱,"你怎么不说?"

赵学军当即安排人替换下叶慧,并安排沈萍萍陪叶慧一起去医院看手。医生是位中年男人,一见她的大拇指,非常生气地说:"为什么不早点来?现在没有办法了,只有先拔去指甲,否则药物不能直达病灶,再拖延下去后果很严重的。"

叶慧盯着自己肿胀的大拇指不甘心地问:"一定要拔去指甲吗?"

"是的,必须!只有这样才能尽快治好手指,再说指甲拔去以后还会长出新的指甲,不用担心的。"医生态度很温和,但也很坚决。

叶慧还在犹豫,站在那里纠结着,沈萍萍握紧她的左手,鼓励般地说:"就听医生的吧,不用害怕。"叶慧经过一番权衡后,才无奈地同意医生拔去指甲。

经过一番局部麻醉,半个小时不到,医生就用托盘端来了手术刀和镊子。叶慧长这么大还是第一次看见这些冷冰冰的器械,身体忍不住微微颤抖起来,她紧张恐惧地躲在沈萍萍的身后,怎么也不敢把自己的手伸给医生。沈萍萍只得一边把叶慧护在自己的怀里,一边帮着把她的手托举到医生的面前。可能是麻醉的时间还不够,当医生用手术刀去分开指甲周围的皮肉时,叶慧疼得手一抖,随着口中的一声"好疼!",眼泪也哗哗地直流。

"没事的,一会就不疼了。"医生连忙安慰她。

渐渐地,叶慧真的感觉不到疼了,可是眼泪却并没有停下。她既害怕看到那血淋淋的手指,又忍不住侧目去偷看。薄片般的指甲已经脱离她的手指,被医生拔下来,放在了托盘里。医生用蘸足过氧水的药棉,不断地在她红肿的指头上反复清洗。

看着自己面目全非的红肿的指头,叶慧刚止住的眼泪又唰唰地流下来,她用左手紧紧搂住沈萍萍的腰,把头深深地埋在她的怀里。不一会儿,沈萍萍的前衣襟就被打湿了一大片。

"好了,好了,马上给你上药包扎。不要哭,要勇敢点,你的手不会残疾的。"医生一边忙碌,一边不忘安抚她。

沈萍萍也像哄小孩一样,一边轻拍着叶慧的后背,一边不停地安慰她:"不哭了,不哭了,就要好了。"当叶慧再转回头时,她的手指已经被白纱布完全包扎好。

"记得每天来换药,"医生叮嘱道,"不能沾水,注意保暖,最好戴一个棉手套,不要吃辛辣的食物和其他发物。"叶慧一一点头答应。后来姐姐给她做了一个棉手套。

7

在家休息四五天后,叶慧又正常去上班了,手指虽然不再那么疼痛,但要彻底恢复,却是一个漫长的过程。叶慧每天都戴着一个厚厚的棉手套,无疑给她的生活和工作带来了极大的麻烦和不便。

现在,叶慧又回到楼上办公室,一切又都如前,所不同的是赵学军几乎天天都待在办公室里。叶慧每天都要和他独处一室,又没有什么具体的事可做,她感觉无比别扭。更要命的是叶慧的手又不方便,处处都还得总经理来照顾她,替她倒开水,替她从食堂打来饭菜,似乎他来办公室就是专为照顾她的。这让叶慧的内心更加不自在,他为什么要这样对她?叶慧忍不住这样想,心就惶恐不安起来。

以前叶慧独在办公室时,还可以看看书打发时间,现在当着总经理的面,拿着人家的工资,不给人家干活,却在这里看自己的书,放到哪里也是说不过去的。可是叶慧真的是无事可做,坐在那里浑身像爬满虱子一样难受,大冬天的,她的额头上竟布满了一层细密密的汗液。

赵学军倒显得非常自然,没有什么不自在,他一直都在翻看一本黑色塑面的笔记本,有时还在上面写写画画,很是认真投入,似乎根本就没注意到坐在对面的叶慧有什么不自在。好一会儿,赵学军才想起来,抬起头对叶慧说:"你不是喜欢看书吗?怎么不看书?"

叶慧怔怔地看着赵学军,看着他的嘴,她无法确信刚才的话是出自这张嘴。不错,叶慧是喜欢看书,可她再怎么喜欢,也不敢明目张胆地当着总经理的面看闲书吧,除非她真的不想工作了,故意送一个理由让人家开除她。这是绝对不可能的!

"这里又没别人,你想做什么就做什么,再说你的手都成这样了还能做什么?"赵学军似是看透了叶慧的那点小心思,微笑着说。叶慧看赵学军不像是在说假话,便不好意思地笑了一下,从背包里拿出一本《中国文学》看起来,她已经看到第二册。叶慧看着看着,心头忍不住又冒出那个念头,他为什么要这样对我?这个念头一旦冒出来,叶慧看书的心思就再也无法集中。

以前王兰英曾告诉叶慧,商场里原来有一位方秘书,不仅有文化,人也长得特别漂亮,身材更是一等一如模特一般,凹凸有致,风姿绰约。方秘书尤其擅长公关应酬,是一个八面玲珑随机应变能力特强的人。那时赵学军不管到哪里应酬都带着方秘书,不管招待什么客人都是方秘书打头阵,挑大梁。方秘书不仅能说会道,酒量还超人,把工商、税务、商家客户等等各路神仙都打理得服服帖帖,体面又周到,不得不让人信服,也深得赵学军的重用和喜爱。王兰英说着说着,突然长叹一声:"唉,人真是一得宠就忘了自己的身份。"

叶慧默默地倾听着,王兰英又继续说道:"方秘书当时就是太得宠,太得意,忘记了自己真正的身份。她以为商场离开她就不能运转,她以为有总经理宠着,罩着,整个商场就得听她的,她太高估自己了。她忘了商场真正的女主人并不是她,赵学军再怎么宠她,也不会离婚来娶她。"王兰英顿了一下又说,"方秘书被赶走后,赵学军就没在找女秘书,一直都是文雨兼着,文雨倒也是尽职尽责,忠心不二,但现在也膨胀得不行。"

王兰英最后还意味深长地对叶慧说:"伴君如伴虎,既来之则安之。"最后又让叶慧时时都要小心谨慎,不该说的不说,不该问的不问,做好你该做的工作,不让别人挑出毛病。当时,叶慧的心被王兰英说得一紧一紧的,她真是后悔自己来到华美商场。

叶慧的世界一直是干净的、单纯的,她没有那么复杂。她来这里就是工作,尽职尽责地干好自己的工作,拿工资吃饭,她在意关注的是她倾心热爱的文学梦想,而不是那些是是非非。但此刻,叶慧的眼睛虽然盯在文字上,可一个字眼也没看进去。她的心思像天上的浮云一样千变万化,思绪万端,她突然有点紧张和恐惧与他独处一室,她更盼望自己的手能尽快好起来。

8

不久，楼下又新布置了一个大办公室，他们很快就搬下去了，终于解除了叶慧的焦虑和不安。这间办公室原来是样品室，在楼下商场大门的右手边，四面无窗，只有一个门，如果不开灯就是一片黑暗，像一个禁闭室。在这间办公室里的不只是他们，还有沈萍萍、郭俊和毛威武，他们的办公桌两两一组左右摆放，男和男、女和女相对而坐。赵学军的办公桌摆在最后面的中间，突出了他特殊的身份，他常常坐在后面以一副统治者的姿势俯瞰他们，心中充满着得意和自豪，脸上常常挂着春风拂面般的微笑。

坐在这间办公室里无所事事也是经常的事，叶慧至今都不清楚自己到底是做什么的，是秘书？可既没有文件也没有档案。她的办公桌抽屉里只有一本第三册的《中国文学》，一本《新华字典》，一沓信笺和一支钢笔，没有一样能为她的身份做证。说得难听点，她就是个打杂的，哪里需要就往哪里赶。自从叶超的家具店关门，叶慧来到这里满以为能得到一份可以施展才能的工作，可是事与愿违。叶慧感觉自己天天就像一个闲人一样，被困在这里，这绝不是她所希望的，可是她却无能为力，没有任何的办法。一个人的烦恼和痛苦到了无人可诉之时，唯有日记可以一诉肺腑。叶慧每天晚上都要打开她的日记，对着它像面对一位知心朋友一样倾诉着自己的心声和忧思。

沈萍萍也不例外，说是工会主席，可和叶慧一样整天也是无所事事地坐在办公室里，除了翻翻时尚杂志，再和大家有一搭无一搭地闲聊，真的也只是一个可有可无的摆设。只有午休时，她们俩才可以一起上街闲走闲逛。徽城最繁华热闹的地方都集中在春江路这一带，以及与其相交的秋月路和双凤路。尤其是秋月路最繁华热闹，有舞厅，有影院以及各种江南小吃都汇聚在这里，什么桂花酒酿、五香螺蛳、油炸臭干、赤豆糊和麻辣烫等等，令人目不暇接，垂涎欲滴，但叶慧真正爱吃的是那独特甜润的桂花酒酿。而双凤路一直是以新潮时装著称，是吸引年轻姑娘和少妇们常常前去光顾的地方，也是她们俩常流连的地方。当一天天就这样毫无意义地混过去时，这种梦一样不真实的生活让叶慧常常感到恐惧和紧张，空虚和失落。

郭俊和毛威武也不例外，说是商场部经理和保卫科长，也是整天坐在办公室里吹牛闲聊抽烟喝茶，偶尔才会去商场里像领导下基层视察一样巡视一番，很快又回到了办公室。奇怪的是赵学军也经常加入他们的行列，他这个总经理，叶慧看他好像也没什么正经事，每天看他好似行色匆匆地进进出出，腋下总夹着那个从不离身的黑色公文包，除了那个黑色塑面本，叶慧就再没看见他从里面拿出一件有价值的文件或东西。

对面的办公室是业务科，倒是整天人来客往，不是来送货的厂家，就是来要货款的厂家，像长江的浪一样刚送走前浪又迎来了后浪，一浪紧跟一浪，热闹得如同早上的菜市场。

午饭后，郭俊和毛威武总是喜欢一人燃起一根烟，悠闲地在那里吞云吐雾，看上去一副很享受陶醉的样子。对于叶慧和沈萍萍的反对，他们常常挂在嘴边的理由和口头禅就是，饭后一根烟快活似神仙，男人的快乐和享受，你们女人是不懂的。俩人一口接一口地比赛着吐出一个又一个烟圈,并强调自己的烟圈比对方的圆。一个个烟圈在空气中慢慢散开,很快整个办公室就像人间仙境一样,笼罩在一片云山雾气之中。每次文雨来这里都是紧皱眉头,脸上的表情也是一副受苦受难的样子,却又无可奈何,因为赵总喜欢待在这里,他这个秘书难道还想待在楼上享清闲,必要的工作还是要按时来请示汇报的。真正难受的是叶慧和沈萍萍,她们不仅要忍受办公室污浊的空气,还要忍受他们常常爆粗口。

在这片迷雾中,传来毛威武若有所思的声音:"我发现总经理现在有点不正常,居然跑来和我们挤在一间办公室。"

郭俊悠悠地吐出一口烟,也是一脸若有所思的神情说道:"我也发现了是有点反常,放着楼上总经理大办公室不坐,到这里来和我们挤一室,也不怕憋屈。"

沈萍萍不满地睥睨了他们俩一眼,说:"我看你们俩才反常,他是总经理,他想在哪儿办公是他的自由,你们俩是不是闲得太无聊,有点咸吃萝卜淡操心?小心赵总给你们俩洗脑子。"

毛威武语气不屑而坚定地说:"我们难道不比你更了解总经理。"

沈萍萍翻了他一个白眼,抿紧嘴唇不再理他。沈萍萍知道毛威武有底气说这样的话,他和郭俊不仅是赵总的发小,还是赵总创业路上的左膀右臂,是功勋之臣。所以他们今天才有资格整天坐在办公室里,胡吹海聊,抽烟喝茶,每月工资一分不少地照拿。不仅如此,就连她沈萍萍都受此恩惠,荣为工会主席,现在更是脱产坐进了办公室,再也不用和顾客口干舌燥地讨价还价。对于自己能有今天，沈萍萍心里是十分清楚的。因为郭俊的出现，她的生活发生了重大的改变，可以说没有郭俊就没有她的今天。郭俊就是她命中的贵人，所以她顺理成章地成了郭俊的未婚妻。

一次在北湖边漫步时，沈萍萍对叶慧说："你一定很奇怪我为什么会和郭俊在一起吧。其实我自己都不相信，如果这事放在以前，放在老家，那是绝对不可能的，他不仅浑身上下都充满流气和痞气，而且他还是个二婚头。在我们老家江北，一个黄花大姑娘跟一个死了老婆的男人结婚，那就是填房，让一家人在家门口都抬不起头，被人指指戳戳的。但是让我最终决定摒弃所有的旧观念和偏见，以及顶住来自家庭的阻力和他在一起，是因为发生了一件事。"

沈萍萍的老家在江北滨湖，她初中毕业后跟门口的师傅学了两年的裁缝，就跟着老乡来到了徽城，开始什么苦活累活都干过。后来，又经老乡介绍来到了华美服装厂。这是一家十几人的私营小厂，除了兼裁缝师傅的陈厂长是一中年男人，其他的全都是女工，都是周边农村来的，三分之一都没有文化，有的只念过一二年级，或四五年级，只有沈萍萍是初中生，算是有文化的。服装厂在东郊，紧靠城边，是华美商场的下属厂，加工的衣服基本上都在华美商场销售。赵学军平常从不来这里，一切事务都由陈厂长经管，账目也都交文秘书一人管理。

沈萍萍在服装厂上班不到半个月就得了重感冒，卧床不起，不但高烧还说胡话，陈厂长怕出事，就报告了赵学军，赵学军就派郭俊过来看看。郭俊走进女工宿舍，一看床上的沈萍萍高烧得不省人事，什么也没多想抱起她就往医院赶。沈萍萍在住院期间，郭俊就天天去探视她，照顾她，后来沈萍萍出院就没有再回服装厂了，而是直接进了商场做售货员。再后来沈萍萍也没有再去住集体宿舍，而是住进了郭俊的家，所有的事情都发展得有些快如闪电，出人意料，但又都似乎顺理成章，合情合理。

"经过这件事后，我觉得他这人善良可靠，也重情重义，能够托付终身，至于他身上其他的不好，我都可以不去计较，重要的是他对我好。再说他毕竟是城市户口，而我只不过是漂浮在这里的一个小小的无根的浮萍。"沈萍萍说完，不由得轻叹了一声。

叶慧始终静静地倾听着，一句话也没说。其实，叶慧很想说无根的浮萍又岂止你一个。

三

1

叶秀又有一段时间没回娘家了,今天一早踏进娘家的门就坐到凳子上,一把眼泪,一把鼻涕地哭诉起来。她的儿子偎在她的两腿间,昂着头,瞪着一双不谙世事的大眼睛可怜兮兮地看着她,一边口中发出喃喃的低语:"妈妈不哭……"一边还伸出小手,踮起脚尖去替妈妈擦眼泪。

叶子建和韩素音分坐在不远处,默默地倾听着,待她哭诉完,韩素音忍不住轻叹一声。叶子建则愤怒地骂道:"这个狗东西,明天让你堂哥叶超带两个人去好好教训他一顿。"

韩素音反对地说:"算了,你打了他一顿,他会打她更狠,哪天他来了好好说教说教他,吓唬吓唬他就行了,只要保证以后不再打。"

其实,叶秀这已经不是第一次遭家暴了,小打小闹她都照单全收了,稍重点的她也尽量咽下了,忍着不回娘家说,就算说了又能解决什么问题,只不过让父母跟着自己一起多一些叹息和无奈,多一些操心和着急。早在叶秀怀孕期间,她就曾屡次遭到徐树林的推搡打骂。叶秀怀孕期间,徐树林还是毫无节制地频繁需求,叶秀拒绝不答应,并且告诉他怀孕期间不宜频繁行房。

可是徐树林每次都听不进去,每次都要强行得逞,如果叶秀拒绝就是一顿推搡打骂,打完了,还是要强行去做,一副不达目的誓不罢休的架势。一次叶秀还是像以前一样地拒绝,不仅遭到一顿暴打,还被恶狠狠地从床上推跌在坚硬的水泥地上。所幸叶秀只是侧身跌下来,没有伤着孩子,因为叶秀回娘家没说,所以也没有人知道。

叶秀每天早出晚归骑车上下班,早晨从城北到城南,晚上再从城南到城北,几乎穿过大半个城。且不说每天来来回回路途遥远,单说那每天流水线上的工作量就足以累得人筋疲力尽,再加上晚上还要被徐树林折腾几个来回,叶秀实在是太累了。再说这种流水线的工作,必须要动作熟练快捷,稍一慢就影响别人,上线下线对你都有意见。因为这直接与个人工资奖金挂钩,谁愿意跟一个影响她工资收入的人一组?叶秀的上线下线不仅都是快手,还一分钟都舍不得多歇,午饭碗一放就坐到了缝纫机上,嗒嗒嗒、嗒嗒嗒地做起衣服来。叶秀放下饭碗,一趟厕所回来,筐子里已经堆放了好几件等待她加工的半成品。下线一边抱手冷脸坐在那里等候,一边嘴巴不停地直嘀咕,说什么一个厕所上到国外去了,大半天都回不来。叶秀像犯了大罪一样,一声不吭地赶紧坐下来,埋头快速地做起衣服来。谁让人家是正式工,你只是个要饭般的临时工,哪有资格跟人家争论,只有拼命去踩缝纫机。

一个下午,叶秀头也不抬地紧赶慢赶,连口水都不敢再喝,到了快下班的时间,还有两件待做的半成品衣服。别人完成了任务可以下班了,叶秀却不能走,不仅要完成自己的,还要帮着完成下线的,因为是她耽误了人家的时间进度。等到所有的衣服都做好,她早已经累得筋疲力尽,拖不动腿,可还要拼命地踩着自行车往家赶。

回到家里,徐树林还没有回来,婆婆带着儿子在看电视,厨房里也是冰锅冷灶,一家人还等着她烧饭做菜。叶秀实在是没有力气去重新做饭菜,就将冰箱里的剩饭剩菜拿出来加热,招呼婆婆和儿子吃饭。婆婆一见吃的全是剩饭剩菜,脸一下子拉得老长,不悦地嘀咕道:"就知道图省事,烧个饭能累死你。"

叶秀装作没听见,她实在是没力气解释,再说解释能起什么作用?她知道婆婆虽然满肚子的不高兴,可真要让她把剩饭剩菜倒了,她又舍不得了。

叶秀一边慢慢吃着饭,一边喂着儿子。小家伙玩心很重,边吃饭边还在不停地埋头玩耍手上的玩具,饭送到嘴边还不知道张嘴,叶秀忍不住说道:"饭来都不知道张口。"

婆婆一旁听见了,多心了,生气地问道:"你说谁呢?"

"我说小宝,不知道吃饭就知道玩。"

"你别指桑骂槐,这个家还轮不到你来当。"婆婆是一家之主,掌控着家里的财政和买卖,是家里的总管家。

叶秀懒得再说,也没力气再说,天天上班像农村的双抢,累得哪里还有力气吵嘴。谁想当家谁当去,她不稀罕。婆婆见她不语,只从鼻腔里冷哼了一声,也就没继续说下去。

徐树林很晚了才醉醺醺地回家,不洗也不漱,钻进被窝倒头就睡。叶秀最见不得他这种不讲卫生的肮脏样,喝了酒就像死猪一样,拖不动也扶不起,可也不能容忍他就这样脏兮兮地睡在被窝里,弄得被窝有一股说不出的复杂难闻气味。没办法,叶秀只好穿衣下床,打来热水沾湿毛巾,帮他擦洗脸和手,然后再换来一条洗脚的毛巾。叶秀刚抓起徐树林的一只脚,还没脱下他脚上的鞋,就被他用力一蹬腿重重地踢倒在地上。没有任何防备的叶秀,身体往后仰倒的同时,手打到了放在一旁凳子上的脸盆,脸盆被打翻在地,一盆水全倒在她的身上了。与此同时,徐树林却一跃而起,飞起一脚踢飞脚下的脸盆,脸盆在水泥地上打着旋,清脆地发出委屈的声音。躺在地上的叶秀还没反应过来,徐树林已骑到她的身上,拳头像冰雹样没头没脑地落下来:"一个农村人还穷讲究,假干净,还帮我洗脚,把你自己脚上的泥巴好好洗洗吧。害人害己的东西,你让我儿子挂着一个农村户口以后怎么去上学?"

一阵暴打之后,叶秀含悲忍泪躺上床,泪还未干,疼还未消,徐树林又要强行需求。叶秀知道拒绝只会招来更狠毒的暴打,便闭着眼任由他摆布。一番折腾后,徐树林倒头呼呼大睡,叶秀却睁眼流泪到天明。

天亮后,徐树林像平常一样,起床、洗漱、吃早饭、去上班,压根就没把昨晚之事放在心上,好像那一切都是再正常不过的,就像他每天必须要吃喝拉撒一样合情合理。至于叶秀那一夜是痛苦还是悲伤,是快乐还是幸福都与他毫不相关,都不会影响他的生活和情绪。

叶秀在经历了一夜的肉体和精神痛苦折磨后,一大早就带着儿子跑回娘家,对着父母一番哭诉后,忍不住直问叶子建:"爸爸,你当初要是不回去,一直留在这里,我们现在不是和别人一样是高高在上的城里人？谁敢看不起我们，谁敢给我们白眼，谁又敢随便欺负我们？"叶子建面对大女儿的发问，一句话也说不出。叶子建也是有苦难言。

2

叶子建的一生经历太多的坎坷和磨难，不是一句两句，一天两天能说得完、说得清的，他也不想说，不愿说。人生太多的事情和无奈是别人不能理解和认同的，唯有放在自己的心里慢慢去消化和释怀，无须别人多言多语。别人所知道的，大致是他当年因为对工作调动不满，一次次要求都得不到解决，便愤然离职回了老家。他的堂兄当时极力反对阻止，但还是没能把他留在徽城，他去意已决。叶子建回到老家，几年后因为公社中学缺老师，加上他原来就是老师，所以在公社书记老同学的帮助下，他进了公社中学当了临时语文老师，并年年被评为优秀教师。后来不明不白地被停职了，进了公社学习班，家属想探望一眼都不允许，还差点把命丢在了里面。出来以后，学校还让他回去，但叶子建已无意再回到学校，他也不想再留在家乡，那里的一切也让他失望和伤心，甚至是心灰意冷。

又过多年后，改革开放越来越深入了，不仅土地都承包给了农民，就连市场也渐渐放开了，可以自由交易商品了。这时，叶慧已经初中毕业，叶秀也已经在乡服装厂工作了几年，已经到了谈婚论嫁的年龄，上门提亲的人，也是打发了一拨又来一拨，没有一个说成的，到最后没有人再敢上门提亲了。四乡八邻都在说叶子建眼光高，不会轻易把女儿说给人家。其实，真正的原因是叶子建不想再留在这里,更不想让自己的女儿再留在这里。堂兄帮助他们一家又来到了徽城,并帮他们在花园街购置下了两间普通的民房,叶子建和老伴韩素音便以摆地摊卖百货赚取生活费。

当时的徽城并没有完全对外放开,只有长街小百货批发市场和清水街农贸市场,可以自由交易,显然他们只能在清水街农贸市场摆摆地摊。清水街虽然是个农贸市场,却是当时徽城最大最繁华热闹的自由农贸市场,不仅有丰富的农产品,就是市面上流行的最时尚的穿戴,在商业繁华的春江路能买到,在这里也都可以毫不费力地买到。这里可谓寸土寸金,想要争得一席之地也绝非易事。当然了,既然是农贸市场,也就是人人都可以来这里自由交易,所以想要争得一席之地,也不是绝对没有一点希望和可能。

他们唯一的办法就是比别人起得早,每天早晨五点钟天还未亮,他们就起床了,不洗不漱不吃不喝,拎着大包小包的货物匆匆赶出门。一路上除了一两个清洁工外,几乎见不到一个行人,早起的都是商家和辛苦的买卖人。当他们赶到清水街,选好摊位,支起摊架,早已是满头白霜。因为时间尚早不便把货物一一摆出来,站在冰冷空旷的街头等待天亮,等待太阳的升起,他们只能不停地搓着双手,跺着双脚来抵御刺骨的严寒。

当鲜红的太阳从东方升起时,他们便急忙开始把货物一一摆出来。此时,大街上已是人声喧哗,车来车往像江水一样,一浪追赶一浪。那些性急的人已等不及他们摆好,就开始购买,他们只能边摆边卖,送走一批人,又迎来下一批人。大冬天的,他们竟都忙得额头上布满了一层层的细汗,对于每分钱都浸透汗水和辛劳的他们,是舍不得随便花一分冤枉钱的,他们的周围有各种早点摊子,金灿灿的油条、热腾腾的肉包子、雪白的大馒头和葱香诱人的手擀面。尽管他们在大清早的寒风中已忙碌了几个小时,也早已饿得饥肠辘辘,却没有时间顾上吃,也舍不得花钱去吃,只有等人少的时候轮流回家吃咸菜配汤泡饭。

叶慧在父母离开的时候,也只是小睡了一会就赶紧起床,把前一晚的剩饭倒入铁锅中加上冷水,烧起了汤泡饭。待汤泡饭烧好后,她匆忙就着咸菜吃两碗,就又匆忙赶往清水街去轮换父母回来吃早饭。一天上午,叶子建和韩素音俩都不在,就留叶慧一人守摊。这时来了一个买袜子的男青年,他一上来就把价格还得很低,让叶慧无法接受,当然无法卖给他。男青年就一个劲地在这里软磨硬泡,一副不达目的不罢休的样子。偏偏叶慧也是犟劲上来,死活不让价,就是不肯卖给他。

"你这个人怎么这么难讲话,我还从来没遇到过,说了这么长时间还不能卖,算了,算了,不买了,算你狠。"男青年很生气地重重地丢下手中的袜子,转身离开时,不知是无意还是有意将摊子顺手推了一下,摆满小百货的破板车本来就晃悠悠的,担在几块砖头上,哪里经得起他这一推搡,一下子就侧倒了,一车的货物瞬间就倾倒在地,男青年头也不回地走了。叶慧望着他扬长而去的背影气得眼泪直滚下来,她一边收拾地上乱成一堆的货物,一边不停地用手背擦眼泪。叶慧从小长这么大从未受过如此委屈和窝囊气,心中那种憋屈让她又羞又恨,羞自己受到如此的屈辱,恨自己不该来到徽城。来到这人生地不熟的地方,处处受限,事事难行,连一个说说知心话的人都没有。

叶慧本来对做生意就没有任何兴趣,现在则是深恶痛绝了!更让她深恶痛绝的是,每次拿着从市场上高价购买来的粮票,去粮站买米所遭受的尴尬和无奈。虽然粮站离家不过百米远,但叶慧走过去,感觉比二万五千里长征之路,还要漫长,还要艰难和吃力。叶慧每次总是排在队伍的最后面,直等到别人都开好票走了,她才敢硬着头皮怯怯地磨磨蹭蹭地走近窗口。还不等叶慧开口,那个开票的胖胖的矮女人头也不抬地傲慢地说道:"粮本?"

粮本?叶慧哪有什么粮本,叶慧若有粮本,叶慧也用不着这样委屈怯弱,叶慧也可以理直气壮地、不卑不亢地递过去,并大声地说道:"给,粮本!"可是叶慧却没有!叶慧只能厚着脸皮,赔着小心,低声下气地跟那个胖女人说一大堆让她日后一想起来,就面红耳赤的好话。胖女人总算心软开恩,只肯卖给叶慧十斤,叶慧还得对她千恩万谢,只差叩头,因为用不了十天半月叶慧又得来求她,如此反复,无休无止。

这一切,让当时只有十六岁的叶慧,那颗脆弱敏感的心深受打击,别人买米都是堂堂正正的,理直气壮的,而她却感觉自己像是来做贼一样,畏畏缩缩,怯怯弱弱。叶慧的心里有着说不出的委屈和羞辱,也让她第一次深切地体会到生活的心酸和世间的不平等。

对于叶子建夫妻来说,摆地摊虽然辛苦,甚至受一些冤枉气,但也无拘无束,自由自在,尽管收入不高,却也可以温饱,他们已很知足了,甚至感到很幸福。经过几年的辛苦坚持和努力,再加上市场越来越开放,国家对个体经营户的政策也越来越好,并专门为个体经营户提供了铁棚经营柜,让他们不用再在露天摆地摊。经营条件的改善,让他们越干越有劲,越干越有信心。但是总有不尽如人意的地方,你的人是来了,你的收入也提高了,但你是吃不到国家商品粮的农村人,你永远是被城市人歧视的乡下人。他们俩可以不在意,也不计较,反正一切生活需求市面上都可以买到,虽然价钱有点高,但无须票证和户口。但是叶秀和叶慧不行,她们还年轻,她们需要工作,需要婚姻家庭。叶慧还不到二十岁有的是时间,一切可以不着急慢慢来,但叶秀不可以,她已经二十多岁了,不能不急。而且一切都是迫在眉睫,容不得耽误和拖延。

他们开始放下生意,又是托亲又是拜友,号召所有在此的亲戚朋友帮叶秀介绍人家,可这并不是一件容易的事,婚姻毕竟不是商品,看准就下手。一波又一波相亲过去,不是叶秀看不上人家,就是人家嫌弃叶秀没户口又没工作。好不容易才在城郊边菜农处找到了一户殷实的人家,小伙子和叶秀同龄,长得白白净净,高高挑挑,斯斯文文,根本就看不出是一个开长途大货车的司机,俩人见面后都很满意对方。可是还没来得及深交,小伙子在一次长途货运途中出车祸死了,虽然只见过一两面,但是对叶秀的打击还是不小的,她消极沉默了很长一段时间,才慢慢走出伤痛和阴影。

3

叶秀是在她大妈退休前,被大妈带进市利华服装厂的。开始叶秀只是在旁边打打杂,钉钉纽扣,剪剪线头。后来因为人手短缺,加上叶秀本来就会裁缝,以前一直都在老家乡服装厂上班,所以不久就正式上机了。虽然工资不能和正式工比,但总算有了工作。工作半年后,在热心同事的介绍下叶秀认识了徐树林,徐树林是一家国企的技术工,不仅人长得老相又丑,家里还太穷,下面还有三四个妹妹,父母又是低收入的普通工人,维持好一大家人的生活已经很不容易,空空如也的家里拿什么给大龄的他结婚。所以妹妹们一个个都在青春妙龄,家里没有任何陪嫁时就相继出嫁了,他三十好几了还是个单身汉。叶秀和徐树林交往了一段时间后,发现他不仅人长得粗糙,举止也很粗俗,心里就很不舒服,也不十分满意,所以对他也就不亲不疏的,不冷不热的。

　　徐树林三十多岁的大男人,既没谈过恋爱,也没牵过女孩的手,叶秀对他越是不冷不热的,他越是着急上火,想尽办法来约她出门,都被叶秀以各种借口拒绝了。总是这样不见进展地拖下去,徐树林着急又不甘心,旁人也替他着急,说他恋爱一年了还没上手,真没本事。谁在世上没有几个出馊主意的狐朋狗友,徐树林采纳了那帮上不了大台面的朋友的馊主意,将叶秀哄骗到他的宿舍,强行占有了她。叶秀在泪流满面夺门而去前,除了狠甩徐树林一个大耳光,并大骂一声"流氓"外,她不知道自己还能做什么。

　　叶秀一向守身如玉,在家乡服装厂上班时,同龄的姑娘们和男人谈恋爱,不多久就同居了,怀孕流产打胎不足为奇。叶秀却不轻易去恋爱,对追求她的男人,她总是婉转拒绝,不管别人怎么费尽周折穷追猛攻，她就是不点头。叶秀是有自己的恋爱对象的，她在等待，等待她的白马王子出现。那个身材高挑，英俊挺拔，皮肤白皙，穿着军装，常常骑着高头大马出现在她梦中的男人，总是一脸灿烂微笑地望着她。他们曾是学校文艺宣传队的骨干，一起排练，一起演出。每每排练晚了，或是演出晚了，他都会将她送回家，直到看见她关上厚重的大门，他才会放心地转身离开。虽然俩人什么都没说，但彼此心中都有一份欲说还羞的情愫。毕业后，他去参军了，她去学裁缝，从此天各一方。叶秀不知道那个男人何时会回来，那个男人一从军就再没有消息，再没有回过家乡，叶秀不知道他们今生是否还有缘再见。

一个月后，叶秀发现自己怀孕了，她又羞又恨又怒，却又不敢声张，她不得不隐瞒着家人，硬着头皮去找徐树林。叶秀一次次去，却一次次扑空，万般无奈之下，她只得去徐树林上班必经之地——春江桥堵截他。可是一连几天早晨，叶秀都没有等到他。又一天早晨，叶秀又去了，站在滔滔江水之上的春江桥上，叶秀想了很多很多，想得最多的是，今天如果她再等不到徐树林，她就从桥上跳入江中。叶秀在桥上不停地徘徊着，等待着，好在并没有引起别人的特别注意。终于看到徐树林从桥面上骑车过来，叶秀一边向他快速地走过去，一边喊着他的名字："徐树林……"可是叶秀的声音轻得似乎只有她自己能听见，她不好意思大声喊，就这样她的脸已经红得像刚冲出江面的朝阳。徐树林似是闻声，他侧脸看到了叶秀，但他没有停下车，而是加快了车速，像泥鳅一样飞快地滑到了桥坡下。不一会儿，车就无影无踪了。叶秀呆立在桥面上，欲哭不能。

翌日早晨,叶秀又早早地候在桥面上,当她看到徐树林从桥坡下骑车上来时,叶秀就连忙冲上前用身体挡在他的车头,低声怒吼:"徐树林,你是故意躲着我吧?便宜你占了就想不负责任,就想开溜?"

"我有说过这话吗?是你自己跑了,还来怪我。"徐树林一副咄咄逼人,理直气壮的样子。

"那好吧,我不想和你多说了,我们结婚吧。"

"干吗这么着急,你嫁不出去了?"

"对,我怀孕了,嫁不出去了,只能嫁你了。"

"你蒙人吧,一次就怀孕了。"

叶秀终于被气得流下眼泪:"我干吗要蒙你?你不相信,我们可以去医院,让医生告诉你。"

徐树林在医生那里得到明确结果后,终于答应结婚。但是他总是左拖右拖,不是这样的理由,就是那样的理由,总之,迟迟定不下婚期。可是叶秀的肚子哪里容许他的拖延,只能免减一切俗规,排除一切烦琐,一切直奔结婚而去。

江南总是春短夏长,夏天未至就已经热得不行,到处都是穿短衫短裤的。出嫁那天,一大早还睡在床上,叶秀就开始抽抽搭搭地哭泣,将睡在另一头的叶慧惊醒,叶慧暗暗地对自己说了一句,她将来要是出嫁绝不哭嫁,她才不相信那一套。叶秀终于起身梳洗打扮,一身粉色的连衣裙,未施任何粉黛,却依然美如天仙,灿若桃花。

哭嫁是出嫁的女儿在离开自己的娘家,感到伤心的表达,也是一种风俗形式,完全可长可短。但是叶秀的哭嫁似乎太长了,从清早到离家上车,一路上她都在不停地哭泣。叶慧和表姐分坐在两边,互相对视了一眼,谁也没有去劝阻,她们都认为到了新房,叶秀就不会再哭泣了。但是进了新房,叶秀根本就没有停下来的意思,她干脆伏在堆得高高的被子上一刻不停地哭泣。

叶秀不知道这哭嫁的一幕永久地印在了叶慧的脑海里,让她当晚躺在宽大空虚的床上,辗转反侧不得入眠,以致很多年都挥之不去。也让叶慧感到是自己对不起姐姐,因为她总是在暗中祈祷让姐姐早点嫁出去,因为在家里叶子建总是偏袒叶秀,她总是代为受过的倒霉蛋、出气筒。

叶子建哪天在外生意若是做得不顺心,回到家里就会对叶慧横挑鼻子竖挑眼,大发脾气。一次叶慧把饭烧煳了,叶子建一边敲着饭碗,一边大骂她:"你连个饭都烧不好,将来能干什么,还不如去跳长江。成天就知道看书,看书能有饭吃吗?一天到晚不切实际地做什么作家梦,写文章不是你女孩子该干的事,你应该像你姐姐一样老老实实,认认真真地学个裁缝,有个手艺,将来也有口饭吃。常言道,荒年饿不死手艺人。古话是不会错的。"

那时候叶慧还没有出去工作,整天像一个怨妇一样在家围着锅台转。还是一次伯父过来,看见叶慧一个小姑娘家,整天在家里做着妇人一般的活计,觉得太委屈了,才给她想办法去找工作。可是没有城市户口哪里能找到什么好的工作,只能去卖卖苦力。虽然是去卖苦力,叶慧也很乐意,因为她根本就不想去学什么裁缝,也不相信什么荒年饿不死手艺人。

4

叶秀的身体虽然越来越沉重了,但是一点也不笨拙臃肿,穿着加长的棉袄根本就看不出她有身孕。她依然坚持去上班,骑车不方便,她就坐公交。今天下班叶秀提前了一个小时,她要去医院产检,从单位到医院步行大约一个小时的路程,叶秀决定走过去。每次去产检医生总是反复地交代她一定要多走路,尤其像她这样的工作,不能坐在那里不动,这样不利于生产。叶秀非常认真地遵循医生的嘱托,平常上下班她都是提前一站就下车,晚上再累,饭后她都要在居住区的周边走一走。

江南惯常都是雨水多,今冬却很特别,一冬干旱少雨,偶尔落几滴雨,还不够打湿地面上的灰尘,所以根本就不算下雨。但是刚过立春还未到雨水,那雨水就像受了莫大委屈的孩子,无阻无挡地哗啦啦奔涌而下,绵延不绝。叶秀打着雨伞,脚步不疾不徐地走进医院,挂号进入妇产科。一番检查后,医生告诉她胎儿一切都正常,预产期还有一个星期,让她做好产前准备。叶秀谢过医生走出医院,决定今晚回娘家住,她已经有一段时间没回娘家了,也正好再告诉家人具体的生产日期,好让母亲早做准备。从医院到娘家步行约需半小时,叶秀还是决定走回去。虽然已经有些累了,但是她不想生产的时候难产受罪。

晚上,一家人很久没有这样亲亲热热地围坐在一桌吃饭了,所以饭桌上的气氛非常温馨和融洽。韩素音不停地往叶秀碗里搛菜,嘴中还不停地劝说:"多吃点,看你比上次回来又瘦了,你现在是两人吃饭,吃少了不够。"

"妈,够了够了,吃不下了。"叶秀边说边阻止母亲再搛菜。

饭后,叶秀没有再走了,因为今天已经走得够多了,而且她也感到特别疲累。一家人说说话,很早就洗漱睡下了。叶慧今晚也没有再看书,也跟着早早地睡了,叶慧不想影响叶秀睡眠。她听厂里那些小嫂子说怀孕的女人都贪睡,都睡不够。叶秀婚后就很少回家,这次回家看上去比上次消瘦了不少,看来怀孕真是很辛苦的。姐妹俩还像以前一样挤在一张一米多宽的床上,叶慧靠墙里睡下,好让叶秀睡外面上下方便。叶慧拼命地将身体向墙上靠去,恨不能把自己粘贴在墙上,把整个床的空间都留给叶秀。

半夜里,叶秀突然在床上一阵紧似一阵地呻吟着,一家人都被惊醒了。

"怎么了,哪里不舒服?"韩素音在另一张床上关心地问道。

"可能吃坏肚子了。"叶秀艰难地答道,"过一会儿就好了。"

安静了一会儿,叶秀又呻吟起来,声音比先前也大了许多,也痛苦了许多,而且还在床上不停地翻动身体。"是不是要生了?"韩素音不放心地问道。

"预产期还有一个星期呢。"叶秀咬紧牙关答道。

"不对,赶紧去医院。"韩素音连忙穿衣下床,来到叶秀床前帮她穿衣,扶她下床。可是,大半夜的,叶秀连站都站不起来,怎么去医院。此时,叶子建也穿衣下床了,他打开门,冒雨架起靠在屋檐墙根下,早已不用的有些破烂的板车。俩人将叶秀扶上车坐下,伸手随便抓起一件雨披套上,就拉起板车拼命地向医院奔跑而去。叶秀坐在车上,一手打伞,一手托着肚子,一阵紧似一阵的疼痛和颠簸让她坐立不住。她痛苦不堪地侧卧在板车上，紧紧抓在手上的雨伞早已倾斜在一边，雨水全打在她的身上。

赶到医院，叶秀身上已完全湿透，一刻也不敢耽误地被送进产房。夫妻两人也是浑身湿漉漉的，疲惫不堪地瘫坐在椅子上，大口大口地喘着气，心脏像一台开足马力的发动机一样怦怦地直跳动。半个小时后，产房里传出了婴儿洪亮的啼哭声，接着护士出来宣布母子平安。

当时叶慧完全被吓蒙了，她像被人五花大绑在床上一样，四肢一动也动不了。就连叶秀住院期间，她也不敢去医院，直到叶秀出院回家，她才敢跟着母亲一起去探视。徐树林也是在第二天上午才得到消息，并赶到医院。当然，这一切都发生在他们还住在花园街时。

当晚，受了莫大屈辱和伤害的叶秀，带着儿子就在家里住下了。白天，叶秀照常去上班，叶子建夫妻俩去摆摊卖百货，叶慧正好休息，就带着小家伙待在家里。小家伙叫徐宝，是他奶奶起的，徐宝现在已是个四岁的漂亮小男孩，非常乖顺听话。叶慧低头看书，他就一个人安静地在旁边玩耍，不吵也不闹。

几天后，徐树林来接叶秀母子回家，家人个个都狠狠地轮番说教了他一番。徐树林倒也不辩白，只是一个劲儿唯唯诺诺地点头答应。后来，他再有没有对叶秀家暴，叶秀不说，家人也不知道了。

四

1

　　离元旦只有半个多月了。早晨,赵学军一走进办公室,就一脸春光灿烂地对沈萍萍和叶慧说:"你们俩以商场工会的名义尽快发布一个公告,组织大家举办一场文艺庆祝晚会。"继而又转向郭俊和毛威武说,"你们俩一起协助她们开展此项工作,积极带头报名参加,并鼓励大家报名参加。不仅要把我们商场首场晚会办起来,而且还要办得精彩热闹,隆重热烈。"

　　赵学军说得兴致勃勃,激情飞扬,好像他眼前正在上演一场精彩晚会。郭俊和毛威武却一脸傻愣愣地看着、听着,大脑完全跟不上节奏。俩人同声问道:"总经理,你说的是真的吗?不是开玩笑逗我们乐吧?"

　　"怎么不是真的?我什么时候说过假话?我为什么要逗你们乐?"赵学军盯着他俩问道。

　　"可是,我们毕竟是商场,是做生意的,从没办过文艺晚会,能办好吗?"郭俊仍信心不足地说道。

　　毛威武也紧随其后说道:"是啊,总经理,你怎么想起来办文艺晚会,我们都是没文化的粗人,哪里能搞好那文化人的事。"

赵学军一下子收起了一脸的笑容,严肃地望着他们俩说:"你们俩能不能有点出息,没吃过猪肉还没看见过猪跑?没办过还没看过?就不能学着办?什么事不是有人先去尝试了,才有后来者,亏你们俩还跟了我这么多年,一点长进也没有。"赵学军狠狠地用手指点戳着他们俩,又说,"谁说我们没有文化人?叶慧不是?沈萍萍不是?你们俩说话要多动动脑子,不要随口乱说。不仅如此,还要多给她们俩信心鼓励,也要带头给所有员工信心鼓励,而不是在这里说动摇军心的话,我以后还怎么指望你们俩?"

郭俊和毛威武俩人都被说得满脸不自然起来,嘴巴嚅动着想再说什么,却又没说出口,只能在一旁赔着尴尬的笑容。

叶慧和沈萍萍都欣然接受了任务。此后,俩人都很积极热情地投入此项工作中,这样总比整天无所事事地闲坐着混日子好。再说这也是一项很有意义的工作,而且也是她们从没有做过的工作,更重要的也是她们喜欢并热爱的工作。

当举办元旦文艺晚会的消息在商场一公布,来办公室报名的男女员工就络绎不绝,人人都积极踊跃报名参加,报上自己最拿手的节目,就连赵学军都报了一个箫独奏,并叮嘱他们在演出前一定要保密。沈萍萍忍不住感叹:"我们商场文艺人才真是不少,平时都看不出来,不搞晚会还真是不知道,太埋没人才了,赵总真是英明。"

郭俊显然没理会沈萍萍的话,他说:"总经理现在做事是越来越让人看不懂了,跟了他这么多年现在竟然摸不准他的心事。"

毛威武也随声附和道:"是啊,他什么时候有这雅兴,不但办晚会,还自己报名参加,真是看不懂。"

沈萍萍不满地看了俩人一眼说:"看来你们俩又需要赵总给你们洗脑上课了。"

"行行行,都别瞎琢磨了,总经理的心事轻易就让我们摸透了,他还叫总经理?都赶紧准备一个节目吧。"郭俊挥挥手说:"萍萍,我们俩合作一首男女声二重唱吧。"

沈萍萍频频点头说:"可以。"

毛威武见状,也似不甘示弱地说道:"叶慧,我们俩也合作一个节目吧?"

一直没出声的叶慧愣了一下,还没等她做出反应,沈萍萍已抢先道:"叶慧要主持节目,"顿了一下她又补充道,"这是总经理的意思,他特别对我交代的。"

叶慧显然很意外,她信心不足地说:"让我主持节目,我行吗?"

"当然行!总经理从来不会看错人。"沈萍萍说得很干脆。郭俊和毛威武也在一旁连声附和着说:"行,你肯定行,总经理看人向来准。"

叶慧感觉自己有点赶鸭子上架,便硬着头皮说:"那好吧,我试试。"

自此,每晚下班后,大家也都不急着回去了,而是三个一群,四人一伙地自行排练着节目,互相切磋,互相讨论,比专业演员还要认真敬业,积极热情。

叶慧虽然不用准备节目,但是她要主持节目,她就要写主持词,所以她一点也不比别人轻松,甚至更加紧张忙碌。沈萍萍当然也不甘示弱,为了这台晚会,她还特别把她的妹妹沈露露也请来助阵。沈露露曾经也在商场工作过,因为有歌唱天赋,就去了一家舞厅驻唱,据说发展得很不错,收入也很可观。

元旦晚会如期举行,下午商场早早就关了门,开始了舞台布置,所有的人都在热切地期待着商场有史以来的首场晚会。适时,叶慧一身白色风衣飘飘如仙,乌黑的长发披肩而下,手握话筒站在舞台的中央。虽然她的心正紧张得如擂鼓般咚咚直跳,但她面上还是能镇静自若地微笑着面对台下的观众,柔缓地开口:"各位领导,各位员工,大家晚上好!华美商场首届元旦晚会,在大家热切的期盼中即将开始,下面我们先邀请赵总给大家讲话。"

赵学军在一片热烈的掌声中走上台,他挥挥手,清一清嗓子说:"首先感谢大家这么多年来,一如既往地对华美商场的热爱,对商场的贡献,我都铭记在心,感谢的话就不多说了,还是请大家欣赏节目吧,这是我们商场有史以来的首场晚会,也是我们自己的晚会,大家一定要认真地演出,用心地欣赏。"

一阵掌声过去,叶慧再次走上台,她微笑着说:"下面我们首先有请大家都熟悉的沈露露小姐为大家演唱《故园之恋》!"

"走过了一山哟又一山啰,过了一江哟又一江啰……"随着高亢洪亮的歌声,沈露露像一道火红的霞光飘落在舞台上,舞台下的掌声如暴雨般哗哗而起,"清晨我们曾分手,脚步在四方漂流,小路上我们在走,夕阳里我们在走,走过了多少岁月,付出几多辛酸,经过多少风雨,伴随几多忧和愁……"

沈露露的歌声在一阵阵热烈的掌声中结束,接着是王雪的《追梦人》和陈菊花的《想你的时候》,再接着是沈萍萍和郭俊的男女声二重唱《在雨中》。郭俊一向给人就是一副粗俗不堪的印象,叶慧没想到他竟能把这首歌演绎得如此唯美动听,委婉缠绵。没有和任何人搭伴的毛威武,独自来了一支霹雳舞,把现场的气氛一下子调动起来,那些站在台下观看的男孩子,一个个也跟着他摇头摆尾地模仿起来,惹得观看席上笑声不断,掌声也不断。更多的精彩节目是一个紧跟着一个,把晚会的气氛一次次地推向高潮,也把大家的情绪一次次地推向顶点。

叶慧站在舞台的中央一次次地示意大家安静,待到大家的掌声笑声渐渐平息下来,她才缓缓开口:"今天晚上最后一个节目是箫独奏《一剪梅》,有谁知道演奏者是谁?"话音刚落,台下一片议论声,有的说是这个人,有的说是那个人,竟没有一个人猜得对。叶慧便不再等大家了,只听她说道:"既然大家都不知道,我就不为难大家了,下面还是有请演奏者自己上场,大家欢迎。"

大家翘首张望,只见赵学军手拿一杆长箫,一改他平日的冷峻威严,满面笑容地走上舞台,全场立刻响起热烈的掌声。只见赵学军缓缓调均气息,将箫送到唇边,那首熟悉的《一剪梅》悠悠地飘送到大家的耳畔,让台下所有的听众如痴如醉,如诗如梦。一曲奏罢,台下是一片安静,好像那箫声依然在耳边盘绕回响,好一阵大家才回过神来,台下再次爆发出雷鸣般的掌声,更有叫好声和口哨声夹杂在其中。台下不断有人喊出"总经理再来一个""总经理再来一个"。

2

华美商场有史以来的第一场元旦晚会,在一片欢呼声中圆满结束。晚会是结束了,但是因晚会而引发的故事似乎才刚刚开始。如果叶慧能预知到后来发生的一系列事情,都与晚会有着千丝万缕的关联,她当时还会担任主持吗?

早晨,叶慧刚走到办公室门口,就从里面传来文雨兴奋而又快乐的声音:"原来我还以为叶慧一定搞不好,没想到她竟将这台晚会主持得这么成功,看来是我们低估她了。"

接着就听毛威武说道:"我们可从没低估她。"

随后是郭俊的声音:"是啊,确实不容易,叶慧到商场似乎还不到两个月,许多人都还不认识,更不熟悉。"

叶慧不好在门外继续听下去了,她轻轻推门进去,一屋的人都绽放着如花般灿烂的笑脸看向她。叶慧被这一双双笑意盈盈的眼睛看得有些不知所措,想要走到自己的位子上坐下,却发现文雨正端端正正地坐在那里,叶慧站在门口竟然进退两难,尴尬无比。文雨这已不是第一次了,自从叶慧搬到楼下,他经常趁叶慧不在时"鸠占鹊巢"。有时叶慧回来了,他也想不起来让位,反倒弄得叶慧不知所措。那时,在楼上就他们俩时,文雨经常这样,叶慧就不动声色地走开。可是,现在众目睽睽之下,叶慧反倒不知如何处置了。

毛威武见状,就不客气地说道:"文雨,你以后没事不要总往我们这里跑,跑来占着别人的位子又不自觉,你什么意思?"文雨一听忙不迭地站起身,脸微微泛红地说道:"对不起,对不起,我忙着高兴,忘记了让位,叶慧你来坐,你来坐。"叶慧反倒被弄得更不好意思,满脸通红地说:"没事,没事,你坐一样的。"沈萍萍适时地笑说道:"以后在我们办公室给文秘书加一个专座,问题不就迎刃而解了?"郭俊转过脸望着赵学军说道:"有道理,总经理你看怎么样?"

赵学军一直面带微笑默然地看着大家说来说去,接着平静地说:"加是加不进来了,谁愿意让位,我没意见。"众人一听都默不作声了,还是文雨自我解围地说:"还是我走吧,不麻烦大家了。"说完就拉开门走出去了。

这间办公室因为在楼下,所以出入很方便,原来那些从不到办公室来的男员工,现在也都隔三岔五地找各种借口跑进来。郭俊忍不住带着玩味的口吻说道:"我们这间办公室看来真是个风水宝地,人脉越来越旺了。"毛威武被他吊起了兴趣,问道:"怎么讲?"

"你就一点没发现我们办公室近来人员进出很频繁,很热闹?"

毛威武若有所思地点着头说:"嗯,好像是有这么回事。"

沈萍萍最见不得俩人这种一唱一和地卖关子,冲他们不满地说道:"你们俩演什么双簧?有话就直说,不要故意卖关子。"俩人似是不谋而合地打定了主意,同时缄默不语,坚决不肯轻易说出来。这中间叶慧始终没说话,她一直少说多听。沈萍萍见他们不肯说,也就不再搭理他们,径自翻看着杂志。

叶慧每天早晨走进办公室时,她放在办公桌上的白色陶瓷茶杯,早已经泡好了一杯香气馥郁的绿茶。大家都是清一色的白色陶瓷茶杯,是商场统一配备的,所以她一直都以为是早到的沈萍萍代劳的,也就没问,更没多想。本来嘛,在这间办公室里,除了沈萍萍还有谁会如此关心她,为她殷勤泡茶?

又一个早晨,叶慧一进办公室,就看到文雨正坐在她的位子上,似是在等她,桌上依然放着一杯早已泡好的热气腾腾的绿茶。文雨见叶慧进来,边起身让位边说:"叶慧,你真是人缘好,人还未到,茶就有人给你提前泡好了,我在商场这么多年,除了总经理,还没看见有谁有如此高规格的待遇。"一旁的毛威武听了,一脸表情不自然地说:"不是早跟你说了,没事别总到我们办公室来,这里不欢迎你。"

文雨并不看毛威武,而是对着叶慧说:"我是来请叶慧帮我一起分发工资的。"叶慧本来就闲着没事,是个补缺的,完全是哪里需要就到哪里。所以她没有拒绝,答应了文雨,并随他一起上楼。楼上一切依旧,阴森空冷,寂然无声。

"自从你主持晚会以来,总经理没少在我面前夸你,他一向是难得夸奖别人,这回可真是破例,你是他夸奖得最多的人。"叶慧听了文雨的话,只是不好意思地笑了笑,也没说什么,叶慧向来不太喜欢多说自己,更不会自夸。俩人先后走进文雨的办公室,便开始了工作,和上次一样文雨数第一遍,叶慧数第二遍,并装进工资袋里。但这次他们并不顺利,分到最后钱不够了,以为数错了,又把所有的工资袋里的钱重数一遍,还是不对。看来错不在钱,文雨只得重新把工资表再计算一遍,算到快结束时才发现有一项费用没除去,尽管总数是对的。所以近百份的工资袋又得重新分数一遍,再重新装进工资袋,这样来来回回地倒腾,早过了吃午饭的时间。

这次叶慧就没有再陪文雨下去送工资了,而是直接回到楼下办公室。一进门,毛威武就夸张地大大舒了一口长气,说:"你总算下来了,再不下来,我可就要冲上楼去了。"叶慧被弄得一脸茫然,不解地看看这个,又看看那个,说:"干什么?"

沈萍萍指了指桌上的饭盒说:"叶慧,你赶快吃饭吧,快凉了,是毛大哥亲自帮你打来的。他一中午都在办公室里像丢了魂一样走来走去,不停地发牢骚,你再不下来我们耳朵可就要发疯了,脑袋就要爆炸了。"

毛威武一听,立马又显出一副义愤填膺的样子来,说:"文雨那个狗杂种,一有事他就来找叶慧帮忙,肯定没安什么好心,他就那点破事,一个人完全能做完,他非要把叶慧拉上。要不是总经理一直袒护着他,我早就揍过他了,看他还轻狂什么?"叶慧默默地低头吃着微温的饭菜,虽然毛威武句句都像是维护她,但是叶慧的心里没有一点想要感激他的意思,叶慧只是不明白文雨和毛威武之间到底有什么矛盾和过节。

又是一个早晨,叶慧一走进办公室,就见满地都是碎瓷片和茶叶渣,大家都表情怪异地站在里面,连一向不早到的赵学军竟也意外地站在里面。叶慧狐疑地从每个人脸上逐一看过去,却并没看到答案,但是她能敏锐地感觉到这事与她有关。因为在她推开门的瞬间,他们还正在热烈地谈论着,见到她进来才戛然而止,并且眼睛都齐刷刷地看向她。叶慧看向自己的办公桌,那个白色的印有几竿翠竹的陶瓷杯不在了,再看其他人的都完好地放在桌上。叶慧更加坚信,觉得这事一定与她有关,可到底是什么事呢?

整个上午叶慧只能用一次性纸杯接水喝,整个上午她的心都处在忐忑不安中,整个上午办公室从未有过地安静和沉闷,好容易挨到午休时,叶慧和沈萍萍才一起走出去。刚一出商场的门,叶慧就急不可待地问沈萍萍:"今天早晨到底是怎么回事?"

"因为你,你知道是谁天天在给你泡茶吗?"

叶慧一下子愣住了,说:"不是你吗?"沈萍萍摇摇头说:"当然不是,是毛威武。他为你又是打饭,又是泡茶,殷勤得过了头,他揣着什么心思,不是秃子头上的虱子——明摆着吗?"沈萍萍停顿了一下,又说,"还记得上次你帮文雨分发工资很长时间没下楼,他当时在办公室里那个样子,你没看见,像百爪挠心一样难受得坐立不安,恨不能冲上去吃了文雨。"

叶慧猛然警醒,难怪她在分店收款的那段时间,毛威武每天下午三点钟的光景,都会给她送去一盒热乎乎的猪油包菜汤饭。她那时正好又冷又饿,浑身像浸泡在冰水里一样,冷得瑟瑟发抖。这香喷喷的猪油包菜汤饭适时地送过来,胜过任何山珍海味,美味佳肴,既暖心又暖胃,吃完浑身都热乎乎的。叶慧每次都非常感激地吃完,却没有多想一分,原来她在男女之事上是这样单纯而又迟钝。

原来,就在今天早晨,毛威武正在给叶慧的杯子里泡茶时,正好让推门进来的文雨撞了个正着。文雨刚说了一句"原来你就是那个幕后雷锋",让正尴尬的毛威武勃然大怒,俩人两句话还没说完就动起了手。本来两人就有宿怨,曾为了王雪打过一架,听说都差点掉到北湖里,这次更是新仇旧恨,新账老账一起清算。

"他们俩打架没人愿意上前拉架,再说拉也不见得拉得开,弄不好还被说成拉偏架,只有直接去找总经理。总经理被他们俩气得不行,不摔了那个杯子,他们俩还不肯停战。"叶慧听了沈萍萍的话,在心里暗暗地骂了一句,癞蛤蟆想吃天鹅肉,做梦!

3

办公室终于少有地安静了好几天,很快恢复了常态。这天午饭后,大家正上演着一贯不变的吹牛和闲聊时,文雨突然惊慌失措地从外面闯进来,一改他往日的斯文沉着、稳重老练,凡事都成竹在胸的样子,心急火燎地冲大家喊道:"快,快到楼上去,你们快到楼上去帮忙。"

郭俊最见不得人这种遇事慌张样,他偏着头锁着眉不屑地问道:"出什么事了?"文雨似乎没时间跟大家慢慢去解释,他急匆匆地说:"别问了,你们快上去,赵总在上面,我再去找人。"说完就又箭一样冲出去。

大家面面相觑,谁也没见过文雨如此惊慌失态过,感觉他不像是在恶作剧,也不可能是恶作剧,看上去似乎事态很严重,就连一向最喜欢和他唱反调的毛威武,这次都没有异议。大家便不再犹豫,跟着郭俊先后跑出办公室,飞快地向楼上奔去,一直马不停歇地跑到三楼。穿过火车道般阴郁狭长的走廊,跑到最里面,那间和会计室对门的房门大敞着,门里的一幕惊得大家一个个都呆若木鸡,半天都反应不过来。

房间地板上躺着的这位中年女人,是叶慧曾经见到过的,赵学军的老婆张明玉。只见她头朝里脚朝外，脸色苍白如刚刷新的白粉墙，目光充满恐惧。虽然她身上盖着厚厚的棉被，但也盖不住她身下流溢出来的血水。那血水鲜红刺眼，一直不停地在向门口缓缓流去，像死神伸出来的魔爪，随时都会带走这个可怜的女人。赵学军蹲在她的身旁，也是一副惊恐失措、六神无主的样子。

"赶快送医院。"还是郭俊最先反应过来。

大家像是得了号令，赶紧冲进去用被子将张明玉迅速包起来，再找来一块木板把她抬上去。这时又陆续来了几个人，大家一起抬起木板就走。好在徽城人民医院就在百米之外，缓缓抬下楼后，以百米冲刺的速度飞奔到医院，病人刚一入院就被立刻送进了急诊室。很快，诊断结果就出来了：病人因宫内胎衣不净，引起大出血，必须马上手术，否则会有生命危险。赵学军作为家属在医生的本子上签字并同意手术。

一大群人就那么紧张而焦急地站在手术门外等候着。这期间，叶慧被派去缴费并办理住院手续，等叶慧办好一切手续回来，正好病人也被推出了手术室，送往病房。医生交代说虽然只是个小手术，但病人术后也需要留院观察几天，这样叶慧和沈萍萍就被暂时留下来陪护病人。其他人见病人脱离了危险，就都长舒了一口气，很快都陆续离开了，赵学军也离开了。叶慧和沈萍萍见病人睡着了，不便惊动，再说，一时半会儿也不会醒来，她们便悄悄地来到病房外，轻轻地掩上门。一来到走廊上，沈萍萍终于忍不住重重地叹了口气，说："唉，做女人真可怜，生了女孩不算，还得再生男孩，差点还搭上自己的命。"

"这是怎么回事?"叶慧不解地问道。

沈萍萍看看周围,见没有熟人,才敢慢慢告诉叶慧。原来张明玉并不是生病,她是因为怀孕才躲在楼上,对外却一直都声称她是生病。赵学军和他的弟弟相继生了一个女孩,都不能再生二胎了。但是他们赵家这么大的家业却没有传宗接代之人,赵家老爷子怎么甘心断了赵家的香火,一定要他们再生个男孩。但是赵学军弟弟的老婆身体不好,不能再生,这个艰巨的重任就落在张明玉的身上。现在计划生育抓得这么紧,赵学军再神通广大也不敢明目张胆地再生啊,可是老爷子的旨意又不能违抗。张明玉只能终日偷偷地躲在楼上,本来那就是个老楼,总给人阴森恐怖之感,平时外人也轻易不会上楼,正好可以藏身养胎。

沈萍萍继续说:"你想啊,张大姐都快四十的人了,再怀孕生孩子容易吗? 又不敢在市内大医院生,找熟人在下面乡镇医院生,医疗条件差不说,医生技术又不好,竟然没能让胎衣全部下来,今天若不是抢救及时,说不定会弄出人命。"

叶慧忍不住问道:"那孩子呢? 是男孩吗?"

"老天爷哪会那么好说话,你想生男孩就生男孩,这次生的还是女孩,孩子另外找人带着呢。"叶慧没有再问,沈萍萍也没有再说,俩人在外面又默默地坐了一会儿,有些不放心就进去了,看看正挂着的药水还有半瓶。

叶慧和沈萍萍分别坐在病床两边,俩人都默默地看着张大姐,她依然闭着眼睛,只是脸色稍稍好转一些,也不知她是不是真的睡着了,还是假装的? 可怜的女人!

叶慧猛然想起几天前的早晨,赵学军穿着一件墨绿色的短呢大衣,站在办公室里,问大家这件衣服怎么样?其他三人早已是心知肚明,并异口同声地说,很好,很合适。只有叶慧当时不明就里,感觉他们都在睁眼说瞎话,奉承讨好人,也不能这样没原则,就实话实说,太短了,而且好像更应该适合女人穿。

赵学军当时什么也没说,只是望着叶慧笑,沈萍萍等人也都跟着笑,是那种很会意的笑。弄得叶慧不知所以,以为是自己说错了。其实叶慧并没有说错,那天早晨赵学军就是要到乡下去接已经生产的妻子,那件呢大衣就是带给她穿的。现在想想,叶慧觉得自己当时真的是又蠢又傻,被别人当笑话看。

当晚叶慧就没有回家,一直留在医院里陪护。沈萍萍因为正和郭俊在忙着筹备婚礼,布置新房,当晚就回去了。叶慧很少跟张大姐说话,张大姐似乎也不愿多说话,只是一直闭着眼睛躺着。本来她是病人就需要静养,叶慧不可能和她多说话,况且叶慧又不是那种会没话找话说的人。晚上陪护病人,其实是一件很难熬的事情,叶慧从来没经历过此事,一晚上就像小学生上课一样,就那么直直地坐在凳子上,连瞌睡都不敢打一下,直熬到下半夜,实在困得不行,才在床边趴一下,可是根本就睡不深。只要病床上的人动一下,叶慧就抬起头看一看。

第二天一大早,文雨就带着早餐来到了医院,他对病床上的张大姐说:"赵总让我来看看,有没有什么事情?"

经过昨天的及时治疗和一夜的睡眠,加上本身体质好,张大姐看上去脸色明显红润多了,精神也饱满起来,一扫先前的苍白病容。她让叶慧回去休息,让文雨留在医院。叶慧从昨天下午一直坚持到现在,也确实感到很累,也就不再客气。

走出病房,来到室外,初升的朝阳正好迎面照在叶慧的眼睛上,叶慧感到一阵眩晕,她踉跄了两步差点摔倒。走在身后的文雨一把抓住了她的胳膊:"你没事吧?要不要我送你回去?"叶慧连忙推开文雨的手,摇摇头,慢慢向医院大门外走去。

回到家里,叶慧实在是支持不住,没吃没喝倒头就睡。一觉睡醒,天色已经暗下来,室内已黑得看不清周围的家具,她已经睡了整整一天。家里静悄悄的,难得父母今天没有开电视。以前每天晚上下班回到家里,洗漱一番就已经十点了,父母还没睡,还在观看电视。那些没完没了的泡沫剧,总是能吸引他们如痴如醉地追下去。叶慧对那些电视剧一点兴趣都没有,可是他们总是喜欢把电视的音量开到最大,那声音总能送到她的房间、她的耳朵,吵得她心烦意乱,她恨不能冲下楼去砸了电视。

叶慧只想有一个安静的角落看书写作,她整个的心思都在文学上,都在写作上,她知道只有文学才能托起她的梦想,只有文学才能给她平等的自尊,也只有文学让她甘愿付出。参加文学函授班已经快一年了,她至今还没写出一篇拿得出手的作品,她的心里是说不出的焦虑和痛苦。

这个班上得让她感到说不出的憋屈和无可奈何。她讨厌与人讨价还价地做生意,她也不喜欢像姐姐那样做裁缝,她当初若是不答应来徽城,而是坚持去省城未来作家班上课,她现在还会是这样吗?她的文学梦,她的作家梦,是她一辈子都放不下的梦,尽管叶子建极力地反对和阻止。曾记得一次,叶慧又烧煳了饭,叶子建一怒之下将她写的小说稿撕得粉碎,并投进炉火中。叶慧当时看着化为灰烬的文稿,紧咬着嘴唇一句话也不说,但是她在心中暗暗发誓一定要成功,一定要成为一名作家。

4

新年过后,正是商场生意最清淡之时,沈萍萍和郭俊也就趁此时举行了婚礼。酒宴设在红极一时的徽城饭店,吃喜酒的人基本上都是商场的员工,大家相约一起浩浩荡荡地赶了过去。就在大家打闹说笑着纷纷入座时,坐在最里面的赵学军突然转向叶慧笑着说道:"叶慧,你坐到我身边来。"

坐在对面的叶慧,先是一愣,继而抬眼看向赵学军,赵学军正用期待的目光微笑地看着她,叶慧又看看同样有些愣怔的大家,他们有的还在愣怔,有的面含微笑地看着她,有的在一旁打趣地说道,快过去吧,快过去吧,我们想还没这个资格呢。

王雪正站在叶慧的身后,她轻拍着叶慧的肩膀笑说:"叶慧,好羡慕你哦,赵总这么看重你,你还犹豫什么?快坐过去吧。"她边说,还边用双手扶着叶慧的双肩,做着推送的架势,叶慧不得不起身站起来。

在众多的下属面前,赵学军独邀叶慧坐到他身边,叶慧也自觉是被领导高看了,那种隐隐的或多或少的虚荣心得到了极大的满足。女人什么时候都不能有虚荣心,如果不是那一点点小小的虚荣心作祟,叶慧此后就不会活得那么痛苦,那么绝望。其实,就算叶慧没有那么一点点小小的虚荣心,对于上司发出这样的邀请,她能拒绝吗?虽然她后来最终走出了阴影和困境,可是那一颗心却像是在油锅里被反反复复地煎了千万遍。

叶慧就这样在众人艳羡的目光中,越过一个个座位坐到赵学军的旁边。这一大桌人都是赵学军的得力助手,除了陈菊花和叶慧,全是喝白酒的男士。席间,赵学军时不时地给叶慧搛菜,当然也顺带着给陈菊花搛菜,陈菊花坐在赵学军的另一边。有人看不下去了,就半开玩笑半认真地说:"总经理,你不能把好事都独占了,也得留点机会给我们,也让我们表现表现呀。"

赵学军便嬉笑着说:"好好,我不再给她们搛菜了,免得等下有人找我打架,喝酒,喝酒,多喝喜酒不醉人。"大家一边忍不住哈哈大笑,一边同声附和道:"喝酒,喝酒。来来,干干,多喝喜酒不醉人。"叶慧和陈菊花互相对望了一眼,微笑着和大家一起举杯同饮。席间不停地传出"喝酒,喝酒,吃菜,吃菜,多喝喜酒不醉人"的喧闹声。

酒席进入高潮,一个个都喝得晕晕乎乎,忘乎所以,叶慧和大家一样都沉浸在欢乐愉悦的喜庆气氛中。这时,坐在叶慧右边的赵学军,在桌底下突然用手似是不经意地轻捏了一下叶慧的大腿。虽然穿着绒线裤,但叶慧还是清楚真实地感受到了,她像被毒蝎子扎了一下,身体猛地一震,她下意识地转过脸去看赵学军。可叶慧看见的是赵学军若无其事地和大家又说又笑,压根就没有这回事似的,这是怎么回事?叶慧一下子就蒙了,却又不便声张,只能默不作声,心不在焉地继续细嚼慢咽着,但是心里明显多了一桩别人看不见的心事。

喜酒继续在热闹的气氛中进行着,过不多久,叶慧的大腿突然又被扎了一下,她的身体又是猛地一震,她又受惊一般地转过脸去看赵学军。赵学军却依然和上次一样,泰然自若地和大家又吃又喝,谈笑风生,甚至更加投入。

叶慧再也没有食欲了,她一动不动地呆呆坐在那里,完全像一个看客一样,不在状态地看着大家谈笑吃喝,大脑一片空白。她完全蒙了,弄不明白这是怎么了,为什么会发生这样的事?

赵学军见状,做出一副很茫然很关切的样子问:"叶慧,你怎么不吃啊,不舒服?"

"是啊,叶慧,你怎么不吃?"陈菊花也很奇怪地问。

大家都将目光看向叶慧,七嘴八舌地询问她为什么不吃,是不是不舒服。叶慧勉强挤出一丝笑容说:"我吃饱了,吃不下了,你们慢慢吃。"大家只说她饭量太小,也就不再关注,不再勉强,继续忘乎所以地沉浸在热闹喜庆中,又说又笑,又吃又喝,甚至还猜起了拳,什么杠子打老虎,小鸡吃虫……叶慧却一直眼睛空洞地呆坐着。

持续近两个小时的喜宴终于结束了,客人们纷纷向新人道别陆续离去。叶慧也向新人道别准备回家,可沈萍萍却紧拉着她的手不放,说是大家还要去闹洞房,到时还指望叶慧给她救场解围。叶慧正要推托不去,一旁的郭俊和众人也都纷纷附和着,劝叶慧不要走。叶慧不好意思再执着了,只好心事重重地勉强跟着他们一起去。

叶慧是万般不情愿,她没有一点参加游戏的兴趣,只是呆呆地坐在沙发上看别人玩耍,内心里却是充满了忧郁。相反,赵学军像年轻人一样,和大家一起玩得兴致盎然,无比投入,在玩闹的间隙,他还不忘时不时地拿眼睛偷窥叶慧。叶慧的目光只是冰冷无神地射向前方,没有兴奋,没有喜悦,更没有生机,和眼前欢闹喜庆的场景完全不合拍。

当俩人的目光无意中碰上时,叶慧就恨恨地将目光移向别处,她根本就不想看到赵学军那张暧昧、别有用心的脸。是的,赵学军那一晚的笑容,都让叶慧感觉暧昧不清,别有用心,丑陋不堪,无耻至极!当这一个个可恶的词语闪现在叶慧的大脑时,叶慧只听到自己的上下牙被咬得咯吱咯吱直响。那一晚,直到离开新房,叶慧都始终郁郁寡欢,闷闷不乐。

叶慧恍恍惚惚地回到家里,家里一切如故。桌子、凳子,都还在原来的位置,父母也依然在追泡沫剧,只有她的心又多出了一个无法修补的疮孔。她万般的委屈和耻辱只能埋在心里,只能诉诸日记。叶慧决定离开华美,但她必须得为自己找一个离开的理由,给父母,也给商场,一个轻易不露痕迹,她走后不被好事者说闲话的理由。但在没找到理由之前,叶慧还得像平常一样若无其事地继续去商场上班。

5

第二天,叶慧又像平常一样按时走进办公室。现在办公室就她一人,沈萍萍和郭俊正在度蜜月,毛威武自从和文雨打架之后,再不好意思和叶慧单独面对,经常有事没事就跑到对面的销售科吹牛闲聊。叶慧一个人心事重重地坐在办公室里发呆,泪水不知不觉地就流了下来,她连忙用手背擦去,生怕被别人进来看见。

正在叶慧独自伤心时,赵学军推门走了进来,他一见叶慧就连忙道歉说:"对不起,对不起,昨晚我酒喝多了。"酒喝多了?这就是理由?这就是解释?叶慧转过脸去不想看他,叶慧怎么会相信他是酒喝多了,鬼都不相信!屈辱的泪水再也无法抑制,像冲破堤坝的洪水一样从叶慧的面颊上汹涌滚落。

赵学军一下子手慌脚乱起来。他越是道歉,叶慧就哭得越凶。正在他束手无策时,文雨推门走了进来,赵学军像见到救星一样对文雨说:"你来了正好,带叶慧到楼上去,我一会儿就上来,我有话跟她说,这里人来人往说话不方便。"说完赵学军就匆匆夺门而去。

文雨面对满面泪痕的叶慧,欲言又止。自从和毛威武一战之后,他明显地感觉到叶慧对他的疏远、冷淡,甚至是视而不见。因为那一战,陈菊花差点和他分手,在他说了一大堆的好言软语后,才得到陈菊花的谅解。此刻,文雨有心想问,可见叶慧并不想对他多说,也只好作罢。再说自己也未必能给叶慧什么帮助,而且叶慧也未必需要他帮助。

叶慧和文雨一起到了楼上,文雨直接去了自己的办公室,他知道叶慧自己不主动跟他说,他也不必多问。叶慧一个人坐在总经理室,这间叶慧初来时,只是渴望能获得一份工作,而天天忐忑惶恐,紧张恐惧地枯坐守候的办公室,如今却是终结之地。叶慧再次坐在这里,心里没有了任何念想,叶慧只希望自己能尽快找到离开的理由转身而去。

赵学军上楼后,并没有直接进来,而是先去了文雨那边,过了一会儿才过来。等赵学军来到经理室时,叶慧早已平心静气地坐在窗下的沙发上。赵学军一进来就关上了办公室的门,打开桌上的台灯,并拉上厚厚的红丝绒窗帘,室内一下子与外界分隔开。赵学军这一系列的习惯动作,叶慧之前要是没有体验过,此刻她一定会万分紧张,而不会这样淡然地坐在沙发上,远远地对视着赵学军,沉默着,等待着,却也似较量着。

赵学军在办公桌旁坐下,先理了理思绪,然后才打破沉默说:"我说我喜欢你,从你第一天来,我第一眼见到你就喜欢上你,你一定不会相信。你那天一身白衣像一个纯洁的天使出现在我面前,我的眼前就豁然一亮,就被你那超凡脱俗的气质彻底征服了,被你那忧郁的神情深深地吸引了,如着魔一般,每时每刻都忍不住要去想你。"

赵学军说话时眼睛始终紧紧地盯着叶慧的脸,他一直都不敢像现在这样肆无忌惮地盯着她的脸看,那张他百看不厌的脸,他只敢偷偷地看。叶慧始终眼睛一眨不眨地看着赵学军,她第一次这样坦然平静地看着他,一直沉默不语地听他说。"那么长时间我不见你,也不给你安排工作,是因为我真的不知道该怎么安排你?安排在哪儿才会让你满意,也让我满意。我不敢看见你,怕自己一时控制不住感情而伤害你。"

听到此,叶慧轻哧一声,在心里冷笑道,说得多么动听,你已经伤害了我。

"可是元旦晚会后,我一直抑制的感情再一次被你点燃,我无法阻止自己不去想你、爱你。每天晚上看着你下班离去,我都害怕你明天不再来,想要跟在你的身后,却又不敢,怕被你发现。"赵学军自嘲地笑笑,接着说,"夜里只要一闭上眼睛,我就看见你像仙女一样踩着白云向我飞过来,我就忍不住伸出双手一次次去拥抱你,却总是差那么点距离,怎么也够不到。那天文雨和毛威武为你而大打出手,我才深知原来你在我心里是多么重,容不得别人再来占有,我愤怒至极,这两个畜生,他们有什么权利和资格来争夺你!"

呵呵,叶慧在心里冷笑不止,他们没有权利和资格,难道你就有?你还不是和他们一样是无耻的畜生!

"我和你张大姐现在只有夫妻名分,早已没有了夫妻感情。"

叶慧感觉自己真的是要忍不住大笑出声,瞎编,统统都是瞎编!刚刚才生了二闺女,就说没感情了?

"我们俩的思想早已有了分歧,已经不适合继续在一起生活。"说这话时,赵学军的眼睛一直死死地盯着叶慧的脸,叶慧的脸却从一开始到此刻都保持着一个表情,那就是面无表情,波澜不惊。叶慧始终默默地倾听着不发一声,赵学军猜不透也摸不准她的心思,不知道接下去该如何说。对峙了半天,赵学军才自我解围地轻笑了起来,无奈地说:"你先下去吧。"叶慧站起身来,瞟了赵学军一眼,一言不发地打开门走了出去。

接下去的日子里,叶慧几乎天天都被赵学军喊到楼上办公室,对外宣称是给叶慧上课,也就是他们经常说的洗脑。可以说也确确实实是洗脑,赵学军天天都在给叶慧灌输他对她的爱情,灌输他对爱情的向往,灌输他多么渴望得到她的爱情。甚至还不遗余力地从他年轻时候说起,说他如何求学,如何优秀,如何创业,如何艰难,如何走到今天。让赵学军感到奇怪的是,叶慧似乎并没有被他的真情告白和不凡经历所打动,他有点看不懂她,也摸不透她。当然赵学军并不着急,他有的是耐心和办法,他相信自己只要精诚所至,最终能征服叶慧。确实,这中间叶慧有好几次差点心软动摇,决定留下来,但是一想到那种说不出的耻辱,她的恨意又冲上心头,又下了离开的决心。

6

　　一个星期后,沈萍萍和郭俊来上班了,办公室似乎一下子又恢复到了从前的热闹,所不同的是毛威武似乎更愿意去对面的办公室。也是,他在这里不仅自己尴尬,连叶慧都感觉尴尬。

　　下午,赵学军走进办公室满面笑容地说:"走,我带你们出去走走看看,了解了解市场行情,不能一直坐在家里闭门造车。"赵学军夹着他那从不离身的黑色公文包,边说边大步走出门外。

　　他们三个互相望望,谁也摸不清赵学军葫芦里卖的什么药。郭俊望着赵学军已走出去的背影,将头向门外一仰,对她们俩说:"走吧。"话落,脚步已紧跟着迈出门外。

　　沈萍萍和叶慧又互相对望了一眼,彼此已知对方的意思。沈萍萍为了结婚,江南江北,前前后后,忙得昏天黑地,忙到现在才终于消停,根本就不知道蜜月是怎么过的,好容易可以喘口气歇息一下,想安静地坐一坐,哪知道赵学军又不肯让人喘息。叶慧也因为一直没找到离开的借口,整天心烦意乱,闷闷不乐,当然更没有什么好心情出去走走。如果出去走走能找到离开的借口,叶慧倒是很乐意。俩人无奈地笑笑站起身,脚步慵懒地向门外走去。

　　出得商场门,来到春江路上。春江路是徽城市的商业文化中心,也是引领全市时尚潮流的中心,就像上海的南京路一样繁华热闹,所以它有"小上海"的美称。上这条路犹如演员上台表演一样,没有一身体面的好行头,不把自己从头到脚,浑身上下装扮得光光鲜鲜的,你是绝没有足够的勇气走上这好似万人瞩目的 T 型台(呈 T 形的表演台)的。就算如此,所有的人还是像飞蛾扑火一样,奋不顾身地从四面八方不辞辛苦地奔向这条路。也是,谁一个星期不上这条路,就感觉自己跟这个时代脱节了,就感觉自己跟不上潮流了,不知道现在又流行什么服饰装扮了,赶紧寻个晴好的休息日把自己装扮一新,呼朋唤友地结伴逛过去。尤其是女孩子们,像比美似的,一个更比一个穿得新潮时尚,一个更比一个打扮得光鲜明亮。当然,也只有来这条路她们才会使劲地下本钱打扮自己,也只有走在这条路上才能尽显她们的迷人风采,展现出她们无穷的青春魅力。也使得这条路日日都如选秀般美女如云,香粉缭绕,日日都如重大节日般拥堵、热闹。

赵学军和郭俊并肩走在前面,叶慧和沈萍萍并肩走在后面,相距不到十步远,四个人就这样不紧不慢地,一前一后地相跟着走在人群中,不一会儿就走到了尽头。这条路虽说繁华热闹,但是说长不长,说短不短,也就两站多路。再往前走,就是春江桥,过了桥就是城南。城北城南一桥之隔,却是天壤之别,一个是繁华时尚的商业区,一个是冷清陈旧的工业区。显然,他们是不会过去的。

一路走来,什么新奇的、时尚的,一律都没发现,四个人不约而同地转身往往回走。走到一家音像店门口,挂在门头上的音响里正在大声地播放着伍思凯的歌:"特别的爱,给特别的你,你让我越来越不相信自己……"这家店天天都在重复循环,不知疲倦地播放此歌,再特别的歌也会听腻,也早已听不出特别的味了,人人都无动于衷地从此经过。唯独赵学军走到这里慢下了脚步,甚至还有几秒钟的停顿,他在用心聆听此歌,视线不由得落在了和沈萍萍并排走在前面的叶慧身上,往回走时她们俩走在了前面。

走在前面的叶慧当然不知道这些,就算知道她也不会在意,她只会鄙视和愤怒,只会飞快地逃离。当他们走到电影院门口时,赵学军喊住了她们,让她们俩等一下,他们去看看有什么电影。说完,赵学军和郭俊一前一后向售票窗口走去。

这个时间段看电影的人并不多,走过去就可以买到票。他们俩看了一下窗口的预告,现在正在上映秦汉和林青霞主演的《滚滚红尘》,十五分钟后还有一场,赵学军便毫不犹豫地掏钱买了四张票。将票分给叶慧和沈萍萍后,他又带郭俊去旁边的食品商店,一口气买了一大堆的零食。

四个人一起走进电影院,找到座位坐下,叶慧和沈萍萍坐在前排,赵学军和郭俊坐在后排。不一会儿,电影就开演了,"滚滚红尘"四个鲜红的大字被震撼地推送到眼前,从那一刻起,叶慧的一颗心就在滚滚红尘里起起伏伏,上上下下,始终被剧情牢牢地牵动着,纠缠着。

这期间,零食也源源不断地从身后传过来,通过沈萍萍的手再传到叶慧的手上,可叶慧一样也没吃。叶慧向来没有边看电影边吃零食的习惯,所以电影散场后,叶慧抱着一堆的零食走出来。

"你怎么没吃?"赵学军和郭俊同时惊讶地问。

"我不想吃。"叶慧又把零食分给了他们,自己只留下一袋青橄榄。

走出电影院,外面竟是白茫茫一片,地上早已积了一层厚厚的白雪,天空中还在不断地飘落着雪花,温度一下子下降了许多。进去时,外面分明还是阳光灿烂的,怎么看完一场电影出来,外面就是另一番天地呢。真是天意难料,人心难测,世事无常,再聪明的人也不可能把所有的事都掌控在手上,任意玩捏,何况是变幻莫测的大自然。

叶慧和沈萍萍都穿得不多,这时两人都冷得忍不住直打战,郭俊连忙把自己的大衣脱下,并帮沈萍萍穿上。赵学军一见,也把他的军大衣脱下,但是他不能像郭俊那样直接帮叶慧穿上,他只能双手递给叶慧,说:"穿上吧,别冻感冒了。"

"不用,一会儿就好了,"叶慧轻声拒绝道。

"还是穿上吧,明天记得带给我就行了。"赵学军执意地说道。

"穿上吧,总经理的大衣没有关系。"郭俊和沈萍萍在一旁劝说,与此同时,不等叶慧再做出反应,赵学军已不由分说地把大衣披到了她的身上,叶慧不好再拒绝,只好勉强地穿起来。

一回到家里,叶慧就连忙把赵学军的大衣脱下,叠好放在楼下的凳子上,再也不敢去碰去看那件大衣,叶慧感觉它就像是一只虎视眈眈的老虎一样,随时都会扑向自己。

7

叶慧刚回到楼上自己的房间,叶子建就跟过来铁青着脸说:"明天你就去把工作辞了,不要再去丢人现眼,我们暂时还能养得起你。"叶慧愣愣地看了叶子建一眼,猛然似有所悟,便扭头去看书桌,见上面的日记本和书籍都明显地被翻动过,她正要开口,叶子建又说:"不要解释,就照我说的去做。"

叶慧愣了一会儿神,才咬了咬唇轻声说:"我会在适当的时候选择离开。"叶子建愤怒了,也等不及了,说:"什么是适当的时候?适当的时候只怕你想走都走不掉了,不要再拖延,明天就去辞职。"叶慧沉默了。确实,叶慧也明显地感觉到赵学军是不会轻易放走她的,他那样的人,他的目的没有得逞,愿望没有实现,他怎么会就此善罢甘休!叶慧的心情一下子就沉重起来,叶慧很清楚,她若是没有站得住脚的理由,是很难说服赵学军的,是很难脱身的,而且叶慧也已明显地感觉到,赵学军正在一步步地逼近她,对她张网以待。

这些天来 叶慧几乎天天都被赵学军喊到楼上办公室,并对郭俊他们说要给她上课,洗脑。郭俊他们也经常受到赵学军的这种特殊待遇,所以并不奇怪,反认为这是领导对你的信任和器重,感觉自己比别人有分量,更有优越感和骄傲感。

每次在严密地与外隔绝的室内,赵学军总是坐在办公桌旁,叶慧坐在窗下的沙发上,他们开始总是互相对视着,也似在较量着。其实,早在几天前,叶慧就已经试探性地告诉过赵学军她要离开这里,当时赵学军一点也不意外,只笑说:"走可以,但你总得给大家一个都信服的理由吧。"叶慧当时觉得很可笑,虽然她的心里也一直在寻找合适的理由,但是从赵学军的嘴里说出来,叶慧还是感到特别的反感和不舒服。叶慧便一脸很不高兴地回道:"走是我自己的事,为什么要给别人一个理由?"

赵学军却并不生气,而是笑得更深,更加灿烂。他说我偌大一个企业,好好的,我是不会随便辞退员工的,你没有任何理由地说来就来,说走就走,别人会怎么看待我的企业,我怎么对下面的员工交代? 就算公司是你自己开的,你不做了,也得给手下的员工一个说法和交代吧?

"我要去上学。"情急之下,叶慧脱口说出了这句话。叶慧确实拿不出更有说服力的理由,虽然这多少听起来有点勉强,但总是一个理由吧。叶慧总不可能公开对所有人说是因为赵学军侵犯她,她才离开商场。果然,赵学军当时一听满脸都是欢笑,用不相信的口吻说:"这是什么理由? 你以为我会相信?"赵学军边说,边像变魔术一样,从他那从来就拿不出正经文件的黑色公文包里,拿出一瓶白酒、一双筷子、一只酒杯和一包花生米。

叶慧默默地看着赵学军一一取出这些物品,叶慧感觉,这些都是赵学军早已准备好的表演道具。果然,赵学军打开瓶盖倒满一杯酒,仰起脖子一饮而尽,接着又抓起酒瓶满上一杯,又是一饮而尽。他一杯接一杯不停地喝,很快就喝去了大半瓶,喝得满面红光,双眼血红。他端着酒杯望着叶慧说:"我从来没有遇到让我解决不了的棘手事,现在为了你,我都快成酒鬼了。"叶慧却像是没听见,一声不吭冷冷地看着,嘴角带着嘲讽的笑容。

赵学军见叶慧反应如此冷淡,心中一阵黯然,他不无忧伤地说:"你好狠心,我日日为你吃不香,夜夜为你睡不眠,日夜都在思念着你,你就忍心说走就走,你就忍心看我痛苦不堪,人不人鬼不鬼地活着。"赵学军说完,又举杯一饮而尽。他瞪着一双血红的眼睛看着叶慧,喃喃地说:"我恨不能现在就把你吃了。"那样子真像是一只饥饿很久的饿狼。

叶慧却依然不予理会,依然一脸淡漠。叶慧已分明感觉到赵学军在她面前的一举一动都是在表演,像一个小丑一样,既然他那么喜欢表演,那就让他尽情地表演个够吧。叶慧现在反倒是不慌不忙,很坦然,很自在,她倒是很有兴趣看看,赵学军到底还要在她面前怎样丑态百出地表演下去。

叶慧越是冷漠淡定,赵学军的内心就越是焦躁不安。他一会儿不是呆呆地凝视着叶慧,就是傻傻地笑;一会儿又双手抱头不住地抓挠捶打;一会儿又突然冒出一句:"原来这种感情是这样折磨人,煎熬人。"他看上去整个人就像得了狂躁症。反过来再看叶慧,她还是那样超乎寻常的冷静和镇定,像座雕像般静默无声地看着花样百出的赵学军。赵学军的内心一下子感到虚怯起来,目光也跟着躲躲闪闪,但是他很快又不甘示弱地迎上叶慧的目光。两道目光在交锋相撞,没有电光火石,只有暗流涌动。

叶慧当然更不示弱,她很清楚,赵学军现在在她面前的所作所为都是用心良苦的表演,其目的都是为了打动她,诱惑她就范。叶慧当然不会弱智地相信他那一套虚情假意的谎言,她已经在做离开的准备。

8

　　第二天上午一走进办公室,叶慧就直接告诉赵学军,她今天就要辞职离开商场。赵学军显然没有预料到,他很惊讶地望着叶慧说:"这么急? 为什么?"他原以为经过自己这么多天的精心策划,用心表演,真情告白,叶慧不会再怀疑他的感情,会留下来。他的计划才刚刚开始。

　　"我不是早就告诉过你我要离开这里吗?"叶慧反问道。

　　"没错,你是早就告诉过我,可我答应了吗?"赵学军迎着叶慧看过来的目光也反问道,顿了一下又说,"我们再谈谈,到楼上去,我们再好好地谈一谈。"说完,赵学军率先转身出门,叶慧只好紧随其后而去。

　　一到楼上,赵学军就迫不及待地、情绪激动地质问道:"你为什么一定要走? 我又没有伤害你,我只是爱你! 爱你! 爱你难道也有错吗?"

　　"对! 你的爱对我就是伤害,我无法承受。"叶慧语气平静淡然地说。

　　"就算我不爱你,别人也会爱你,毛威武爱你,郭俊要不是有沈萍萍他也不会放过你,文雨呢? 文雨难道会袖手旁观吗?"赵学军依然情绪激动。

　　一提到文雨,叶慧的心就忍不住一颤,好像被人揭开了伤疤一样地痛,这是她初来时最无助脆弱时,犯下的让自己不能原谅的错,一想起就会让她有一种深深的负罪感。赵学军无疑是戳到了叶慧的痛处,他又是何等精明和敏锐,在叶慧面露不悦和伤感的瞬间,他便很快地就在叶慧的脸上捕捉到了那稍纵即逝的信息。他忙抓住急问:"文雨是不是也向你表白过?文雨是不是对你动手动脚过?"正在恍惚中的叶慧只是下意识地,习惯性地点点头,完全疏忽了,当她发现时已经晚了,来不及了。

赵学军像看到了一线新的希望,他的语气竟充满了兴奋:"那你就更不能走了,我要让你亲眼看看我是怎么惩罚文雨这个畜生的,我早就跟他打过招呼,让他不要动你的心思,打你的主意,可他偏偏还要避着我干坏事,还信誓旦旦地向我保证绝不会碰你。我应该想到,要不是我一次次替他挡驾,他早被人打散架了。我竟然轻信了他,我早应该想到他怎么会放过你这样如花似玉的女孩子,我太大意了。"赵学军一副深深自责的样子,他不停地在办公室里来来回回地踱着步子,踩得老旧的地板不耐烦地发出咯吱咯吱的抗议声,"我没有保护好你,让你受了委屈,我一定要替你报仇,你说怎么惩罚文雨?只要你提出,我一定绝不手软。"

叶慧清楚地意识到,赵学军正在引着她往他设计好的路上走,叶慧当然不能任其摆布,她依然坚持说道:"我只想今天就走,我父母会来接我。"

"你父母知道这事?"赵学军完全没想到,大感意外和不安。

"是的,他们什么都知道,所以我今天非走不可。"

一阵沉默后,赵学军才下决心似的说道:"既然你坚持一定要走,我也就不再强留你,但你一定要吃了饭再走,我让酒店送一些酒菜来,算是给你饯行,你也借此跟沈萍萍他们告别一下。"说完,他就抓起了桌上的红色电话,一个数字一个数字地拨出去,拨通了"得月楼"酒店。

酒菜按时送到了楼上,沈萍萍和郭俊也被从楼下请来作陪,他们像惯常一样没有过多的客套,很随意地坐下,很随意地吃喝。吃到半酣时,赵学军突然愤愤地说:"知道你们现在吃的是什么饭吗?"

郭俊和沈萍萍同时一脸茫然地望着赵学军,轻轻地摇摇头。

"饯行饭,叶慧要走了。"

"要走?叶慧,你工作得好好的为什么突然要走?"郭俊显得很意外和吃惊,他望着叶慧不解地问。

"是啊,叶慧,你工作得好好的,怎么突然想到要走?"沈萍萍紧抓着叶慧的手说,好像叶慧马上就会离开似的。

叶慧微笑着,正思索着该如何回答,只听叭的一声,赵学军突然将手中的酒杯狠狠地摔在地上,粉碎的瓷片飞得满地都是。他愤怒而痛恨地说:"文雨这个狗杂种,我原以为他有了陈菊花后会有所收敛,不敢再放肆,我一而再,再而三地一遍遍叮嘱他,不要去打叶慧的主意,他也信誓旦旦地向我保证坚决不会。我竟轻易地相信了他,对他放松了警戒,解除了防备,致使他终究还是背着我做下这等下流无耻之事,令我今天将失去一位优秀人才,是可忍,孰不可忍!我一定要对他严惩不贷。"

他们三人同时吃惊而意外地看着赵学军,尤其是叶慧,那种震惊绝不亚于当头响起一声炸雷。这一切明明是赵学军本人所为,他却转移目标,陷害别人。叶慧虽然讨厌文雨,甚至痛恨文雨,但她并没想要去报复文雨。再说,事件也并不像赵学军所说的那样严重不堪。

"叶慧,你说,文雨到底有没有伤害你？若是真的我第一个不会放过他。"郭俊转向叶慧问道,满脸都是义愤。

"是啊,叶慧,文雨到底有没有对不起你,你说出来,不用害怕,我们大家都会替你主持公道。"沈萍萍也是一副愤愤不平的样子。

他们三人同时都将目光转向叶慧,等待她的回答,叶慧却盯着满桌丰盛的菜肴沉默着,思考着。此刻,叶慧的大脑就像正在飞速运行的高铁一样,快速地运转着。赵学军这个阴险毒辣、卑鄙无耻、不折不扣的伪君子,为了保护自己虚伪的名誉和尊严,竟将文雨推向前面,将众人目光的焦点引到文雨的身上,反正文雨在商场早已声名狼藉,再多一件不光彩的事也没人质疑,也没人不信,多么精明的算盘,真不愧是商人！

"叶慧,你快说呀,到底是怎么回事？"郭俊在一旁焦急地催促道。

叶慧看一眼郭俊,依然沉默着,她能对他们说什么？叶慧能说她的离去跟文雨没有丝毫的关系？能说真正对她图谋不轨的人是赵学军？叶慧能拿得出足够的证据来证明吗？就算她拿得出证据就真的能够证明吗？叶慧终于明白赵学军是想利用她,在商场对文雨来一场大批大斗。真是用心险恶！

叶慧还没糊涂到这一步,她绝不能让赵学军的目的得逞,只要她什么也不说,赵学军就是再怎么想对文雨来一场兴师问罪,也没有强硬有力的借口。叶慧之所以这样做,并不是叶慧对文雨还存有一己私情,而是叶慧不想被赵学军所利用,既害了文雨,同时也害了自己。虽然文雨也不是多么好,但叶慧离去这件事和文雨没有任何关系,叶慧还是爱憎分明的。

所以,对于郭俊的问话,叶慧不能马上说是,也不能马上说不是。叶慧若说不是就太便宜了文雨;叶慧若说是,凭借赵学军的个性和处事作风,他一定说到做到绝不会轻易放过文雨,而且声势造得越大,惩罚越是严厉,越能体现他赵学军的正直高尚,光明磊落,以及对丑恶之事的深恶痛绝。因此,叶慧现在说出的每一句话都必须是深思熟虑的,不能让赵学军有任何可乘之机。

叶慧现在只想尽快离开这个是非之地,叶慧不想管赵学军为什么要这样对待文雨,也不想管她离开之后别人会说什么,更不想管她离开之后会发生什么。那都不是她能管得了的。不管发生什么,她今天都必须离开。想到此,叶慧不慌不忙地从包里拿出一直带在身边的《中国文学》说:"我离开是因为过几天就要去南京上学,书都领过了。"

显然,赵学军很失望,他没料到叶慧说出的是这样的话。郭俊和沈萍萍倒像是一下子松了一口气,他们分外热心地询问叶慧哪天走,他们去送行,叶慧当然是微笑婉拒。

9

叶慧终于回到了家,可是她的内心并没有因此而轻松和安宁,却是更加痛苦和沉重。因为她并没有如她当初所愿的那样,平平静静、自自然然地走,到底还是走得很匆忙,很突兀。虽然之前叶慧一直都想离开那里,可并不是以这种方式,更没想到是这样的结局。叶慧感觉自己就是一只受伤的失群的孤雁,被无情地抛丢在茫茫无际的天宇,只剩下孤单和悲伤、无助和绝望,内心像有无数的恶魔在撕咬着她脆弱的心灵,她终于忍不住大放悲声。

叶慧越哭越激动越伤心,越哭越收不住,情绪像受惊的野马一样完全失控。叶慧冲出家门,冲进小巷,沿着长长的小巷拼命飞奔着,一直奔跑到大街上。叶慧边走边四处寻找,找到一家有公话的商店走进去,一边流泪,一边不停地拨打商场的电话。电话一次次地打过去,叶慧又一次次地挂断,她心乱如麻,六神无主,泪流满面,她完全不知道自己到底在做什么,为什么要这样做。好半天电话终于打通了。接电话的是郭俊,叶慧一听到他的声音,那种委屈和绝望感一下子就冲上心头,她更是哭得哽咽难语,喘息不止。郭俊在电话那头听出是叶慧的声音连忙安慰她:"叶慧,你不要哭,你不要哭,我去喊总经理来接电话。"

电话里,叶慧清晰地听见郭俊喊赵学军的声音:"总经理,是叶慧。"

"叶慧,是你吗?你在哪里?"赵学军在电话那头急促而紧张地问道。

叶慧一听到赵学军的声音,仿佛煮沸的心头被浇了一大盆凉水,瞬间冷却了躁动不安的情绪。刚刚还哭得泪雨滂沱,此刻却哭不出来了,她感觉整个身体,包括泪腺在这一刻都凝住了,她的情绪也瞬间冷静下来,她平淡地告诉了赵学军自己现在所在的位置。

赵学军略顿了一下,说:"我现在正在开会,不能来看你,明天上午九点你到微雨园去等我,我来看你。"

叶慧茫茫然然地嗯了一声,她根本就不知道自己在答应什么,她的心里明明想的是谁要你假惺惺来看我,却不知为什么就稀里糊涂地嗯了一声。放下电话走在回家的路上,叶慧冷静了许多,也理智了许多,心里万分后悔,去跟赵学军见面算什么?约会吗?不可能!若是不去可又答应了。叶慧一向是信守诺言的,既如此,那就看看他明天到底还想对自己说什么?刚刚在电话中赵学军的口气为什么那样着急紧张?

第二天,叶慧和赵学军都准时到了微雨园,双双坐在观鱼亭里,赵学军坐西朝东面对着入口,叶慧坐东朝西背对着入口,一人占据着一个亭角,遥遥相对着。亭下就是一个十多平方米的池塘,五彩斑斓的鱼旁若无人地在睡莲间游过来游过去,互相追逐着,嬉闹着。叶慧静静地坐在那里,等待赵学军说话,赵学军却一直微笑地沉默着,他在审视猜度叶慧的同时,还乘隙戒备地四处扫视一番。

"你昨天和郭俊说了什么?"半天,赵学军才故作不经意地问道。

一个人做了见不得人的事,总是心虚怯弱的。叶慧在心里冷笑着,默默地摇摇头,眼睛却毫不示弱地直视着他,脸上不露一丝一毫的情绪。

"以后我们就在这里见面,又幽静又安全,你说可以吗?"赵学军面带微笑试探性地问道。叶慧依然端坐着,默默地摇摇头,依然不露一丝情绪。

因为不是节假日,公园里几乎没有游人,所以很安静,也很冷清。这样默默地静坐了片刻,赵学军终于站起来走到叶慧的身边,从他那从不离身的黑色公文包里取出几张百元钞票递到叶慧面前,笑说:"我知道你很委屈,这是给你的补偿,收下吧。"

叶慧默默地看着他递过来的钱,在心里冷笑道,这恐怕是封口费吧?!半晌,叶慧才慢慢地伸手接过钱,忍不住从鼻孔里发出冷冷的一笑,随即将手慢慢伸到亭外,轻轻地一松,那钱随微风一张张飘落在水池里,惊得那些鱼儿四散而逃,随后又都游聚过来,围着那钱游来游去,不忍离去。看来这些鱼也是爱财的。

赵学军怔怔地看着叶慧,还没等他有所反应,叶慧已起身站起,头也不回地走了,连看都没多看他一眼。赵学军就那样呆站着目送叶慧离去的背影,一直消失在园门外。

做完这一切,叶慧的心里并没有感到轻松快乐起来,而是更加沉重和抑郁,甚至是仇恨。对!叶慧仇恨赵学军,是赵学军让她的内心充满了无法言说的痛苦和委屈、耻辱和仇恨。赵学军能在背后恶毒地诋毁为他事业尽心尽力的文雨,他又何尝不能在背后诋毁损害她的名誉!叶慧这样仓皇离开,来不及跟大家告别,他们会怎么想、怎么看待她?她再端庄稳重,矜持有度,也没法不让人猜度她匆匆而去的原因。如果再有人恶意地在背后散播一些不良的言论,叶慧的好形象、好名誉还能存在吗?叶慧今后还能出门上街吗?她还能抬头见人吗?所有的人一定都认为她是假装正经清纯,假装孤傲清高。

一切的一切,让叶慧的心沉重得犹如压上了千斤重的巨石,她还怎么活,还怎么能有勇气活下去?叶慧抓起削笔刀向自己的手腕割去。这把上学时的削笔刀,她一直带在身边,难道冥冥中竟是为了今天所备?可是,当那冰冷的刀片接触到她皮肤的刹那间,她的心一阵战栗,也如刀绞般疼痛。她颤抖着下不了手了,她为什么要死？她为什么要死啊？错的并不是她啊！叶慧握着削笔刀椎心泣血般地哭泣起来。

叶慧已不记得自己有多少次从睡梦中哭醒,不同的梦境,同样的伤心,每每都哭湿了一大片枕巾。她伸手摸摸枕下的削笔刀还安然存在,叶慧把它握在手上,仔细地打量着,紫色的刀柄依然崭新得没有脱落一点漆,光亮得如同刚刚购买,她不停地打开又合上,合上又打开。

叶慧知道她的生命就掌握在这把小小的薄薄的锋利的寒光闪闪的刀片上,只要她举起轻轻一划,她无限的痛苦和牵挂就可以霎时结束,永久解脱。可是,叶慧每每握起削笔刀都犹豫着下不了手,每每握起削笔刀都泪流满面,她不甘心就这样无声无息地死去,轻易地放弃。因为叶慧还有梦想,她毕竟还有要追求的梦想,她必须要坚强地活下去。

但是父母整天到晚都拉着一张欠债似的脸,不给她一次笑脸,不和她说一句话,好像她犯下了十恶不赦之滔天大罪。不仅如此,还经常拿话讽刺她,说什么苍蝇不叮无缝的蛋,一个巴掌拍不响这类的话。叶慧跟他们无法辩解,也辩解不清,她只能把所有的痛苦和委屈深深地埋在心底,除了吃饭她就躲在楼上自己的房间里,独自悲伤,独自疗伤。偶尔翻开书还没看上两页,突然就会悲上心头,书是没法再继续看下去了。

这种自闭式的生活,让叶慧的心如坠深渊,无边的痛苦像涨潮的海水一样一浪高过一浪,将她整个的身心都侵吞进去,让她绝望得无法自拔,那种想死的念头又一次强烈地占据着她的心头。叶慧又一次抓起削笔刀,叶慧知道没有人能帮她,也没有人能救她，也许真的只有死是她唯一的出路、唯一的选择和最好的解脱。

　　在叶慧每每陷入悲伤不能自拔的深渊时，总有一只无形的手适时地伸过来拉她上岸，那就是文学。叶慧函授学习的外省的一个文学作家班，现在人家又邀请她继续参加高级函授班的学习，一只脚刚要踏上死神之路的叶慧，猛然惊醒，她怎么能忘了她的文学梦、作家梦。叶慧欣然接受了这次学习，也更加投入了。叶慧想，她这辈子是注定要与文学结缘的，每次在她绝望危难之时，文学就向她伸出援助之手，文学总是不肯放弃她，她又怎么可能舍得放弃文学。

五

1

叶慧给韩湘回了信以后,才猛然想起从函授班的内刊《作家之门》去寻找韩湘的作品,一期一期地查找下去,竟然一篇也没找到,叶慧很失望,也很失落。叶慧自己倒是发了一篇小说《与我同行》和一篇散文《夕阳西下》。小说《与我同行》也是在很偶然的情况下写成的。当时函授班学习已经过去一年了,初级班已经结业,转入高级班,可是叶慧却一篇文章也没发表,心里很是着急和苦恼。而偏偏在这个时候叶子建又向她提及婚姻问题,说什么男大当婚,女大当嫁,自古以来就是如此,没有谁可以例外。说她已老大不小了,应该要考虑了,不能再拖延耽搁下去,女人的青春年华是很短暂的,一滑就过去了。还说文学写作是出不了头的,只能当兴趣爱好,不能当专业,也不能当饭吃,女孩子嫁人结婚,组织家庭才是最终的出路和归宿,否则到哪里都不得安宁。

叶子建当时为了说服叶慧,还列举了他们家的一位远房姨妈,说她年轻的时候是多么志向远大,一心想要像男人一样干一番事业。后来事业倒是一帆风顺,节节高升,位高权重,但是婚姻却被耽搁了,至今还是单身一人,形影相吊。还说一个女人位再高、权再重、事业再成功,没有丈夫的疼爱,没有儿女的绕膝言欢,人生又有什么意义和欢乐可言。

叶慧是见过这个远房姨妈的,她当时正是某个部门的局长,手握实权,稍稍动用一下关系,就将叶慧安排进了商业系统的一个门店,只可惜不久商店就解体了。叶慧觉得这个姨妈单身绝不是因为她的能干和位高权重、令男人敬畏,而是她实在太缺乏女人应有的柔美和温婉。不说她身高不足1.5米,单容貌就让人不敢恭维,皮肤黝黑发亮,雀斑、蝴蝶斑,不知名的斑像麻雀屎一样落满那张没有温度的脸,哪个男人有胆量和她同床共枕?叶慧感觉她这样的女人,如果不在事业上有所建树成就,她还能指望什么?还有什么可指望?叶慧感觉自己的人生肯定不会如此这般。

与此同时,叶子建夫妻不顾叶慧的反对,托人给她介绍了一个又一个男孩,不是这个工就是那个工,或者什么不熟悉的工,反正都离不开工。在叶慧看来这些人都像徐树林一样怎么也洗不干净身上那股浊气和俗气。她说她对什么工都没兴趣。她是不会去见的。叶子建夫妻没办法,只好消停了一段时间,他们又托人给她介绍了一个男孩,男孩在园林管理处工作,说是从老家那边来的,知根知底,说是顶因公死亡的父亲的职上来的。男孩在城里无亲无故,无依无靠,城里的姑娘看不上他,老家农村的姑娘他又不想要,就这么一耗再耗,一拖再拖,不知不觉就把自己拖到了大龄行列。

叶慧还是不愿见面,她真的是提不起兴趣,但是父母说你只是去见个面,愿不愿意又没人强迫你,怎么就这么难,难道还要我们跪下来求你吗？话说到这份上，叶慧再说不见面似乎已不可能了，但不知是上天的有意安排，还是造化弄人，约见的那晚俩人却阴差阳错地没见上面。当晚似乎一直在下着淅淅沥沥的小雨，天气有些阴冷，男孩去了九华影院，叶慧去了新星影院，两家影院相距不过千米，俩人在两个不同的地点傻傻地等候。当时又没有手机，当然是无果而返。

当介绍人再为二人约见时，叶慧果断地拒绝了。叶慧相信缘分，叶慧觉得第一次约会就出差错，说明俩人无缘，她不想勉强。父母当然不乐意了，说你挑三拣四，道理原因一大堆，你究竟要找什么样的？俩人在一起就是生活过日子，柴米油盐，平平淡淡，你想那么多一辈子都找不到想要的人。接着又说他们当年直到结婚那天才见到面，现在日子不是照样过得好好的，还生了你们姐妹俩，有哪里不好了？

表面当然是看不出有哪里不好，一对女儿聪明可人，妻子温柔贤淑。但是，母亲在家庭里没有说话权，没有自主权，永远处于被动地位，这就是父母眼里没有哪里不好的婚姻家庭生活。但是，这是那个时代的包办婚姻，不是叶慧今天想要的，叶慧要的是平等自由、互尊互爱，而母亲没有，这是母亲一辈子的悲哀和伤痛，而她可能却并不自知。

其实，叶慧并没有太多的要求，她只是希望能找一个与自己志同道合、琴瑟和谐、情趣相投、一生同行的人。而以她目前所处的境况似乎困难重重，甚至是不切实际的。叶慧更不会接受叶秀那样的婚姻，三天两头地吵闹，有多少情爱可言，有多少温馨可恋，叶秀永远都处在寄人篱下的境遇中。在这样的情境下，叶慧才构思创作了小说《与我同行》，把她对理想的爱情婚姻和人生追求都寄望在小说里。

让叶慧很意外的是，这篇小说在《作家之门》上竟然发表了。此后，叶慧陆续地收到学员一封封的来信，她分析这一定都与这篇小说有关。

2

叶慧很快就收到了韩湘的回信，而且还夹寄来一份文学报《银河》。这是一份厂矿文协主办的文学报，所有的版面都是文学作品和文艺信息以及人物介绍。上面的每一篇文章叶慧都很细心地去研读，每一篇文章都写得那么优美动人，那么富有感情，叶慧一下子就喜欢上了这份小小的文学报。这份小小的文学报像一股清新的风一样轻轻地柔柔地吹进了叶慧孤独寂寞的心里，像清凉甜润的泉水一样滋润着她干枯焦渴的心田。其中有一篇文章就是专门介绍韩湘的："……他是个沉默的人，又是个超俗的人，待人诚恳、忠厚。他爱好文学，走向文学之路是注定的，因为他会花一千甚至几千块钱去买书，而别人不会。他喜欢一个人独来独往，因为爱上文学而没有爱情，他说他并不在乎现在没有恋人，那只是暂时没有而已，他要耐心地等她，等一个自己最爱的人，绝不敷衍了事。"

这篇文章好像就是特别为叶慧量身打造，这个人好像就是在专门耐心等待叶慧的。叶慧那颗对爱尘封已久的心，像那含苞待放的花骨朵儿一样，单等那爱之风的吹拂，一下子豁然开了，令她怦然心动，情难自禁。叶慧又何尝不是这样，在等一个自己最爱的人！原来这世上竟然也有和她完全一样的人，对书籍的爱、对文学的执着、对爱情的守候。在冥冥之中，叶慧也一直坚持认为有一个这样的人，一定在远方默默地等待着她，盼望着她，岂不就是他！叶慧也认定韩湘就是她今生所要等待和找寻的那个人！

但是叶慧还是矜持的，她没有在信件中流露出一丝一毫的爱恋，她只和他谈文学，谈理想，谈写作，谈人生，谈追求。频繁的书信往来，让两颗青春跳动的心越来越靠近，真诚的交流，相互的欣赏，让那颗叫作爱情的种子悄悄地播种在各自的心田中。随着日月的雨露光华，悄然地萌芽生长，慢慢地在各自的心田中茁壮成长。在那些孤独寂寞、痛苦忧郁、心冷如冰的漫长的日子里，叶慧最快乐幸福而又浪漫甜蜜的事情，就是给韩湘写信和盼望韩湘的来信，以及读他的热情洋溢、充满鼓励和关爱的来信。

韩湘的来信，已经成了叶慧生活和生命中最重要、最不可分割的一部分。每次收到他的来信，叶慧就像得到了天赐的甘霖一样，如饥似渴地研读，慢慢地消化吸收，直到融进自己的血肉里。叶慧对韩湘的来信，也是当天收，当天回，从不过夜。回了信，叶慧便开始计算着自己的信韩湘哪天能收到，韩湘的回信自己又哪天能收到。计算好后，便开始一天天地数着日子过，一天天地盼望着，等待着，喜悦着，悲伤着，憧憬着，也幸福着。只要韩湘的信没能按时到达，叶慧就开始坐立不安，胡思乱想，寝食不宁。直到第二天收到韩湘的来信，叶慧才喜极而泣，迫不及待地打开信，贪婪地阅读起来。有时读着读着她会不由得笑起来，有时又会满脸绯红，心怦怦直跳，有时读完信后，又会呆呆地坐在那里独自出神半天。

韩湘不仅写作,他还擅长书法和绘画,每一封来信都是毛笔楷书,信尾还会附上一幅水墨画,或花或草,或山或水。有一封信尾,画的是两截莲藕相交在一起,看得叶慧脸红心跳,满脸热烘烘地直发烫。叶慧感觉韩湘要是就在身旁,一定会拥她入怀,一定会与她相吻,一定会……叶慧一阵胡思乱想,又是一阵脸红心跳,浑身燥热不自在。

日月更替,他们的感情与日俱增。每个月仅仅读到对方的两封来信,似乎已远远满足不了他们内心那份强烈的爱恋之心和火热的渴慕之情,他们都热切地渴盼着能见到对方,一诉相思之情。终于在一封来信中,韩湘说他近期将过来看叶慧。叶慧手捧着来信,既紧张又激动,既渴望又害怕,但更多的还是热切地盼望。叶慧热切地盼望那个与自己情意相投、志趣相同的人能早一点到来,早一点相见,早一点携手共进。

为了让叶子建夫妻能更多更好地了解韩湘,接纳韩湘,叶慧把韩湘寄给她的所有照片、书法、绘画和文章等,统统都拿出来呈现在他们面前,好让他们去评判定夺。叶子建看了半天既没有表示反对,也没有表示赞成,只是说了这么一段话:"人长得虽然不算高大英俊,但是天庭饱满,地阁方圆,男人须有这样的脸庞方显大气好看。从他的字迹看来刚劲有力,字体也很漂亮,性格肯定也很刚硬。但毕竟隔山隔水,千里迢迢,以后就是想回趟家将是很困难的,唯有眼泪多流些。"

韩素音也跟着不无担忧地说:"是啊,那么远,你看不见也摸不着,只有听他自己说,一个女孩子家一旦上当受骗,以后还怎么生活。"

此时的叶慧,和所有跌进情网里的女孩子一样,满心满脑都是热恋中的那个人,哪里会听得进这些话语,哪里又会相信这些话语,她唯一的思念和渴望就是能早一天见到自己的梦中情人。叶子建见叶慧整日心神不宁、茶饭不思的样子便劝说她:"你还是不要太着急,先等他过来再说。"叶慧只能勉强平复着她那一颗热切渴盼、炽热爱恋的心,在一天天日思夜想中盼望着,等待着;等待着,盼望着,盼望着自己挚爱的人能早一天到来,早一天相见。

3

等待是一种煎熬,是一种期盼,也可能是一种幸福,是一份沉甸甸的希望。但等待出现的结果,往往也可能不是你所期待的,叶慧日思夜盼等到的却是一封挂号信:

叶慧:你好!
　　很抱歉,我这次不能来看你,因为连日的暴雨,造成洪水泛滥,我被临时派往灾区进行采访报道,无法承兑诺言,敬请原谅!期待下次来看你,请你一定要珍重,一定要等我。

还没等读完韩湘的来信,叶慧的泪水就像那一泻千里、泛滥成灾的洪水一样满面横流。电视上每天都在报道着长江沿线城市,雨量空前,洪水日日暴涨,被冲垮的路桥,被淹没的村庄和农田，像灾难片一样在新闻频道滚动播放。再大的灾难，如果不是与切身息息相关，是不会引起强烈共鸣的。当叶慧朝思暮想的人儿，却因为这无情的洪水而阻断了行程，打乱了他们相聚的时刻，叶慧再也不像那年雨季那样，天天盼望着大暴雨特大暴雨，而是恨透了这可恶的雨。

那年从华美商场出来后不久，叶慧在那位事业成功，却孑然一身的远房姨妈的帮助下，去了北湖边的一家集体日用品生活商店。叶慧被安排去马路边卖冰棒汽水，每天在大太阳下一站就是几个小时，且不说那份辛苦和劳累，单说那裸露在外的皮肤就早已招架不住，三两天就被晒黑。哪个女孩不爱美，哪个女孩不希望自己的皮肤白嫩水灵，哪个女孩愿意自己黑得像煤球，叶慧没有办法只有祈求老天爷怜悯。当时正是江南的雨季，每天不是大暴雨就是特大暴雨，下得铺天盖地，来不及从下水道淌走的雨水，半天不到就在地面上形成足可以行船的小河。

这场雨断断续续下了个把月，下得全市人民怨声载道，淹没了庄稼和蔬菜，冲毁了道路和桥梁，高高的长江大堤也一次次冲上了警戒线，全市人民的心弦也像一次次上升的水位一样，越绷越紧，随时都会嘭的一声断裂。只有叶慧没有怨恨，没有紧张，没有知觉和恐惧，她每天穿行在厚厚的雨幕中，把不能在人前流的眼泪，正好和着雨水尽情地流个够。

伤心哭泣过，叶慧赶紧坐下来，铺开信纸给韩湘回信。叶慧不能让韩湘久等，她不能让他们唯一传递信息的纽带中断，让他们唯一表达爱的方式延期："韩湘，你放心地去灾区，我会在远方为你，为所有受灾的人们祈祷，祈祷灾难快点结束，祈祷你平安归来。我一定等你,在远方等你,等你平安归来。"

　　等待是漫长的,也是艰难的。一个月后,叶慧终于等到了韩湘的来信和他主编的文学报《银河》。韩湘说他从灾区刚一回来见到她的来信,就放下手头的工作赶紧给她回信。他说这段时间他实在是太忙碌了,每天都在写抗洪通讯报道,有时一天要写好几篇,经常是写到半夜三更。他每天奔走在抗洪前线,每天都被感动着,每天灵魂都被冲击着、洗礼着。每天面对那么多的突发险情,那么多的感人事件,让他停不下手中的笔,他要让后方的人及时地了解到前方的抗洪汛情,他要为那些在抗洪中奋不顾身的英雄赞美讴歌。

　　这一期的《银河》上有韩湘的一篇长散文《家园》,占据了整整一个大版面,这是他在抗洪前线时,用一个晚上的时间写成的。家园,面对灾难来临时,是谁在誓死保卫我们的家园?是一张张年轻的战士的面孔。叶慧读着韩湘的这篇散文,他描写的一个个战士,一件件事件,像影像一样清晰地呈现在她的脑海中,她的内心被深深地感动和震撼,她也一次次用手擦去不知不觉流下来的泪水。

　　韩湘在厂文协工作,每天除了写稿编报,每周还要给文学爱好者讲课。他们的《银河》半月一期,在当地文学青年中很有影响力,不仅得到厂领导的支持鼓励,也得到市作协的支持和关注。韩湘也邀请叶慧给他们的文学报投稿。也许是爱情的滋润和力量,叶慧很快就构思出了一篇短篇小说《烟》,并且是文思泉涌,一挥而就。不久就发表在下一期的《银河》上。也许是韩湘的赞赏和鼓励,叶慧再一次灵感闪现,文思泉涌,很快又写出了一篇散文《抹不去的泪眼》，不久也在《银河》上刊登出来。

每一次文章的发表对叶慧都是鼓励和信心，每一次的进步都是动力和坚持的勇气，叶慧感觉自己越来越需要韩湘，越来越渴望韩湘。叶慧已经被那种相思之苦折磨得寝食难安，坐卧不宁，她终于鼓足勇气告诉父母，既然韩湘没有时间来，那她就去看韩湘，她要到他的身边去，他那里有她追寻的梦。

叶子建极力反对叶慧的出行："你一个女孩子孤身一人，千里迢迢去那么远的地方，人生地不熟，若是在路上遇到麻烦，两边都不知道，谁来帮你？"

"是啊，你又从未单独出过远门，一路上也没个人照应，还要转车换车，叫人怎么放心，还是叫他来吧，"韩素音也在一旁附和着说。

叶慧想想也对，自己毕竟从未单独出过远门，一个女孩子家孤身一人在外，若是遇到不良之人如何是好？还是等韩湘来吧。而且韩湘已说他将在金秋十月时来看她，叶慧便安下心来，开始了紧锣密鼓的准备，天天翘首期盼着韩湘能早点到来，她将抛开一切跟随他一起去追诗逐梦，一起去开始崭新的人生旅程。

金秋十月是一个充满着金色和幸福的季节，所有的辛苦和付出都将在这个季节里获得收获，所有的等待和期盼都将在这个季节里结果。不知是老天爷有意作对，还是无心而为，叶慧全身心等待期盼的这一天，即将到来的这一天，又一次像小孩子吹出的彩泡一样瞬间化为乌有。

因为韩湘寄来了加急快件，说他即将去北京参加一个文学笔会，只能又一次无奈地取消此行，等待下一次来看她，并说他一到北京就会给叶慧来信。

又一次不得相见,所有的孤苦和相思都化作了无言的千行泪,叶慧独自倚立在阳台的栏杆前,默对一轮清冷的明月。明月千里寄相思,不知君心是否似我心?为伊憔悴而不悔!

十多天后,叶慧终于收到了韩湘寄来的信件和火红的香山红叶,叶慧捧着那一片红得似血、艳得似火的红叶,又一次热泪滚滚。只要两心相爱,又何必朝朝暮暮;只要两心相许,又岂没有长相厮守之时?叶慧相信属于他们的这一天一定会到来。

六

1

徐树林终于在徐宝上小学前,花钱找人托关系将徐宝的户口顺利安稳地落到他的户口本上,让徐宝顺顺当当地上了小学。现在徐宝已经上二年级了,学校离家也不远,一条直马路走到一半处,斜进一条巷子里,巷子有点深,有点绕,左拐右绕地走到尽头就到了学校。巷子左右都是住家,不是平房就是两三层的矮楼房,所以一路上还是很安全的。徐宝奶奶说每天左拐右绕百八十遍,绕得她头晕目眩受不了,所以她就不再每天去接送了,而让徐宝自己上下学,但是每天她都会在徐宝的口袋里放两毛钱,让他买零食。

徐宝因为没有大人接送,手上又有零花钱,就被几个不好好上学的高年级学生盯上了。在下午上学的路上,几个大孩子将徐宝带进了附近的游戏室,让徐宝掏出钱给他们玩游戏。徐宝不从,他们就对他威逼恐吓,徐宝只好乖乖地掏出钱。钱全部掏出了,他们还是不让徐宝走,怕他去学校告状,徐宝被逼陪他们在游戏室玩了整整一个下午。当从游戏室走出来时天已经黑了,几个大孩子如猢狲般各自四散而去,只剩下徐宝孤独地站在昏暗的街面上,不敢回家。

徐宝背着书包稀里糊涂地朝着与家相反的方向走去,走到一个废弃的工厂大门口,大门内外长满了半人高的蒿草。徐宝站在门外看了一会儿,工厂里静悄悄的,他轻轻用手一推早已锈蚀不堪的大铁门,门竟然开了,徐宝就毫不犹豫地走了进去。徐宝在废弃的工厂里漫无目的地游逛了一圈后,天黑透了,他感到又累又饿又渴,还是不敢回家。徐宝继续在里面闲逛,看到一辆废弃的破汽车停在一边,徐宝就奋力地爬上去。汽车里什么都没有,只有肮脏的车板,徐宝也不管那么多,直接躺下了,不知不觉迷迷糊糊睡着了。

徐宝奶奶从附近的麻将桌上下来,急急忙忙回到家里,左等右等不见徐宝回来,又紧张又害怕,一路小跑着、嘶喊着找到学校。学校早已是大门紧闭,黑灯瞎火,一个人影也没有。徐宝奶奶又一路哭哭啼啼地找回家,还是没有找到徐宝,她终于不顾一切地放声大哭起来。

这时,徐树林和叶秀相继回来了,也来不及多问情况,俩人先后跑出了家门,满大街地寻找。家与学校这条路的旮旮旯旯,俩人反反复复、仔仔细细地找了无数个来回,嗓子都喊哑了也没有寻到徐宝的影子。徐宝能去哪呢?叶秀也开始忍不住小声地啜泣起来,没有了徐宝,叶秀活着还有什么意义?还有什么希望?叶秀所有的忍受和谦卑,都因为有徐宝给她无限的安慰和希望,未来和信心。徐宝就是她的命,就是她的天,就是她的一切!

大半夜了,附近所有能找的地方都找遍了,还是找不到徐宝,叶秀简直要疯了。她跌跌撞撞地走在大街上,早已是疲累不堪,拖腿无力,糊糊涂涂地走到了废弃工厂的门口。叶秀实在是支持不住了,手扶铁门一下子跌坐在了地上,大铁门因为她的力量自动向后打开了。叶秀像是得到了某种启示,猛一扶铁门站了起来,她深一脚浅一脚,借着月光慢慢地向着空旷的工厂深处走去。

叶秀边走边喊,边喊边小声啜泣,终于在废弃的汽车里找到了徐宝。徐宝居然还睡得香喷喷的,浑浑然然中似听到耳边有呼喊他的声音,便含含糊糊地似梦语般应着。叶秀带着迷迷糊糊的徐宝回到家里,徐树林也正好疲惫不堪地回到了家里。徐树林一见徐宝气得破口大骂起来,并扬起手就要打,叶秀连忙用身体护住了。徐树林更加来气了,高高扬起的手掌落在了叶秀的身上,并顺势将叶秀用力推搡到一旁,然后对徐宝就是一阵拳打脚踢。徐宝奶奶一看徐宝挨打,赶紧冲上来抱住徐树林的手臂,大骂儿子:"你个汤炮(形容不听话的小孩子)子,不是东西,不是人,这点大的孩子你也下得了手往死里打,打残了你养他一辈子。"徐树林根本不听,挣脱母亲的手,还想继续打徐宝。徐宝奶奶急了,一下子冲在徐宝前面护住徐宝,大声地说:"你打我,打我吧,是我偷懒没去接他,弄丢了他。"

徐树林无奈地放下高高扬起的手,气呼呼地转身走了,丢下祖孙三代在客厅里哭声一片。

2

星期天,叶秀带着徐宝回来。自从上次事件后,徐宝奶奶又开始天天去接送徐宝了,再也不说转得头晕目眩了。其实她哪里是转得头晕目眩,她是舍不得老友们那点小麻将。

叶秀也有一段时间没回娘家了,她知道父母现在的全部心思都在叶慧身上,就像她当年刚一到这里东西南北都还分不清时,他们就急吼吼地到处托亲戚给她介绍人家,急吼吼地要把她嫁掉,生怕她嫁不出去,像扔一个包袱一样,赶紧把她打发出门。所谓嫁出去的女儿就是泼出去的水,尽管曾经在娘家像公主一样千疼万爱的,但是一旦出嫁进入婆家,父母就不会像以前那样太多地去关注你的生活,用他们的话说你已经是人家的人了,我们不便多说话。

是的,她已经是人家的人,难道她来到世上就是为了成为人家的人,就是为了结婚嫁人,生儿育女?叶秀曾经也是多么不甘心啊!她也有自己的梦想,她喜欢唱歌,梦想能成为一名歌唱演员。在那个乡镇学校的文艺宣传队里,叶秀是个多面手,报幕独唱领唱演戏,样样拿得起放得下。每一场演出都少不了她,每一场演出她都担当主角,别人临时有事上不了,总是她临时救场顶上去。有她在,带队的老师就可以放心大胆,高枕无忧地到各个学校巡回演出。

但是,毕业一回到家里,梦想和现实,一个是高天上缥缈的浮云,一个是地上做不完的庄稼活,哪里还有梦想落脚生根之地?叶秀没有像叶慧那样大胆勇敢地把自己的梦想表达出来,她羞于说出口,她活活地把这个梦想掐死在腹中,连痕迹都不露一下。她知道家和学校,梦想和现实,是两条永远不会交会的平行线,她再不甘心,也要面对现实。好在叶秀还有缝纫的爱好,她可以去学习缝纫,将来去乡服装厂上班或自己开缝纫店,不用把未来绑在看不到希望的土地上。但叶秀绝没想到有一天他们会来到徽城,彻底地改变了她的命运。如果她能预知到未来的不幸和不如意,她一定不会同意父亲来徽城,更不会出于私心迫使叶慧放弃复读,也来到徽城。

初到徽城时,一天叶秀在北湖边大花园的宣传栏上,看到省艺术学校招生的消息,她已然熄灭的梦想之火又开始在心里蠢蠢欲动,悄悄复燃。叶秀瞒着家人鼓足勇气走进了大花园,她本想报考声乐,可是在她左右犹豫的时候,已经错过了报名的时间。她只好去报考黄梅戏,可是一报年龄,她又超龄了。叶秀万分沮丧,看来她今生的梦想是无缘实现了,她再不甘心,也只能接受命运的安排。

以前叶子建他们跟叶秀说叶慧的婚事,叶秀从不上心,也无力上心,自己的生活都过得一地鸡毛,她哪里有闲心去操叶慧的心?再说叶慧那么好强,那么自我,对她这个做姐姐的话从来就听不进去,更不当一回事,当然也并不是一开始就听不进去。很小的时候叶慧就是叶秀的跟班,比叶慧大七岁的叶秀不管走到哪里,玩到哪里,背上都背着叶慧,所以叶慧几乎是在叶秀的背上长大的。叶秀清楚地记得自从发生那件事后,叶慧就开始疏离她,冷淡她,不再和她玩在一起,也不再和她说心里话,总是独自默默做着一切。

那年叶子建本已重病在身,举步艰难,又被关到公社学习班学习,既不许家里人探视,也不许送吃的。韩素音担心叶子建的身体扛不住,就炒了一搪瓷缸的咸菜,比平常家里吃的多放了两大勺的菜油,让叶秀和叶慧送过去。虽然咸菜可以送过去,但是她们也不能亲手交到叶子建的手上,而是有穿军装的门卫接过去,经过一番耕田耙地一样严格的检查后,确定确实没有问题才代为收下。也就是这一次送菜,让叶慧对叶秀从此隔膜疏离。

那天韩素音特意给叶秀、叶慧姐妹俩换了一身的新花衣服,韩素音想让在里面的叶子建看见女儿们花朵般美丽的样子,能够增强信心和勇气。姐妹俩也像过年一样穿着一身新衣服,高高兴兴地去给叶子建送咸菜,她们也有很长一段时间没见到父亲了。那时大概是夏天,午后的阳光毒辣而刺眼,姐妹俩手挽手走在大河埂上,一个行人也看不见。走到下一个村子时,前面的大埂上突然出现了几个坏小孩,和叶秀差不多大,她们怕被欺侮就悄悄地下到河坡下面。在她们快要走过去时,那几个坏小孩突然从天而降般,飞一样从高高的河埂上直冲下来,像一面墙一样整齐地挡在她们面前,还不停地嬉笑着说:"花衣裳,花姑娘,不要脸,不怕羞……"

在僵持对峙中,叶秀瞅准机会脱身而逃,他们也不去追她,继续挡在叶慧的面前,口中继续不停地嬉笑着说:"花衣裳,花姑娘,不要脸,不怕羞……"

叶慧当时七八岁的样子,她不慌不忙地从口袋里掏出过年时的一毛压岁钱,说给他们让他们放她过去。他们也许闹够了,也许觉得跟她这个小不点闹也没意思,还不如拿了钱实惠,毕竟一毛钱可以买到十颗水果糖,他们就同意了。后来叶秀问叶慧才知道他们为什么放她走,叶秀当时给叶慧的解释是,叶慧比她小,她逃走了,他们一定不会为难她。叶秀清楚地记得,也是这次事件以后,叶慧排斥一切花衣服,鲜艳的衣服,甚至连花儿草儿都不喜欢了。这件事她们从来都没有告诉过父母。

叶秀毕竟是家里的长女,叶子建夫妻有为难不好决断的事情,总还是会找叶秀商量,听听她的意见。尤其是有关叶慧的事情,他们更愿意听她的。毕竟叶慧是在叶秀的背上长大的,他们觉得她更有发言权,就像当年要不要让叶慧复读一样。当年叶秀在乡服装厂上班,虽说不再直接与土地打交道,但也并不是就真正地离开了土地,大忙季节她还是得回家帮忙收种,还是得面朝黄土背朝天地埋首耕耘。一场收种结束,脸晒黑了,手变粗糙了,整个人都变得毛里毛糙的,需要好几个月才能恢复过来。一个曾经心怀梦想的人,对这一切都是很看重和在乎的,也是很难过和无奈的。当叶子建问叶秀让叶慧再复读,她有什么意见和想法时,叶秀毫不迟疑地表示反对。叶秀说:"当年你们又没有给我复读,现在你们却让叶慧复读,为什么不一视同仁?她若是考学校走了,那就让我一个人在家里面朝黄土背朝天?"

叶子建一听心里难受了,手心手背都是他的心头肉,他不能好一个歹一个,他要把一碗水端平,他不能让任何一个抱怨他,尤其不能让大女儿受委屈,毕竟在那个特殊时期,叶慧是在她幼小的还不成熟的背上长大的。正兴冲冲准备去复读的叶慧,全然不知地被告知不要去复读了,并说他们很快将去徽城。叶慧当时完全蒙了,不让复读就罢了,还要去徽城,她去徽城干什么?人生地不熟,没有同学没有朋友。但是她一个人哪里敌得过三个人?少数服从多数,她只有万般不情愿地来到徽城。

当叶子建夫妻问叶秀关于叶慧和韩湘之事,她是什么态度和看法时,叶秀同样是反对的。叶秀反对的理由很简单也很实际,甚至在叶慧看来是很可笑的,只是叶慧并不知道。叶慧当时正带着一颗被甜蜜爱情充盈的心,愉悦地行走在去邮局的路上,她要把她的一颗火热的爱恋之心寄给远方的爱人。叶秀说叶慧一个人整天抱着书本就够了,还两个人都这样,都成了书呆子,将来谁买菜烧饭?不要搞得连饭都没的吃,水都没的喝。再说叶慧真嫁到那么远的地方,孤零零一个人,举目无亲,遇到难事连个商量的人都没有,受到委屈连回娘家都困难。而我将来在这里也是孤零零一个人,无依无靠。

叶秀还说真要让叶慧嫁到那个遥远的边城,传回老家去还不让全村人笑话?说我们家跑到繁华时尚的徽城,还不是成不了城里人,还不是让女儿嫁到穷困落后的边远之地,肯定是在徽城混得不怎么样,这是说得好听的。说得不好听的,会说我们家的女儿是被人拐骗走的,说父亲一辈子能耐有本事,精明过人捉鬼卖,还不是让自己的女儿被人拐骗了。我们家的女儿命不好待在农村,至少待在家门口,想见就见,想看就看,即使有个三长两短,乡里乡亲传个话就能回来,互相都能照应到。父亲再能耐,再有本事,也只能在我们这个小地方混混,糊弄糊弄我们这些没文化的乡巴佬,到了大码头他照样会翻船。

叶秀还说了许多,只有上面这一番话句句都像小铁锤样,狠狠地锤打在叶子建的心坎上,让他的心阵阵地痉挛和疼痛。叶子建本是个多么要面子和有自尊的人,多么骄傲和自信的人,在老家是一个威望和声誉极高的人,怎么可能轻易让别人看他的笑话?从来只有他看别人的笑话。叶秀清楚地知道,父亲是绝不可能再让叶慧嫁到那个遥不可及的边城了。

七

1

时间,一定是世间最无情易逝的。很快雪花飘飘又是一年到,差不多是快到过小年的时候,韩湘寄来了一封粉红色的快件,说他即日将乘船而来。叶慧捧着这封可以说是不同寻常的快件,看了又看,那泪珠也是刚一拭去,又像泉水一样涌出来,一次又一次。激动、兴奋,一夜无眠,日思夜想的人儿终于被盼来了,他们终于可以见面了。

叶慧不知道韩湘的船几时能到达,所以第二天早晨她早早就起了床,草草地吃过早饭,匆匆地骑上车去了大轮码头。在大轮码头的出口处,叶慧像称职的警卫一样,寸步不离地守候着。从早晨一直守候到晚上,她没去喝一口水,没去吃一口饭,一刻也不敢离开下船的出口。叶慧甚至连眼睛眨一下都不敢,一直紧紧地盯着每一个走出出口的人,生怕自己眨眼睛的瞬间,没看到或没看清而错过韩湘。可是,直等到最后一班轮船靠岸,直等到最后一位旅客下船,叶慧也没看见韩湘的身影。看来韩湘今天是不会到了,叶慧安慰自己,还是明天再来吧,明天韩湘一定会来到!

叶慧在胡思乱想中艰难地熬过一夜。天一亮她就急忙起床,一大早又赶到码头。今天的码头热闹又喧哗,站满了等候接客的人。其中有三位学生模样的女孩子,她们就站在叶慧的身旁,一问她们是徽城师大的学生,她们是来接同学的。其中有一位女孩子说叶慧长得很像一位当红的情歌皇后,说着情不自禁地哼唱起了她的歌:"请你再为我点上一盏烛光,因为我早已迷失了方向,我掩饰不住的慌张,在迫不及待地张望,生怕这一路是好梦一场,而你是一张无边无际的网,轻易就把我困在网中央,我愈陷越深越迷惘,路越走越远越漫长,如何我才能捉住你眼光,情愿就这样守在你身旁,情愿就这样一辈子不忘……"其他两位女孩子许是受了感染,也跟着一起唱起来:"我打开爱情这扇窗,却看见长夜日凄凉,问你是否会舍得我心伤,而你是一张无边无际的网,轻易就把我困在网中央,我越陷越深越迷惘,路越走越远越漫长,如何我才能捉住你眼光,情愿就这样守在你身旁,情愿就这样一辈子不忘……"

叶慧对她们的这种赞美和友好,报以友好的微笑,叶慧觉得她们太可爱了。以前在华美商场的时候也有人这样说过她,当时叶慧并不在意,认为人家是在奉承讨好她,她怎么可能像那位情歌皇后?现在她们三个人也这样说,叶慧觉得可能自己真的像吧。因为她们和她既不认识,也没有任何关系,没有必要奉承讨好她。"你是来接男朋友的吧?"她们围着叶慧问道。叶慧对她们始终只是微笑不语,既不肯定也不否定。

"其实,你就是不说,我们也能猜出来你是来接男朋友的,你的一往情深都写在脸上。"她们望着叶慧友好地微笑着说,叶慧也微笑地望着她们点点头,算是对她们的回答。是啊,谁会独自无缘无故地跑到寒风凛冽的江边码头吹风受冻,还一脸心甘情愿,无怨无悔的痴情相?如果不是被爱情那把火烧迷糊了,就是疯子和傻子。

当又一艘大轮靠岸,接客的人,也包括那三个女孩子都接到了自己要接的人,并高高兴兴地离开时,叶慧依然孤独地望眼欲穿地站在那里。今天叶慧也是从第一班船一直守候到最后一班船,从一大群接船的人到最后只剩下她孤零零一人,叶慧还是没能接到她朝思暮想的人。叶慧呆呆地望着眼前波浪翻滚的江水,那一刻,她的心如同眼前的江水一样汹涌澎湃,无法平静。叶慧的泪水再也无法控制地顺着面颊,不断地流淌下来。

叶慧想起了曾经读过的一首诗:我住长江头,君住长江尾,日日思君不见君,共饮长江水。此水几时休,此恨何时已?只愿君心似我心,定不负相思意。叶慧当时读到这首诗时,只是喜欢,就反复地吟诵,并没有切身的体会。这一刻,这首诗适时地从叶慧的脑海里跳出来,她望着黑茫茫的江面,真想大声地呼喊:韩湘,我在这里等你,一直在等你,你知道吗?你为什么没来?

又一次无望的空等候,叶慧更加神情黯然。她步履沉重,无精打采地回到家里,她感到无比的委屈和悲愤、气恨和羞辱。晚上,叶慧一口饭也吃不下就上床睡了,可是她辗转反侧怎么也睡不着。叶慧满脑子都是韩湘说的他即日将乘船而来。她不停地自言自语,他为什么没来?他为什么没有来?为什么说好来却又一次失约?为什么又一次让她空等?

早晨吃过饭,叶慧正在心里犹豫着今天她要不要再去码头时,邮差及时送来了韩湘的特快信件。叶慧接过信急急忙忙地打开,韩湘在信中说他临上火车时,不小心扭伤了脚,故未能成行。叶慧的眼前像有一堆白雾,她的脑海里也像挤满了白雾,一片白茫茫。下面还说了什么她已看不清,她已无心情继续再看下去,她也不想再看下去。叶慧一把就将信件撕得粉碎,并扔进了炉火中,她不想再看见。她一面在笑,一面泪流不止。因为扭伤脚而未能成行?为什么不早不晚偏偏这个时候扭伤脚?这样的理由是不是太幼稚可笑?是不是太经不住推敲拷问?哄骗三岁小孩吗?!

一直以来,叶慧都很用心地呵护和经营着这份感情,生怕失去它。韩湘的每一封来信叶慧都及时地回复,生怕耽搁时间而失去联系,失去他。因为叶慧知道,韩湘是她今生一直所要等待期盼的人。可是叶慧对韩湘长久的期待、深沉的思念、浓烈的情感,都被那一句"不小心扭伤了脚,故未能成行"击打成一地伤心的碎片,灰飞烟灭。真像她曾经写的小说《烟》一样,缥缈又无形,伸手,却抓不住。

虽然他们通信相识仅仅两年多一点的时间,但叶慧几乎把她一生的感情都投入进去了,以至十年、二十年,叶慧的心还时常会想起韩湘,想起他,叶慧依然心痛不已,泪满眼眶。而眼下叶慧的心中虽然对韩湘余恨未消,怒气未平,但又怎么可能完全割舍掉对韩湘的这份爱,这份情?叶慧依然在默默地日思夜想着韩湘,默默地期待着盼望着韩湘的消息。可是,叶慧由于一时的愤恨和委屈,不但撕碎烧毁了韩湘的来信,而且也没有再给韩湘回信,半个月过去了,她也同样没有再收到韩湘的来信。又过了一个星期,叶慧依然没有收到韩湘的来信,韩湘好像从人间蒸发了。叶慧所有的经历和喜怒哀乐都只是一场梦而已,一场她自导自演、自喜自悲的梦,韩湘只是她生活中一个虚幻的影子,是根本就不存在的。叶慧不相信,也受不了了,她实在是再忍受不了对韩湘的那份思念,终于坐在灯下,铺开信纸,握起笔认真地给韩湘写信。

千言万语,叶慧把满腔的愤恨和责问一股脑儿都倾诉在纸上后,反倒变得冷静和理智了。叶慧问自己有什么资格去责问韩湘,韩湘并没有给予她什么承诺和誓言,他有选择的权利和自由。想到此,叶慧的心一下子就变得平静释然了,所以当信写好后,叶慧并没有将它寄出去,而是放进了抽屉里。她想该来的会来,该去的会去,一切都随缘吧。失去了和韩湘的联系,叶慧似乎一下子失去了所有的期盼和梦想,整天没有任何看书写作的心情,她只独自又一次憋闷在阁楼上。叶慧一直都梦想着,有一天能和自己理想中的爱人一起生活,一起憧憬,一起追诗逐梦,一起欢乐和悲伤。可是现在,现在所有的梦都破碎了,她还在这里,还在这个令她伤心之城。

时间很快到了春暖花开时,叶慧和韩湘失去联系已有三个多月,叶慧从抽屉里再次翻出那封写给韩湘而又未寄出去的信,读着读着,叶慧忍不住又一次泪流满面。现在,叶慧的心里对韩湘只有无限的思念,而无半点怨恨。叶慧想要再给韩湘写封信,但拿起笔又不知从何写起,又能写什么呢?韩湘现在一点消息都没有,也许他早已移情别恋,也许他根本就没当一回事,只是和她玩一场虚情假意的爱情游戏而已。她现在又写信去做什么？又能做什么？去向韩湘傻傻地倾诉她对他的无限衷情,对他的深切思念和久久不舍,向他祈求爱情？叶慧当然不会,做人起码的自尊她还是有的。但是,叶慧绝想不到,韩湘曾给她寄来一封又一封信件,却迟迟得不到她的回信。

2

在此刻,在遥远的边城,韩湘也同样在苦苦地等待叶慧的回信。韩湘每天上午和下午,至少分别有两次跑到工厂的大门口,走到传达室的玻璃窗前,那里插着一封封等待主人来认领的信件。他仔细地看了一遍又一遍,确信没有他的信,才满怀失望地走回。去的次数多了,门卫的师傅看见他走过来,老远就冲他直摇手。他看见了还是不放心,还要特意走过去再仔细认真地看一遍,再多问一句门卫的师傅,在得到确切的回答后,他才沮丧失望地离开。走在回办公室或宿舍的路上,韩湘的脚步是缓慢的无力的,多少天了,他已经不记得过去多少天了,他已经不记得自己寄出去多少封信了,却一封封都如石沉大海。他今生等待的那个女孩子突然不再给他回信,突然没有了任何消息,突然从他的生活中彻底消失,他的心很疼,很疼,从没有过的疼。

韩湘在一家金属厂,厂里有近千名工人,单身宿舍就在工厂里面,进入大门一直往左走,要不了十分钟的时间,就见到了一排平房,一字排开大约二十间,灰砖灰瓦带走廊的那种很古朴的样子。这一排平房里,住着厂里的一群激情浪漫、天真单纯的文学青年,他们写诗,写小说。他们在下班后,喜欢聚在一起谈诗,谈文学,谈写作,当然也爱喝酒。酒后,大家就开始借着酒兴赛诗，有时是一人起头，然后一个跟着一个往下接；有时是独自完成，各自成篇，然后拿到一起大家传阅评比探讨，犹如《红楼梦》里的海棠诗社，但是他们绝不同于《红楼梦》里的才子佳人。《红楼梦》里的海棠诗社完全是富贵人家的公子小姐吃饱饭没事干，用来打发冗长岁月的一种文雅的消遣方式。而他们是一群痴迷文学，不怨不悔的追梦人。在厂领导和地市作协文联的大力扶持和鼓励下，他们创办了自己的诗报和文学报，并定期出版发行，在当地很有影响力，吸引了一大批文学青年爱好者加入他们的队伍。一时间，掀起了一股爱文学、爱写作的热潮。

今天，这一段路，韩湘觉得自己似乎走了近二十分钟，甚至三十分钟，也许比这更漫长的时间，才到达他那间二十平米集卧室、书房、餐厅、会客厅等等于一体的多功能单身宿舍。这间宿舍里最引人注目的就是那四架高大的书橱，满满当当的全是中外文学名著，哲史书法美学绘画等各类书籍杂志。书桌和床上也到处堆放着大量的文稿、书法和绘画作品，将这间二十平米的宿舍充实着，这也是他的全部家当。

韩湘一回到宿舍就无力地仰躺在床上，他两眼直直地盯着白色的屋顶，他是无限地后悔和自责。什么叫弄巧成拙？这就叫弄巧成拙！说得好好的要去看叶慧，最后却说脚扭伤了不能成行。不错，脚是扭伤过，但不是要去的那天，而是在这之前就已经扭伤过，而且也差不多恢复好了，却还要借题发挥，无辜伤之。退一步说，就算那天真的再次扭伤，就算是一跛一拐也要去赴约，已然约定好的，就不可轻易毁约。再说叶慧见了，才会更显出他的真情和诚心。可是，现在，韩湘是无限的懊恼萦绕在心头,挥不去,也斩不掉。

很久,韩湘才抬头将压在下面已然麻木的双手抽出,只一瞬间,他看到了对面书桌上叶慧的照片。那是一张站立照,在一树灿若云锦的红枫叶下,叶慧白衣白裙,端庄美丽,含蓄典雅,像一位纤尘不染的仙子。韩湘一跃而起冲到书桌旁,双手捧起叶慧的照片,久久地凝视着,端详着。韩湘的泪开始一滴一滴地滴落在照片外面的玻璃上,慢慢晕染开,模糊了叶慧的面目,好似叶慧也是泪流满面。

韩湘想起刚接到叶慧照片时,他的心像打鼓样咚咚的,他的手是怎样颤抖着从信封里慢慢抽出照片。韩湘曾无数次地想象着与自己精神相通、心心相印、情深意长的那个女孩子,一定是一位美丽不凡、仙气飘飘的姑娘。当叶慧仙女般的照片出现在韩湘眼前时,韩湘也是像现在一样,久久地凝视着,端详着,恨不能腋下即刻生出双翼,飞到叶慧的身边去,紧紧地拥她入怀,天天拥她入怀。

他特意跑到最大的商场去,左挑右选购买来一个精美的相框,将叶慧的照片小心仔细地放进去,摆放在书桌上,他可以天天看着她,想着她,他们可以天天相对,无限情意都在静默对视中。韩湘在叶慧温情脉脉的目光注视下,给她写着一封封爱满信纸的情书,他对她的爱像那笔尖源源不断的墨水样流泻在信纸上,流泻在字里行间。他多么想见到她,他多么想亲吻她,他一次次地计划着去见她,可一次次都未能成行。他多么想她能来到他的身边与他终生相伴,可他没有信心邀约,他害怕一说出口,就会失去她的消息。

当韩湘终于下定决心去见叶慧时,他的同厂文友唐潮从远方归来。唐潮是去见一位非常喜爱他诗歌的女孩,女孩住在离他千里之外的世界闻名的山水甲天下之地。唐潮和女孩一直保持着通信往来好几年,女孩喜爱他的诗,更能读懂他的诗,明了他的意。女孩在信中一次次地说着对他的诗、对他的人的喜爱、痴迷和崇拜。唐潮的心像被扔了无数个小石子一样,激情荡漾,澎湃不已,他决定不远千里去看女孩,如果有可能他要将女孩带回来,做他的新娘。这是唐潮临行前夜,一帮文友在一起,边喝酒边说的话,大家纷纷举酒为他壮行,祝他能如愿顺利地带回他的爱人。

唐潮带着一颗热情似火之心,不辞车旅劳顿之苦,向千里之外的女孩奔赴而去。唐潮很顺利地见到了女孩,却没能很顺利地带回女孩。女孩见了他以后,说她只是喜爱他的诗,不是他这个人,所以不能跟他走。唐潮那被爱情一路燃烧得汹涌高涨的心潮,在那一刻,一落千丈,冷到冰点。他感到浑身颤抖,四肢僵硬,整个人快冷成一个冰坨子了。他不得不靠一刻不停地抽烟,来给自己取暖,来证明自己还有生命体征。唐潮一夜未宿,他机械地上车下车,不断地换乘,车马不停地回到他的根据地,否则他会死在路上,但是他还是大病了一场。

唐潮的无功而返,不仅打击了他自己,也打击了这一帮整天只会谈诗论文的文友,更打击了韩湘。韩湘也是抱着一颗要带回心爱之人的火热之心去见叶慧,可是兵马还未动,前车之鉴已冰冷无情地横亘在前。他到底是不战而退缩,还是冒死也要蹚一回?韩湘不知道如何定夺。众文友也是各抒己见,意见不一。

最终韩湘还是采取了保险的手法,他先发电报告诉叶慧他即来,随后又寄特快信件说他临上火车时扭伤脚不能来。韩湘是想通过这一戏剧化的演绎,测试一下叶慧对他到底有多深的感情,会做出什么样的反应,他再做最后的定夺。

但是,什么叫聪明反被聪明误,韩湘想象不到他的这一幼稚闹剧,对叶慧是多么大的伤害和打击。当韩湘一连几封信寄给叶慧,一个星期过去,半个月过去,一个月过去,都收不到叶慧的回信时,韩湘才意识到自己犯了一个多么愚蠢的错误。韩湘开始拼命不停地给叶慧写信,努力要挽回这段感情,可是所有的信件都像断了线的风筝,有去无回,他再也收不到叶慧的只言片语。

韩湘发疯般地从抽屉里拿出叶慧所有的信件,一封一封地从头翻阅,每一封都是情真意切,深情似海,痴恋入髓。韩湘的眼泪汩汩而下,他每读一封信心就会疼一下,他终于痛苦地瘫倒在椅子上。韩湘是不甘心的,他不甘心这段感情就这样结束了,他不相信叶慧真的就这样恩断义绝,一封信也不回给他,他又开始不停地给叶慧写信。他要从头再来,用他的真心真情去感动叶慧,用他的真心诚意去打动叶慧,韩湘坚信叶慧只是暂时赌气不理他,只要他精诚所至,叶慧一定会给他回信。可是,令韩湘无限失望的是,他真的是一封回信也没收到,叶慧已经彻底没有了消息。

此刻,韩湘紧拥着叶慧的照片,心撕裂般疼痛。

八

1

　　外界的困境,要等机会;内心的困境,要靠自己。叶慧不记得这句话是从哪本书里看到的,但她清楚地知道自己正处在内外都是困境中,看来这个世上谁也不能拯救她,也拯救不了她,唯一能真正拯救她的还是她自己。她必须坚强勇敢地走出去,一定要走出去。

　　一天,叶慧偶然从一个亲戚那里得知,现在就业可以直接去劳力资源服务市场。叶慧便决定去看看能否找到适合自己的工作,不能又一次把自己与世隔绝地关在家里,锁在阁楼上,那样痛苦和悲伤会越来越深重,思念和绝望也会越来越强烈,更别说什么看书写作了。当叶慧刚一说出自己的想法时,叶子建竟超乎寻常地表现出巨大的热情和积极的支持,并且陪同她一道去了劳力资源服务市场。

　　偌大的劳力资源服务市场里,只有几家可怜的招聘单位,招聘人员也都安安静静的,无所事事地坐在招聘桌前,默默地等待前来应聘的人员,真有点姜太公钓鱼愿者上钩之意。但来应聘的人也像那狡猾的鱼儿,寥寥几个人都远远观望着,不肯上前问询,生怕一问就被牵扯住,脱不了身。整个大厅里冷清静寂得连脚步声都显刺耳,仅有的那几个应聘者更是观花一般顺路而过,就是不肯上前多问一句。叶慧和叶子建在一家家招聘台前走过来又走过去,默默地看了一家又一家,都不太满意,最后在一家文化娱乐有限公司招聘台前,相对多站了一会儿,也多看了一会儿。叶慧和叶子建之所以多站一会儿又多看一会儿,并表现出特别的兴趣,完全是冲着"文化"两字而去的。公司既然与"文化"两字沾边,想必是与"文化"有关的工作,至少与文字能沾上点边吧,那也就不枉叶慧这么多年来对文字的这份热爱和执着了。

就在他们犹豫不定时,公司的招聘人员终于按捺不住站起身,热情地劝说叶慧应聘他们公司。他们仍然犹豫不决,对方好像生怕他们会立刻离开似的,急忙从台后走出来,并更加热情地劝说叶慧应聘他们公司。在这种情况下,叶慧干脆先说出自己户口不在本市,看看他们到底怎么决定,出乎意料的是他们并不介意叶慧的户口。当叶慧把自己的资料证件和已发表的一些小说和散文拿给他们看时,他们更加积极热情,极力邀请叶慧非加入他们的公司不可,并把叶慧他们请到一间办公室里细谈。

"我叫李鸿,是公司的副总,我们总经理看了你的作品,他很欣赏你也很看重你,他说你的眉宇之间蕴含着一股灵秀之气,希望你能留下来并加入我们公司。我们总经理是大学中文系毕业的,以前也爱写点东西,现在虽然不写了,但还是经常爱看一些文学作品。"李鸿面带微笑地对叶慧说。李鸿戴着一副近视眼镜,中等个子,长得白白胖胖,说话轻声细语,样子斯斯文文,穿着打扮也很平易朴素。他是大学经济系毕业,和总经理毕业于同一所大学。

　　这时总经理周鹤走了进来,他身材高挑修长,行动敏捷矫健,说话也大声大嗓,干净利落。他坐到叶慧他们对面的沙发上,微笑着对叶子建说:"老先生,您放心,我们都是正经人,公司也是正规的。我和副总都是从市直机关单位辞职下来的,因为不满整天一张报纸、一杯茶无所事事地坐在办公室里混日子,我们也想干一番事业,有一番作为。所以我们辞职去了沿海城市,体验了一下沿海城市是如何工作生活的,也算是去取取经吧,因此我们的观念也很开放,只重人才不限户口。您可以放心大胆地把女儿交到我们公司,我们绝不会亏待她的,我们公司也才刚刚起步,我们将来还要扩大投资房地产事业,将来会有您女儿大显身手之地。"

　　在没有更好的可供选择的单位的情况下,这也许就是最好的,叶慧也只能应聘他们公司,何况他们那么真诚,那么热情,对事业和未来又那么充满信心和豪情。更重要的是他们又都是接受过高等教育的人,人品和素质应该是没问题的,是值得信赖的。这还是叶慧和叶子建首次达成共识。

　　几天后,叶慧和十几个女孩子一起聚在了一家名曰"红玫瑰"的大酒店里。后来叶慧才知道此酒店也是他们开的,是公司目前投资的第一个项目,当天中午公司还在自家的酒店里很丰盛地招待了她们一餐。下午她们一群人就跟着另一个副总高平一起去了她们将要工作的场所。她们一行人骑着自行车浩浩荡荡、说说笑笑地来到了老城区的一家电影院里,这家电影院很明显生意清淡萧条,恐怕早就入不敷出了。电影院把正对马路的休息厅出租给了公司,电影院在旁边另开了一个侧门。她们一群人像鸟雀样叽叽喳喳地一拥而入。这个休息厅既不宽敞,也不拥挤,正好一字排开摆放着十几台"扑克机"游戏机。大家谁都没见过这种机器,也不知道怎么摆弄,一个个都感到很新奇,坐在机器前对着两个红绿的大按钮拼命地乱按一通,像刘姥姥初入大观园,对什么都稀罕新奇,这里摸摸那里捏捏。机器发出的声音也是她们闻所未闻的,大家感到既新鲜又开心,一个个忍不住哈哈大笑起来。

高平走到大家中间,耐心地手把手地教她们怎么开机,怎么上分,怎么去玩,直到她们一个个都学会,他才说:"你们自己再多练习练习吧。"这说起来一大堆,学起来却并不难,她们很快就熟练掌握了要领,这是一种最简单易学,最容易掌握的游戏。不过,她们学会了并不是让她们玩,而是让她们去教那些来玩的客人,她们每个人负责看守几台游戏机。只要客人给钱,她们就用钥匙打开游戏机开关,替客人上分让他们玩,如果把分打完了,也就算死了。如果你打得好,增加了积分,就可以继续玩下去,但是很多人都是不到几分钟就玩死了,没有哪个会玩过机器,若想继续玩下去,就得再花钱买分。来玩此种游戏的大多都是二十多岁的小青年,他们在叶慧的身边围了一层又一层。这个刚买了十块钱两分钟不到就死了,那个赶紧接着后面买分补上去,一个个前仆后继般地和机器较量着,搏斗着,但最终都将败下阵来。直到口袋里的人民币掏空,他们才恋恋不舍地离开。不过,第二天他们又会怀揣零钱斗志昂扬地杀回来。

这种工作目前对叶慧来说,既谈不上轻松,也说不上多么辛苦,就是时间长,从早晨八点钟一直工作到晚上十点钟,要整整工作十四个小时。这中间除了上厕所可以出去一下,就连吃饭都不得歇息,常常是一手托着饭碗,一手给客人开机上分。有时候甚至忙得连饭都顾不上吃,刚给这位上好分,那位客人又在喊,还没等转过身来,前面刚上分的客人已经玩死了,又开始在喊上分,整个人就像那上足了劲的陀螺一样,一刻也不得停歇。

这种工作与文字根本就沾不上半点边,更别说"文化"二字,叶慧有一种被欺骗的感觉。可是当时叶慧根本就没有心情和心思去计较这些,思考这些,她甚至还得感谢这份工作,是这份工作让她像机器一样,从早晨一直不停歇地运转到深夜,没有时间和精力去悲伤,去痛苦,去思念,去想那个遥不可及的缥缈如梦的心上人。这样的工作对叶慧来说是一剂最好的最有效的疗伤药。当一个人内心极度伤痛的时候,只有拼命忘我地工作,让身体处于极度的疲倦和劳累中,才能减轻心头和精神上的双重痛苦。

叶慧深夜回到家里早已是疲惫不堪,洗漱干净,躺到床上很快就睡着了,没有悲伤,没有思念,没有梦,也没有期待,整个人就像麻木了一样。她一觉睡到天大亮,睁开眼,初升的太阳正好照在二楼的窗口上,无名的小鸟无忧无虑地、自由自在地飞来飞去,或者在窗外的树枝上叽叽喳喳地欢快地交谈着、歌唱着。有两只小鸟还毫无顾忌地旁若无人地互相亲昵地啄着对方的嘴巴,又互相梳理着对方的羽毛,多么美丽的图画!多么美好的早晨!叶慧痴痴地看着,泪水不自觉地流出了眼眶。韩湘,韩湘……叶慧在心里默默地无数遍地呼唤着这个名字,呼唤着这个遥不可及的人。

　　无数个早晨,叶慧都在小鸟的欢唱声中醒来,无声的泪水也在小鸟的歌唱声中,一次次悄然滑落下来。天使般的小鸟,怎知道她心中的悲伤?怎明了她心中的那份情结?叶慧从此不在家人面前提韩湘,家人也很有默契地不在她的面前提起韩湘,好像从来就没有韩湘这个人,没有发生过这件事。他们都认为这样叶慧就可以彻底忘掉韩湘,一切从头开始,他们哪里知道这一场未曾谋面的爱情对叶慧而言是那么刻骨铭心,那么难以忘怀,那么无法割舍。叶慧想,此生此世,自己都不可能再这样投入地去爱一个人,思念一个人了。这世上还有谁能再入她的心?她的心门还能为谁再度敞开?

2

　　这种游戏在这座城市里目前还没有第二家,等到风靡全城时叶慧已经离开了。年轻人大多喜欢这种游戏,所以生意火爆也是注定的,但是因为场地小,条件差,位置偏,已远远不能满足更多喜好的客人。因此,一个月后就搬到了市内同样繁华热闹,集影院、舞厅于一街的秋月路。这里不仅场地大条件好,室内还装了好几台空调,增加了三四倍的游戏机,又增招了好几名女孩子,现在每个人要看管十台游戏机。所有的游戏机都编上了号,叶慧看管1—10号游戏机,每给一台游戏机上多少钱的分,交到收银台时都要注明并盖上这台游戏机的编号。

　　自从搬到闹市区,生意更加红火,早晨八点钟还未开门,门外已等候了一大批新老客人。门一打开,人们就像放了闸的鱼一样,一个个争先恐后地游向深水区。有的人生怕别人抢先占了自己中意的位子,一路小跑着直奔自己最爱的游戏机,一屁股坐下就再也不肯挪位子。出入游戏机厅的都是男人,有上班的,有经商的,不同身份的人;有青年,有中年,不同年龄层次的;有衣着干净整洁,步态利索有力的,有背心短裤趿着凉拖鞋,吧嗒吧嗒半天一步,像个病人一样有气无力地一摇一晃而来的。这种人多半都是前夜玩得很晚,刚刚起床,身体还处在半醒半睡状态,甚至还没来得及洗漱和吃早餐,就又来了。

不管是怎样的男人,到此唯一的目的就是坐在游戏机前,不停地掏钱,不停地玩,昏天黑地,如醉如狂。什么工作事业、家庭爱情、老婆孩子,在这里统统是浮云,统统被抛到了九霄云外,彻底让位于游戏,他们只在乎眼前的娱乐。有几个男人都是在春江路商业街经商开店的外地人,他们每次来口袋里都揣着大把大把的钞票,每次都是财大气粗百元百元地买分,每次不是老婆找过来又吵又骂又闹,拼了命地死拉硬拽都不肯回家。

有男人聚集的地方最不缺少的就是烟,室内整日烟雾缭绕,所有的人都像生活在半神半仙中,加上门窗全都密闭,无法通风,空气污浊不堪,烟雾直往人喉咙里灌,呛得人直咳嗽,刺得人眼睛有些疼,又有些痒,只能半眯着无法完全睁开。整个人全身上下从头至脚无处不充斥着辛辣的烟草味,晚上回到家里,叶慧用香皂一遍又一遍狠命地清洗,也难除身上那股难闻的烟味,整个人犹如被烟狠狠地腌了一整天。在这样的环境里,叶慧每天都要工作到深夜十点,好在此时已是日渐天暖,再晚回家马路上都有匆匆的夜行人,都有卖夜宵的摊档和永远都不缺少的食客。

叶慧她们这群年轻的女孩子,整天被包围在男人堆里,穿梭在男人群里,要是不发生一点事情似乎是不合乎常情常理的。早期在红玫瑰大酒店上班,现在被安排到游戏室上班,并担任组长的刘芳,工作积极、热情活泼、开朗大方。但不知何时,刘芳不知不觉地和一个有妇之夫有了非同一般的交往。那个男人每天晚上一来,都要玩到深夜下班,然后再送刘芳回家,直到刘芳被开除后,叶慧才知道这件事。

就为此事,总经理周鹤特地开了近一个小时的会。周鹤很严肃很认真地说:"开除刘芳也是迫不得已,我们也很痛心,本来还打算好好培养她,重用她,但她经不住环境的考验。我们不是反对你们谈恋爱,但你们一定要选好对象看准人再去谈。不要不管对方是什么人就一头栽进去热火朝天地谈起来,到时候吃亏的是你们自己。我们虽然不是你们的父母,但你们在我们这里工作一天,我们就要对你们负责一天,尤其是这种男人成堆的环境里,我们有责任提醒你们要把握好自己,不要一失足成千古恨……"

刘芳被开除后,非但没和那男人分手,反而跟着男人一起私奔了。刘芳家住徽城郊边,她一个星期不回家,又没有任何消息,父母当然不放心,就找到了游戏室。这时大家才清楚,那男人似是外地的,谁也不认识,更不知道家住哪里。几个月以后已是寒冬,刘芳才回到了徽城,虽然穿着宽大的冬装,但也无法遮盖住她那高高隆起的肚子。

再后来,已是第二年夏天,叶慧在红玫瑰大酒店重遇刘芳,故旧重逢当然是有话要说,也有话必说。原来那男人是外省一个乡镇私营企业主,是靠老婆娘家发展起家的,育有一女,但是他是独子,他答应刘芳只要为他生下儿子,他就离婚娶她。可是,当刘芳为他生下儿子时,他却没有兑现诺言,而是骗去儿子遗弃了刘芳。孤身漂泊在他乡异地的刘芳,人生地不熟,能有什么办法? 走投无路之下只得回到徽城,再次回到红玫瑰大酒店。

"就这样了?"叶慧忍不住问道。

"还能怎样?"刘芳叹息一声说道,"只能怪自己年幼无知,太轻信男人,殊不知,这个世上最不可信的就是男人所说的情话。"

是的,还能怎样? 叶慧也不知道。怪只怪爱情这个鬼东西,人人被它迷惑心智,被它屡屡伤害,却依然执迷不悟,依然勇往直前。好在看得出,刘芳已经真正成熟长大,好在她还年轻,前方的路还很长。

刘芳事件后不久,又有一个叫林萍的女孩子跟一个做生意的大叔走了。那男人也是三天两头地到游戏室来,每次也总是找林萍买分,而且每次过来不是送芭蕾貂油霜,就是送大宝洗面奶,或者丝巾什么的一些女孩子喜欢的小礼物,反正只要能博取林萍欢心,他从来都不会空着手过来。林萍每次看到他,一脸都是羞涩甜蜜的笑容,眉宇间都是隐藏不住的情意和欢喜。女孩子们就是这么眼皮浅、没出息,在物质或爱情面前总是不会矜持,在追求者面前总是不会拿捏摆谱,反倒很容易地被对方拿捏钳制住。

叶慧知道在这种各色男人聚集的场所工作,是需要有超强的免疫力和定力的。有几个男人每次来都喜欢专门找叶慧买分,专在叶慧看管的机子上玩。"你如果笑一笑,一定更美丽。我来这么多次了,从没见你笑过一次。年轻女孩子应该多笑笑,才能保持容颜不老,不信你试试。"这个男人看上去似乎比其他男人既斯文,又显得有修养,每次来都会先冲叶慧温柔地一笑,然后再掏钱买分。一个男人涉足这种场所,痴迷这种游戏,在叶慧看来,他再有修养文化,精神也是空虚和堕落的。叶慧对来这种场所的男人怎么会有好感?更不可能动心,又怎么会对他们展露笑颜?她永远都是一副严肃端庄,而又冷若冰霜的表情。叶慧知道,在这种地方工作,只有自尊自重,别人再怎么轻佻也奈何不了你,所以那些男人经常会在背后说她是这里最"冻"人的女孩。

3

这天晚上下班前,高平告诉叶慧,让她明天不用来游戏室上班了,周总让她明天上午八点钟直接去红玫瑰大酒店。

"什么事?"叶慧有些不解地问。

"不知道,周总没告诉我,你去了不就知道了吗?"

第二天早晨叶慧准时到了红玫瑰大酒店,周鹤、李鸿还有五六个叶慧不认识的人都已经早早地坐在了大厅里。一见叶慧走进来,周鹤便对在座的人说:"这是我们公司的叶慧小姐,大家认识一下。人都到齐了,我们就出发吧。"

"就等你一个人了。"李鸿低声地在叶慧耳边说。叶慧不好意思地微微笑了一下,便随众人一起走到门外。大家分别上了两辆车,前面的小车上除驾驶员外坐着四位男士,听说是台湾来的,在海南做房地产,这次有投资徽城房地产的意向。叶慧他们一行六人坐在后面的面包车上,其余三人,两位女孩子是酒店的小周和小艾,另一位男士叫陈明,给叶慧他们开车的驾驶员叫林雄,也是从海南来的。

　　十几分钟后,车子开出了市区,一直向东部开去。车子上了高速公路后,更是风驰电掣,树木、村庄、农田在窗外一闪而过,车子快如闪电。叶慧不知道将要去什么地方,也不便多问,只是和别人一样默默地坐在车内。

　　不知道行驶了多长时间,当车子终于停泊在太白公园门前时,叶慧这才知道他们已经来到了钢城马鞍山。一行人下了车,买了门票后便鱼贯而入,先参观太白庙,却像走马观花般地一走而过,没有谁在那里认真仔细地看,就像来点个卯一样就匆匆而去,叶慧想仔细地看一下那些对联和诗句都来不及。她紧跟着众人沿着山道拾级而上,来到了李太白的衣冠冢,象征性地凭吊完,一行人又继续沿着山道而上,然后再下,一直来到了三元洞门口。他们是带着对三元洞传奇故事的强烈好奇而来的,想通过三元洞下到江边去,但是现在正是江水上涨时,浑浊的江水已经直达洞口,堵死了这条通道,也堵死了他们想要对洞内探究一番的愿望。本来是兴冲冲而来,却愿望落空,失意写在每个人的脸上,真是乘兴而来败兴而归。此刻,别无好去处,一行人只得慵懒地在山上的竹林小道上,漫无目的地游走,拍照留影。

　　黄希文是他们四人中最高大英俊、温文尔雅的,也是最和蔼可亲的,他处处照顾着三个女孩子,事事都为女孩子们着想,周到而又体贴,用心而又不令人讨厌。他说话总是轻声细语,恰到好处,尤其是他那富有磁性的声音,给他整个人都增加了无穷的魅力。黄希文每次都抢着和她们三个女孩子一起合影,并且还不忘说两句幽默调侃的话:"能和三位年轻美丽的小姐一起合影乃是我三生有幸。"惹得女孩子们忍不住掩嘴轻笑。

黄希文并不是台湾来的,直到他后来不得不撤资离开公司,叶慧才知道他其实是湖北人,从国外留学归来后,在海南打拼多年,乡音已改。和他们一行的林雄也是湖北人,也一直在海南打工,因为会驾驶,便成了何大明他们此行的私人驾驶员。

众人在太白餐厅吃了午餐后,稍作休息,一行人便乘车返回徽城。回来的路上车位有了一些小小的变动,黄希文不坐前面带有空调的小车,执意要上叶慧他们这辆没有任何降温设施,闷热得像一个铁罐子的面包车。面包车上只能坐六个人,必须得下去一个人上前面的小车,可是三个女孩子谁也不愿单独去坐小车,都说自己不热。只有李鸿是个胖子特别怕热,他便风趣幽默地说:"谁也不愿去,那我就吃点亏上去吧,虽然我身上有些肉,但我想他们也不会像老虎样分吃了我吧?"说得一车的人都忍不住大笑起来。

周鹤笑着对三个女孩子说:"你们如果天天和李鸿在一起,保管不出一个月就能多长出四五斤肉。"

"对!你们要想做赵飞燕就跟周鹤在一起,要想做杨贵妃就跟我李鸿在一起。"李鸿一边下车一边还不忘补上一句,引得一车的人又是一阵大笑。他们俩周瘦李胖,周高李矮,他们的生活习惯和性格又和他们的体形大相径庭。周喜用粗胖的杯子喝水,说话声音响亮洪大,做事干脆利落;李喜用瘦长杯子喝水,平常说话声音低得犹如蚊子在你耳边哼哼,耳背的人肯定是听不清的。但他为人处世总是循循善诱,不急不躁。他们俩曾经是校友和同事,现在又一起组建公司。外形上他们一胖一瘦,内在也是一细腻稳重一精明干练,可谓强强联手,未来是否有一番作为也是未可知的。

黄希文紧挨着叶慧坐下,他从口袋里拿出两片口香糖,自己留一片,再递一片给叶慧。他们这些人一路上口中一直不停地嚼着口香糖,也不嫌嘴累。叶慧没有拒绝,接过来后微笑着说声谢谢,便轻轻剥开包装纸,把薄薄的一片口香糖放进口中。她轻轻一咬,一股浓浓的薄荷味便直灌咽喉,顿时全身有一种说不出的清凉的感觉,难怪他们那么爱嚼口香糖。

叶慧一般私下里是不随便接受男人的任何礼物和食品的,因为大半天他们似乎已经不再陌生,而且还有一车的人,所以也就没有拒绝,再说一片薄薄的口香糖,既说不上是礼物,也谈不上是食品,如若拒绝肯定不妥。但叶慧忽略了,也肯定想不到,小小的一片口香糖,也是完全可以拉近两个人之间的距离的,会成为一个无声的媒介。

车子依然快速地行驶在高速公路上,窗外的景物也依然不断地快速变化着。

"看来我不主动找叶慧小姐说话,叶慧小姐至死也是不会主动找我说话的。"黄希文满眼含笑地望着叶慧说,"我从一等车厢屈尊到三等车厢,叶慧小姐好像一点都不在意,一点都不领情!"

原来黄希文执意要上这辆车竟是为了叶慧!叶慧却浑然不

知。现在话虽已说破,叶慧却并没有如黄希文所愿的那样,表现出受宠若惊的样子,叶慧只是歉意地对黄希文笑笑,什么话也没说。叶慧本来就是那种性格沉静内向、不苟言笑的人,更不喜欢在男人面前自以为是地,滔滔不绝地说个没完没了,也不会故意卖弄风情。何况他们就算熟识了,也还是两个阶层的人。叶慧不想攀龙附凤,她只是奉命履行自己的职责而已。

"一路上都听不到你的声音,不开心吗?"

"没有。"叶慧摇摇头,依旧歉然地一笑说。

此后,一路上黄希文都没有再找叶慧说话,看上去似乎是黄希文觉得叶慧索然无味,再没有攀谈的兴趣。其实,黄希文觉得就这样坐在自己喜欢的女孩子身旁,虽然无言无语,也是一种美好的享受。黄希文在海外留学多年,又在海南那个花花绿绿的前沿开放城市沉浮多年,什么样的女孩没见过。他们这些人不要说是在徽城,就是在海南,大多数女孩子遇到他们,也都会想尽办法寻找机会靠近他们,以图达到自己的目的。但是像叶慧这样对他们视而不见,对他们有意地疏离还是极少见的,就像叶慧的安静忧郁,甚至有些伤感都是从骨子里和内心里透出来的,这反而更激发了黄希文对她的兴趣和好感。

第二天,叶慧照常去游戏室上班。一天不在,叶慧发现里面的人员发生了巨大的变化,全都是新面孔,一个老人员都不在了。这里面到底发生了什么事?叶慧感到非常诧异,但她并没有刻意去向谁打听,当然也没有人告诉她。而且这种频繁换人的事情此后经常会发生,以至叶慧一直错误地认为是别人不想干或干不了这份辛苦的工作。

一段时间后,叶慧才从高平那里得知,除了叶慧看管的十台游戏机每晚检查对账时分毫不差,其他人看管的游戏机每天都少钱,少则十多元,多则几十元,有的甚至多达上百元。也就是说她们并没有把客人买分的钱全部如数上交到收银台,而是胆大妄为地私自截留落进了自己的口袋里。更恼火的是,他们目前对这种不良情况,又没有更好的办法来杜绝,所以才不得不对人员进行频繁的更换。新人毕竟还没有胆量这样做,也想不到这种漏洞,一经发现也就被开除了。

4

一周后的上午,叶慧正在上班,高平通知她立即回家去做准备,下午一点钟赶到九华山路华茂大厦二楼南海地产公司集合,然后出发去佛教圣地九华山。这次还是原班人马,还是像上次一样叶慧他们一行六人坐在面包车里,黄希文他们一行四人坐在有空调冷气的小车里。节气刚刚才夏至,天气就热得不像话,午后的太阳像一个熊熊燃烧的大火球,高高地悬挂在没有一丝云彩的高空中。不到半个小时,面包车上的人一个个被蒸烤得大汗淋淋,衣衫湿透,头昏脑涨,胸闷气短,呼吸粗重。

再这样坚持走下去只怕人人都要中暑,大约走了一半的路程后,车子不得不停靠在路边的树荫下休息,大家都急不可待地跳下车来透气,再闷在铁罐子里面蒸烤,只怕还不等到九华山人人都要被烤熟。后面的小车原来就空一个位子,因为这次他们的驾驶员没来,他们只能自驾。现在他们又主动下来两个人,一定要叶慧、小周、小艾三个女孩子坐进去,说是谁都能委屈,不能让三个女孩子委屈。小艾坚持不肯过去,只有叶慧和小周在大家的一再强烈要求下才坐进了小车。小车里的空调温度调得低,人一坐进去全身的汗水很快就收干了,那种舒爽清凉的感觉让人不知不觉地就放松了身心。黄希文坐在叶慧右边,小周坐在左边,何大明坐在前面驾驶位子上,一边开车,一边还不时回过头来和他们搭讪。

　　但是叶慧和小周一路上始终都只是以笑作答,很少说话。包括小艾在内她们都是那种不喜欢主动和别人多说话,安静淡然的女孩,这就是周鹤和李鸿看中她们的地方,才挑选她们陪同游玩。如果她们是那种一路上像麻雀样,叽叽喳喳不停地聒噪,或者像蝴蝶样,在人前不时搔首弄姿一番,不仅令人讨厌作呕,还会大煞风景,影响众人游玩的兴致。邀请方若是犯了这种无法补救的大忌,轻则让对方认为你素质品位低下,严重的对方甚至会中断与你合作,所以聪明的商人是不会搬起石头来砸自己的脚的。倒是一路上黄希文和何大明这两个不甘寂寞的人,你抛一句去,他丢一句来,说相声似的一路热热闹闹地到达目的地。

　　下午四点钟左右一行人到达九华山,办理完入住手续,离吃晚饭还有些时间,大家便在宾馆外面随便走走看看。宾馆门前有一个圆形的大喷泉,一道道清凉的水柱从那假山碎石中间喷涌而出,细蒙蒙的水汽像下雾样随风飘散在空气中,打湿了他们的头发和衣裙。宾馆的周围有一排白墙灰瓦的徽派建筑,和一些雕梁画栋的仿古建筑。大家以喷泉做背景,互相拍照留影,黄希文先和三个女孩子合影后,又微笑着对叶慧说:"叶小姐,能和你单独合个影吗?"

叶慧一听顿时扭捏不自然起来,半天都没有作答,周鹤便在一旁鼓励道:"叶慧,过去吧,拍张照片没什么关系,不要放不开。"

叶慧还在犹豫,小周和小艾俩人便不由分说,一人一边搀着她的胳膊向前推送,嘴里还不停地嬉笑着说道:"去吧,去吧,谁让你长得像个大明星。"叶慧像是被俩人强行绑架着推向前去,还没走到黄希文的身边,黄希文已迫不及待地一把将叶慧拉到身旁,说道:"别磨蹭了,不就和你拍张结婚照吗,怎么这么难?"大家都被黄希文的话逗得哈哈大笑起来。叶慧却被他闹得更加不好意思,脸一下子就火烫通红,但忍不住被他的话逗笑,心情也随之放松了不少。这可是叶慧此生第一次和一个男人单独合影,也是仅此一张合影。

拍完照,黄希文带着三个女孩子一起到山脚下的小镇上去购买礼物,这也是周鹤和李鸿极力鼓动的,"三个美丽的小姐陪你合影半天,你也总该对她们有所答谢吧?"

"当然,当然。"黄希文连声笑说,"就怕小姐们不肯赏脸,不肯给我这个机会。"

叶慧确实并不想要什么礼物,但周鹤和李鸿极力劝说她去,再加上黄希文又在一旁笑着调侃:"放心,不是定情物。"弄得叶慧不好意思再拒绝,她若一味地再拒绝就显得她太小气了。黄希文带着她们三个女孩子,一路说说笑笑地走到山脚下的小街上。小街不宽,也就五六米吧,青石板铺成的道路笔直悠长得似乎没有尽头,也静谧得看不到一丝人间烟火。来到小街上,天已经渐渐暗下来,小街两边一家家简陋低矮的小商店,纷纷都亮起了橘黄色的电灯。有少数人家亮起的不是电灯,而是蜡烛,更增加了小街的神秘感。站在街头远望街尾,叶慧感觉到有淡淡的雾气在周边慢慢升起,一种神秘神性之感也在周身慢慢升起。她仰头看天,夜幕渐起的天空,高远神秘,零星分布的几颗星星也似乎闪耀着神秘之光。

他们边走边看,看了一家又一家,差不多大同小异,多半都是香烛纸麻和各种小饰品、小玩意儿。他们左挑右选,挑了一大堆当地独特的小礼物,有木雕的十二属相,有一个个小木珠子串起来的手镯,还有不知是什么材料制作的项链和戒指,色泽灰黑幽亮,戴在颈上和手指上都有凉丝丝、冰爽爽的感觉。最后到底买了多少小礼物,叶慧已记不清了,只知道等他们回去时,每人都搂抱着一大堆的小礼物。叶慧一向对这些小摆设、小装饰,就像薛宝钗一样不太感兴趣,是个简单素净的人,所以回去后全部都分送给了亲朋好友。

晚餐是在宾馆外面的露天小饭馆吃的,一是为了边吃边赏山中的夜景;二是既然来到了山野之中,就想吃得随意自然,不想再受宾馆的约束。这是何大明提议的,并得到了大家一致意见和通过。

吃过晚饭后,一行人在何大明的带领下又浩浩荡荡地去了宾馆舞厅,何大明不仅喜欢热闹,更喜欢玩。舞厅在一楼,里面灯光昏暗,音响洪亮,头顶上的霓虹灯不停地闪烁变幻,晃得人头昏眼花。打在地面上的圆形幻灯,像一个个散落在盘中的棋子一样,让人轻易不敢举步,生怕稍有不慎就会落入陷阱,满盘皆输。这些幻灯一会大,一会小,一会左,一会右,弄得叶慧眼花缭乱,连脚步都不敢放开,她只得小心翼翼地一小步一小步地往前移动,生怕自己一不小心一脚就会踏进黑暗的陷阱里。

他们一帮人在一个无人的角落,找到几张空桌椅坐下,每张桌子上面都有一根点燃的红蜡烛,有一本红色点歌单。大家怂恿她们三个女孩子点歌,可是,三个人不约而同地摇头说不会唱。李鸿在一旁笑说道:"你们一个都不唱,来这里不是白来了吗?我先带头献唱,然后你们一个跟着一个,谁也不许落下。"

李鸿唱了一首蒋大为的《在那桃花盛开的地方》:"在那桃花盛开的地方,有我可爱的家乡,桃树倒映在明净的水面……"李鸿的歌声高亢有力,声情并茂,和他平常的低声细语,简直判若两人,赢得了场下一片热烈的掌声和欢呼声。李鸿唱完了,三个女孩子还是一个也不肯主动上场。这时何大明不声不响地点唱了一首齐秦的歌《北方的狼》:"我是一匹来自北方的狼,走在无垠的旷野中,凄厉的北风吹过,漫漫的黄沙掠过……"何大明在台上正忘我投入地歌唱着,黄希文却在下面悄声地对三个女孩子说:"何董是一匹来自南方的狼,你们三位小姐可要加倍小心哦,不要被他叼走了。"说完他自己倒先带头大笑起来,惹得大家一个个都忍俊不禁。

因为三个女孩子既不愿唱,又不愿跳,怎么劝说都不行,光是男士们表演也没多大意思,所以他们就没有再多停留就离开了。离开舞厅,走到外面,走过一段昏暗悠长的山径小路,他们来到了一座庙里,据说这里正在超度亡灵。大堂里烛光昏暗,人影幢幢,都是虔诚的香客。和尚们一个个身披袈裟,盘腿端坐在蒲团上,围成一圈,一手敲打着木鱼,一手五指并拢笔直地伸展在胸前,嘴中不停地哼唱着佛经,那声音整齐划一,抑扬顿挫,音韵绵长。

他们一行人,一个个像和尚那样盘腿端坐在散落在周围的蒲团上,屏息噤声地聆听着,庙堂里那种特有的肃穆庄重的气氛,让人油然而生敬畏之感。后来叶慧才知道,这次九华山之行是何大明决定的,他要在南海地产公司开业之前,来九华山上香敬佛。

台湾的大多数人,尤其是经商的都很信奉神灵,希望事业、家庭都能得到神灵的庇护和保佑,更加兴旺发达,幸福美满。周鹤和李鸿尽管不信这些,但他们是合作者,对方又是大股东,既然提出这样的要求也不为过,他们应该帮助做到。

5

第二天早晨五点钟不到大家就开始起床洗漱吃早餐,然后带好各自的随身物品,大家就开始徒步登山,虽然是盛夏,山中的清晨却凉风习习,寒意阵阵,穿着单薄的衣裙还有些不胜寒凉。路两边的野草茂密繁盛,晶莹的露珠在草叶间像大小不一的珍珠悬挂着,一路走过去,大家的鞋袜、裤脚、裙摆都被打得湿漉漉的,开始不住地往下滴水。

大家一路走着,一路说笑着,也一路不停地拍照,每一个景点都不肯放过,每一个人也不肯错过,不是独自留影,就是几人合影。一路走过去,一路照过去,一路说说笑笑,不知不觉地就来到了半山腰。山势也越来越高,越来越陡,气温也像这山势一样在不断攀升,大家顺着山道一步步拾级而上,汗水开始像潺潺细流一样在脸上不停地流淌,一个个的喘息声也是越来越粗重,再也没有了先前那份拍照的热情和兴趣。走到陡峭的地方,大家差不多都手脚并用了,山石和鼻尖几乎快要亲吻到一起,哪里还有闲暇去观看周围的风景,稍不留神就有可能葬身山崖。

越往上面攀登路越陡,三个女孩子早已被远远地落在了后面,小周年龄最小,还在上职校,她终于忍不住说道:"我不想再走了,我实在走不动了。"说完,她就不管不顾地一屁股坐在了路边的石头上。叶慧和小艾虽然还能勉强向前,但腿脚也沉重得犹如绑上了千斤重的巨石,每迈一步都非常吃力,她们俩虽没说出口,可心里也真的是早已不想再走,俩人便分别坐在小周的两边。三个人休息了一会后,她们又不得不咬咬牙起身再走。因为她们的头顶上就高悬着火辣辣的大太阳,那万道光芒像无数根金针一样,热辣辣地扎在她们的头上、脸上、背上、胳膊上、手上,让她们无处可躲可藏,她们想不走能行吗?三个人互相搀扶着站起来,有气无力地缓步向前迈进。

周鹤见她们三人真的已是疲惫不堪,体力不支,完全一副随时会倒下去的样子,便赶紧张罗来了三顶人抬竹轿。三个人开始还硬强撑着不坐,可是毕竟体力有限,加上轿夫一路不离不弃地相跟着,大家一再相劝,她们三个人才很不好意思地勉强坐上去。

"三位小姐要出嫁喽。"黄希文总是不失时机地开着玩笑。她们三个人只是笑,却并不语,但一个个脸上许是太阳晒的,许是羞涩得都飞上了一层深深的红晕。

一路上小的景点已很少停留,再说此行的真正目的也并非游玩,一行人直攀登上大天台。上面是一座庙宇紧连着一座庙宇,有的庙宇还正在修建中,何大明每座庙宇都不落地虔诚地进去烧香拜佛。三个女孩子开始还有所顾及,跟着众人一起进去,四处张看一番,后来她们也懒得再进去了,无非大同小异,毫无新意,索性就站在门口边看边等。

"你们三个人也进去烧烧香呀,求菩萨保佑你们早点找到乘龙快婿。"黄希文对她们三个人笑道,"到了菩萨的家门口,不进去上香敬佛,菩萨会怪罪你们的。"

小周笑对着黄希文说:"你自己怎么不进去上香敬佛?"

"我在心里已经敬过了,心诚则灵嘛!"黄希文微笑回答,又转对叶慧说,"叶小姐你进去上炷香,求菩萨保佑你找到一个如意郎君。"

叶慧微笑着摇摇头说:"我不相信。"

"那你以后可别后悔。"

"不会的。"

他们一路走来,何大明每一个庙宇都要进去上香敬佛,就连正在修建中的庙宇他都不肯错过。他神态端正严肃,沉默无语地出入一座座庙宇,看着他那极其虔诚向佛的样子,三个女孩子都忍不住在后面偷偷地笑。

所有的庙宇都敬完,已是快午后一点,大家是又累又渴,又饿又困,疲惫不堪。在半山腰找到一个山中酒家,点了一桌丰盛的山中野味,大家美美地吃了一顿,休息半个小时后,又开始马不停蹄地出发了。午后的阳光更加毒辣晒人,山顶上闷热得没有一丝风,好像空气都凝固了似的,好在山顶上除了庙宇并无其他特别的令人流连忘返的景点,大家也没精神和体力再去观赏,一心只想快快下山,躲到阴凉处。

一行人翻过一个山头又一个山头,都说上山容易下山难,叶慧却并不这么认为,她感觉下山有一股无形的看不见的力量,在后面推着自己向前走,轻快而又迅速,不像上山那么吃力费劲。所以下山时,叶慧独自走在最前面,也走得最快,将众人远远地丢落在身后。

"叶小姐,你走那么快是不礼貌的。"紧随叶慧身后的何大明大声地说,叶慧只好放缓脚步。何大明紧追上来后又说,"你一个人走那么快干什么?你是来陪同的,难道对我有意见吗?"

叶慧摇摇头说:"没有。"

"没有还走那么快,我们俩一起走多好,多般配。"何大明瞪着一双圆溜溜的大眼睛盯着叶慧说,叶慧只是淡淡地笑了一下,一句话也没说。一路上何大明不是说叶慧的裙子不漂亮,就是说叶慧太瘦了不够丰满。总之,此行的路上,何大明只要逮着机会,就不会放过说教叶慧一番。但不管何大明说什么,叶慧除了默默地看他一眼,一概置之不理,甚至是充耳不闻。倒是李鸿急得不得了:"叶慧,你怎么不回击他?"

"叶慧,你太老实了,这样不好。"周鹤也看不过去了,冲着叶慧说。

叶慧始终只是笑笑,并不做什么解释,任他爱说啥就说啥去,自己全不理会,全不放在心上。叶慧早已不是几年前的叶慧,现在的她心静如水,淡然若素,不会再对随便的一个人,一件事或一句话放不下,想不开。但是,叶慧这样一个人默默地向前疾奔而去,却也吓坏了周鹤和李鸿,他们误以为叶慧受了何大明的语言刺激而想不开,这样疾走是不是在寻找跳崖的地方。李鸿本来就身胖体重,一路紧追着叶慧奔跑疾走,早已累得上气不接下气,喘着粗气说:"哎哟喂,叶慧,你能不能走得慢点,你这样会累死人的,你可不能跟他们学坏,欺负我这个胖子。"叶慧只好歉意地对李鸿笑笑。

  下山的路,叶慧感觉似乎短少了很多,没费多少时间和力气就到了山脚下,他们一刻也没有多停留,直接坐上车按原路返回徽城。回来的路上还是叶慧和小周坐在小车里,只是这次是黄希文在驾驶小车,何大明坐在叶慧的右边。一上车何大明就开始滔滔不绝地说起来:"你们大陆人都很喜欢潘美辰和齐秦的歌,其实,我在台湾原来也是搞音乐的,我是钢琴演奏,曾经和潘美辰同台演出,她并没有什么神奇,你们不要太崇拜她。"

  "何董的意思是让你们要崇拜他。"黄希文一边开车,一边笑着补充一句。

  "叶小姐喜欢音乐吗?哪天我弹一曲给你听,不过得等钢琴从南京买回来。"何大明边说,边顺手抓住叶慧的手。叶慧完全没料到何大明会这样,吓得她慌忙往身后缩手,但何大明抓得更紧了,同时拿一双圆溜溜的大眼睛盯着叶慧看。叶慧一下子心慌意乱起来,她哪里经历过这样,紧张得脸都红了,却又挣不脱手,却又不知该怎么办,只好无奈地任他抓着。

  好在回来的路程,叶慧感觉似乎也比去时短,好像没用多少时间就到了徽城,小车一直开到华茂大厦门前停下,他们一行人暂时下榻在大厦上面的宾馆。

"叶小姐上去和我们一起共进晚餐吧?"何大明望着叶慧发出邀请,黄希文也笑望着她们说:"叶小姐,周小姐,一起上去吧。"

"不了,谢谢!"叶慧和小周俩人同时摇摇头说,然后俩人便又一起走进了傍晚下班的人流中。

6

这次九华山游玩归来,不知是天气过于炎热的原因,还是叶慧自身体质的原因,抑或其他不明原因,但不管是什么样的原因,总之,竟导致叶慧全身浮肿,尤其是下肢小腿部分,更是肿粗得说像是大象的腿一点也不算过分,这回算是吓坏了叶子建夫妻,他们紧张得不得了。

翌日一大早,叶子建夫妻俩就心急火燎地领着叶慧赶去市内最大的一家医院看了专家门诊,好一番检查诊断后,并没发现肌体器官有任何的病变,而且专家也没说出个所以然来,只含糊地说可能是维生素缺乏所致,开了一大堆的各种维生素片。叶子建夫妻俩还是不放心,再三追问医生真的没什么大问题吗?此时,连医生自己也拿不准了,只好说吃了药后看情况是否有好转,不好再来看。

叶慧自己倒是一副无所畏惧,丝毫也不紧张的样子,因为身上并没有什么地方让她感到特别不舒服。叶慧只是觉得两条腿肿得像水桶样粗,根本没法穿上裤子,可是穿裙子又很难看,而且现在她还没有好的办法,只有穿裙子。

叶慧天天拖着两条弯曲都困难的粗腿去游戏室上班,每天依旧忙碌而又辛苦地穿梭周旋在一群男人的世界里。叶慧想休息却不能休息,这里是一个萝卜一个坑,叶慧休息就会加重别人的工作量。一天可以,几天或更多天,谁也受不了这种陀螺一样不停地旋转的工作。

　　也许吉人自有天相吧,叶慧吃了十多天的维生素片后,全身的浮肿竟然慢慢地消失了,只剩下小腿部分还没有完全消退。

　　不停地忙碌了一个白天,晚饭过后好容易有点空闲,叶慧刚想坐下来歇一歇,就见周鹤从外面走进来,一直走到她的身边。周鹤也没过多寒暄,只对叶慧说,何董他们马上要来这里玩,让她好好接待一下。说完,周鹤就转身往外走去。叶慧点头答应,目送周鹤走出去。前一段时间,因为叶慧的浮肿,周鹤每天都要抽空来看看,询问她身体的健康情况。

　　不一会儿,何大明和另外两位来自台湾的副总一起走进了游戏室。叶慧并没有马上就迎过去,再说他们也没有到里面来,只在门口的游戏机旁坐下。紧跟在他们身后的高平马上叫别人给他们上分,并没有喊叶慧,叶慧也就不想过去凑热闹了。可是过不了一会儿,叶慧就被人叫到何大明身边。何大明游戏也不玩,只是目光直直地看着叶慧不说话,一副探究的样子。除了他何大明,叶慧还从没有被别人这样肆无忌惮地近距离地盯着看过,叶慧被他看得很不好意思,脸上一阵阵发烧,只得对他挤出极不自然的笑容。

　　好一阵,何大明才拍拍他身边的空椅子,示意叶慧坐下。叶慧也不拒绝,而是很顺从地侧身坐在上面,一副随时想要逃走的样子。

　　何大明一直专注地望着叶慧的眼睛说:"你天天就在这里上班？这里环境太差了,明天跟周鹤说一声,让你到公司去上班。"叶慧什么也没说,只对他轻轻地笑笑。其实,叶慧是根本就没把他的话当一回事,也可以说叶慧根本就没去想过自己要离开这里,或者也可以说,叶慧根本就没想过还有什么好工作会等着她。

　　"你不要不相信,他说的都是真的。"旁边的一个副总见叶慧一副不以为然的样子,便对叶慧补充说。

　　叶慧还是一如既往地笑笑,没说信也没说不信,他们惯常这样一唱一和的,谁知道他们哪句话是真的,哪句话是假的,叶慧当然不能把他们的话当真,更不能放在心上。其实叶慧早已经习惯了这种忙碌不停的工作,没有空闲,叶慧也就不会去思想,去悲伤,去思念远方的韩湘,那个今生今世都令叶慧无法忘却,魂牵梦萦的人。

　　一个星期后,叶慧果然被正式通知去华茂大厦南海地产公司上班。这一消息在游戏室里不亚于一场强地震,立即引起众人强烈的反响,有人羡慕,有人嫉妒,尤其领班甚是眼红。她迫不及待地当着众人的面,有些气急败坏地大声说:"叶慧,你走可以,我们也不敢拦着,但你也知道这里是一个萝卜一个坑,人人工作量都很大,谁也不能天天去顶你那个空缺。再说我们一时也找不到合适的人,你必须找到合适的人来接你的位子,你才能走。"

　　叶慧经常被高层约请外出,领班早就看不下去了,心怀嫉妒,心生怨恨,恨不能自己代替而去,凭什么每次都是叶慧。平时更是只要一逮着机会就会为难叶慧,说教叶慧,不给叶慧找点麻烦就不快乐。而叶慧总是谦让着她,不想跟她这种人纠缠,倒是高平很为叶慧抱不平,处处维护着叶慧。这次叶慧上涠,他对着所有的工作人员认真地说:"叶慧去南海地产公司是上面决定的,并不是叶慧自己要求的,你们谁也无权干涉,包括我本人在内,你们不管是谁,只要有才能公司也同样会调你去,机会面前人人平等。"

"别人恐怕不会这么幸运吧?上面没人看重你,再有才能也是枉然。"领班带着一副阴阳怪气的语调说。也难怪,领班原是从红玫瑰大酒店调过来的,不论是从资格,还是从目前所处的位子,都比叶慧更优越,完全有优先去地产公司上班的权利,却没有得到,她能不嫉恨吗?她完全有这个权利。

叶慧并不理睬领班的态度,但叶慧还是把工作交接好了,并不是不管不顾地就一走了之。叶慧找的人是叶秀,此时叶秀正好赋闲在家,可是叶秀在这里上班还不到两个星期就不干了。当然,这都是叶慧已经在南海地产公司上班以后发生的事情,所以叶慧一开始并不知道。

九

1

叶秀此前工作的利华服装厂经过几番改制后,到底还是无力回天地倒闭了,她已经到处打了一段时间的零工,此时她正好赋闲在家。本来叶秀也没打算马上出来工作,因为徐宝已上小学高年级,一年后就要小升初,徐宝奶奶毕竟没有文化,学习上面是一点忙都帮不上的。徐宝作业做得好不好,有没有完成,徐宝奶奶是看不出来的,只能一味地满足徐宝生活上的要求。而徐树林和叶秀,一个在工厂机修三班倒,还经常上夜班,没时间也没精力,更没耐心去过问徐宝的学习。叶秀又到处打临工,上下班作息时间是完全不准的,经常晚上她疲惫不堪地回到家,徐宝已经睡下了。有时实在太累就懒得去检查徐宝的作业,有时还是不放心打开徐宝的作业检查,发现错误和未写完的作业,想去喊醒徐宝,可看他睡得那么香甜又不忍心,只好等到第二天早上,可是这样又影响了她上班和徐宝上学时间,弄得婆婆在一旁不住地催促和抱怨。只有发现没做完的作业和错误的地方多得说不过去了,叶秀才会喊醒徐宝。

但是,徐宝和他奶奶睡在同一个房间两张床上,叶秀去喊徐宝势必就会吵醒他奶奶。奶奶一听叶秀要喊醒徐宝起来做作业就不答应了,她压低嗓音低吼:"你头脑有病啊,深更半夜的孩子睡得好好的,你喊他起来做作业,他明天又不是去考状元,你不让他睡,有你这么做妈的吗?他还是不是你亲生的?"叶秀欲要解释,奶奶却不让,说你出去出去,不要影响我睡觉,把我弄病倒了你担不起。

婆婆弄病倒了叶秀确实担不起,不但没人接送徐宝了,还要花时间来额外照顾婆婆。叶秀便决定暂时不出去打工了,她想留在家里照管徐宝,等他上了初中,等他人长大了,自制力强了,懂得努力学习了,她再作打算,毕竟孩子的学习大于一切。但是婆婆和徐树林都不同意,婆婆说:"我在家里你还不放心,好歹他也是我亲孙子,我能不教他学好,还能教他学坏?"说得叶秀欲反驳却无力,她不能明说婆婆没文化,学习上管教不好孩子,那样就等于捅了马蜂窝。徐树林则说:"你不出去工作光靠我一个人工资,根本不够用,我养儿子可以,不能还养你这么个大活人吧?"听得叶秀心里又是气恼,又是酸楚,一阵阵凉气从心底里直往外冒。

丈夫和婆婆已经立场鲜明地表明了态度,叶秀这个大活人横竖不能在家里闲着的,叶秀哪里还能心安理得地待在家里?这个家婆婆和丈夫说了算,没有她的发言权,他们似乎也从没把她当一家人,凡事都把她排除在外。叶秀无奈,只得四处打听去找工作,打临工辛苦受气不说,工资也低,所以都干不长久。叶秀也托叶慧帮她打听找工作,叶慧正好有这个空缺,就介绍叶秀来这里上班,并把叶秀介绍给其他工作人员,且教会叶秀如何开机上分,安排好一切后,叶慧才放心地离开。

游戏室每天下班都已是深夜,叶秀回到家里更是疲惫不堪,更没精力和心情去查看徐宝的作业。简单地洗洗躺倒床上,连翻个身都懒得动,也没力气动。昏昏欲睡中,一想到白天那些男人对自己不怀好意的品头论足和说笑,叶秀又委屈又气恼,睡意全无。不知道那些男人从哪里得知她和叶慧是姐妹,说她长得不如叶慧漂亮好看,还说她气质不如叶慧优雅迷人,他们更喜欢叶慧给他们上分。还有一个臭男人更过分说她又老又丑,应该在家里洗衣做饭带娃娃,这里是年轻漂亮的小姑娘待的地方,不适合她,让她趁早歇歇回家。叶秀当时气得恨不能冲上去扇那个臭男人几个大耳光,但是她还是忍住了,没有冲动。因为在这里有保安,他可能不能对她怎么样,但是晚上她下班那么迟,保不准他会从那个黑暗的角落冒出来,到最后吃亏的还是她。她只能忍一时之气,消后顾之忧。

确实,叶秀婚后这些年,眼看着一年比一年老相,脸色不再是白里透红的润泽,而是开始过早地出现无光泽的中年黄。叶秀一次照镜子时,发现自己面容憔悴苍老,红颜正在从脸上悄悄退去,眼角也有了细细密密的扇子状的鱼尾纹,尤其可恶的是还有了浅浅淡淡的眼袋,和分布在颧骨处星星点点的色斑。更可怕的是发间冷不丁会冒出一两根白发,吓得叶秀忍不住伸手去拔下它,像拔去一个碍手碍脚的障碍物。叶秀每拔去一根白发,疼痛的不仅是头皮,还有那颗心,心头会忍不住涌起一丝淡淡的伤感和失落。也是,她才三十几岁容颜就如此不堪,青春就过早凋零衰败,换做谁都会心酸落泪,所以叶秀也是常常暗自伤心饮泣。

这几年,叶秀在外面到处打临工,虽然辛苦劳累,却也从没受过这样的委屈和羞辱。她无法忍受那些人天天对她指指点点地说三道四,也无法忍受领班时不时地对她冷言冷语地横挑鼻子,竖挑眼,半个月不到叶秀就辞职了。叶秀在游戏室受了如此大的委屈,当然要迁怒怪罪于叶慧的不够尽力,也当然要回娘家跟父母添油加醋地哭诉一番。

2

所以,一天叶慧从公司下班回到家里,刚一进门,叶子建就怒气冲冲地对叶慧说:"你自己倒晓得跑去轻松舒适、干净明亮的大公司上班,却介绍你姐姐去那种肮脏污秽的地方上班,进进出出全是乱七八糟、三教九流的男人,还整天不是被这个男人品头,就是被那个男人论足。那样不堪的环境能适合你姐姐去吗?整天都是烟雾缭绕,一天下来被烟熏得头昏脑涨,那对身体会有多大的伤害你不知道吗?"

叶慧默默地听着叶子建的训斥,一句辩解的话也没为自己说,叶慧能说什么呢?叶秀没有半点撒谎,实际环境确实真实如此!叶慧只能怪自己不该把叶秀介绍去,叶慧只能把自己满腹的委屈憋闷在心里,她忍着泪回到自己的房间。叶慧就是不明白,在那样恶浊不堪的环境里,她不是已经坚持工作了几个月,她回家诉过一次苦,抱过一次怨吗?又有谁问过她的委屈?关心过工作环境对她的身体健康的危害?她不也是天天都要被那些男人品头论足吗?叶慧就是想不通,为什么她能工作到现在,叶秀就不能?为什么只有她能去受这样的委屈,而叶秀就不能?

父亲为什么总是处处都偏袒着叶秀？从小如此，长大如此，到如今还是如此。

从小叶慧和叶秀在一起玩耍，只要东西弄坏了，叶子建总是不问青红皂白地首先把叶慧一顿痛骂。一次，在上海工作的舅舅寄来未来舅妈的照片，大人轮流传看了一番后，叶慧从母亲手中接过来，正要来看，叶秀伸手就来拿。叶慧一见，习惯性地连忙躲让，不知怎的照片就从手中飞了出去，偏巧照片像一片白色飞碟一样，轻飘飘地飞到了堆放在一旁的瓦缝中。灰瓦是用来换掉房顶上的烂稻草的，此刻还未动工。要在堆积如山的灰瓦中，寻找一张不知落在何处缝隙中的小小的照片，可想工程是何其浩大，而且也不现实。

那时候照一张照片是多么不容易，而且还是从千里迢迢的上海寄来的，像宝贝一样珍贵，现在却落入了瓦缝中无法寻得，大人那种气恼当不必言说。照片是从叶慧的手中失落的，叶慧似乎理当受责，叶子建恨不能一掌扇死叶慧。当重重的巴掌落在叶慧的左侧头顶上时，叶慧只感到头晕目眩，眼花耳鸣，站立不稳，踉跄了几步跌坐在地上。这还不算，紧接着后面是一顿声色俱厉的教训："大人什么事都有你小孩子一份，你怎么这么讨人厌呢？小姑娘家在那里不知道斯斯文文的，一点女孩子样子都没有，让外人看笑话，没有家教，站到旁边去好好思过，今天午饭不要吃了。"

不让吃饭对叶慧已经是家常便饭，她也不气恼，气恼的是真正的肇事者却逍遥法外，且还幸灾乐祸地躲在一旁冲她做鬼脸。叶慧真的是要气疯了，她飞奔过去扑到叶秀身上就要撕打她。

叶秀比叶慧大那么多,怎么会轻易让叶慧打到,她轻轻一闪身就躲开了叶慧。叶慧非但没打到叶秀,还招来了叶子建更重的惩罚:"你小的还去欺负大的,今天午饭不要吃,晚饭也不要吃了,而且两餐的锅碗都由你来洗。"

叶慧是欲哭无泪,欲诉无人理,冤屈得恨不能离家出走,可是她太小了,不知道往哪里走。稍稍长大后,也没能幸免,叶慧除了过年有一套自己的新衣服,平常穿的都是叶秀剩下的。一次,母亲从箱底翻出叶秀的旧衬衫,让叶慧试穿。叶慧虽然一肚子不情愿,却又没办法,一边试衣,一边气嘟嘟地说:"总是让姐姐穿新衣服,专给我穿这些破破烂烂的旧衣服,我是不是不是你们亲生的?"

叶子建听见了,大声地说:"是的,你是我们从草垛边捡来的,要不然你连饭都没得吃,早饿死了。现在给你饭吃,给你衣穿,已经很对得起你了,还在这里跟你姐姐比穿衣?是她大还是你大?"

叶慧一声也不敢吭,泪水像涨潮一样在眼眶里一寸一寸地上升,终于冲破堤坝,哗啦啦地流淌下来。

叶慧和叶秀之间的裂缝小时候有,长大了还有,现在依然在继续。

十

1

　　叶慧在家里休整了两天后,就正式去南海地产公司上班了。一踏进公司铺着驼色地毯,开着充足冷气,宽敞明亮的大办公室,叶慧顿时感觉整个人都高雅起来,这样的工作环境,这样的工作氛围,正是叶慧心中一直最梦寐以求的,今天终于如愿以偿。宽大的办公室按照何大明的意思和要求,被分隔成一个个独立的小格子间,据说这是开放的前沿海南最标准的写字间。一人一个独立的格子间,一张办公桌、一把沙发椅,各做各的事。据说这样既节省了办公空间和资源,又便于统一管理,还节省了各部门之间,为相互协调工作来回奔跑的时间,可谓一举多得。

　　叶慧的办公桌在一进门最左边靠窗子的地方,桌面的右上角有一部乳白色的挂机,是专供内部使用。叶慧刚放下包坐下,电话铃声就适时地响起,好像是在专等她的到来。叶慧环顾四周,大家都没反应,就像没听见铃声一样,叶慧不知道她是该接还是不该接。正在踌躇间,办公室主任陈明笑对着她说:"电话在你办公桌上当然是你接呀。"叶慧连忙拿起话筒,刚"喂"了一声,里面就传来了周鹤洪亮震耳的声音:"是叶慧吗?你马上到楼上来一下。"

叶慧放下话筒,回过头去看,通往楼上的楼梯正对准自己的身后。楼梯是个半圆弧形弯曲而上,宽大的阶梯上铺着大红的地毯,一直延展到楼上。叶慧走在上面悄无声息,感觉整个人就像明星在走红地毯似的,又惊又喜。叶慧来到楼梯口,迎面一张直冲楼梯口单独摆放的办公桌是李鸿的,黄希文和周鹤的办公桌紧跟其后一字排开,也正对着楼梯口。他们的后面紧跟着的是另两位副总的办公桌,同样是一字排开面对着楼梯口,像教室里小学生整齐摆放的课桌。所不同的是他们的办公桌右前方,都摆放着各人名字的粉红牌子,让人一目了然。何大明却单独在最里面的一个小间里,那就是闲人免进的严肃庄重的董事长室。

楼上只有何大明、周鹤和黄希文三人,周鹤和黄希文坐在自己的办公桌旁,何大明则坐在一架崭新的钢琴旁,他真从南京买来了钢琴。叶慧刚一出现在楼梯口,正在调试钢琴的何大明就迫不及待地大声说道:"叶小姐,想死我了。"叶慧对何大明的这种过于热情地打招呼总是不习惯,脸"唰"地一下就红了。

"叶小姐的脸红了。"黄希文带着起哄的口吻,边笑边说,并示意叶慧在他对面的沙发上坐下。叶慧很顺从地轻轻坐下,双手交叠着放在大腿上,面露浅淡微笑地看着他们,完全是一副修养良好的清纯淑女相。"叶小姐这样的装扮、这样的笑容、这样的神情,简直就是东方蒙娜丽莎。"黄希文笑盈盈地望着叶慧,继续说,"叶小姐很喜欢穿一身白衣黑裙,看来你一定是爱憎分明。"

周鹤也是始终一脸笑容,他说:"叶慧,你不能穿得鲜艳一点吗?"叶慧的脸上也始终保持着美好的微笑,她轻轻地说:"我不喜欢鲜艳的衣服。"

一直都在不停地调试钢琴的何大明,这时一边抚弄琴键,一边说:"叶小姐,这是我昨天从南京新买来的钢琴,你想听什么曲子,我弹给你听。"

叶慧笑望着他,一时还真想不出什么想听的曲子,便轻声说:"随便。"

话音刚落,清脆悦耳的钢琴声就像淙淙的流水一样,流荡在整个楼上,他们都屏息静气地聆听着。一曲终了,大家都轻轻地鼓起了掌,周鹤和黄希文俩人都同时大声喝彩道:"好!"

"叶小姐听出来是什么曲子吗?"何大明双眼专注地紧盯着叶慧问。

"克莱德曼的《水边的阿狄丽娜》"

何大明望着叶慧满意地点点头:"叶小姐,哪天我单独弹一曲给你听。"

"叶小姐可是我们公司的才女,发表了不少的作品。"周鹤不失时机地对何大明和黄希文俩人微笑着推介说。

"是吗?真看不出来,哪天我一定要拜读一下叶小姐的作品。"黄希文的脸上永远洋溢着迷人而和蔼的笑容。他那谦谦君子的风度,赢得了公司里许多女孩子的好感,直到后来他不得不撤资离开很长时间后,女孩子们都还会常常提起他,在心里对他念念不忘。叶慧本来对他是不会有任何牵念的,但是黄希文在离开公司前几天,在公司楼下大堂里遇见叶慧时,没有任何说明地给了叶慧一个手机号,叶慧当时还一片懵懂,不知是啥意思,几天后黄希文就来跟他们告别了。

那时叶慧已经去了下面的装潢公司,而黄希文跟装潢公司的员工不仅不熟,也没有任何联系,他去那里跟大家告别,叶慧明白他分明就是在跟她告别。黄希文走了很长时间,叶慧一直都没有打过那个电话。直到有一天叶慧也离开装潢公司,她才想起黄希文留给自己的那个号码,就好奇地打过去,却始终占线无人接听。过了几天,叶慧又好奇地打过去,还是占线无人接听。这让叶慧感到很奇怪和费解,既然留了号码,为什么又不让人打通,他到底是什么意思?当然这都是后话,叶慧也并不放在心上。

"叶小姐,你会写,我会弹,我们俩不正可以相辅相成吗?"何大明双眼专注地盯着叶慧说,叶慧依然只是微笑作答,并不多说什么。

那一段时间叶慧桌上的电话铃声,总是频繁地响个不停,不是这个老总召唤,就是那个老总召唤。有时她刚从楼上下来人还未坐下,召唤的电话铃声又响起来,弄得整个办公室的人,看她的眼光既充满嫉妒,又满含羡慕,就连办公室主任陈明都不例外。他说:"叶慧,你现在是我们办公室最红的人,也是上楼频率最高的人,连我都要忍不住眼红了。"那神情也是既羡慕又嫉妒。这也难怪,一个公司那么多的职员,谁不想被上层关注?上层对你的关注,你就有可能升迁加薪!可你自己总不能无事找事地频繁往上跑吧,那样很可能反倒会弄巧成拙。

2

  这天下午叶慧刚坐到办公桌旁。就被周鹤电话喊到楼上。楼上只有周鹤一人，倒是很少见。叶慧在周鹤的示意下，在他的对面坐下，周鹤笑对叶慧说："你来公司时间也不短了吧？一直都没给你安排具体工作。"周鹤的脸上流露出歉意的表情，"根据你的条件本应做办公室文秘，但我想把你放到更重要的位置上。我们下面将要成立一个装潢公司，别人我不放心，我想派你去那里做出纳，替我把好财务关。你要时刻记住你是总公司派去的，你的工资待遇依然从总公司领。我知道你不懂会计，但可以学，梁会计会教你的。"

  末了，周鹤又说了一些对叶慧信任敬重的话，还问叶慧对这样的安排有没有意见，叶慧摇摇头说没有。叶慧能有什么意见，虽然不是叶慧最初的愿望，但叶慧知道自己的字写得不够漂亮，而且自己既不善于交际，又不善于言谈，做文秘应该还是不适合的，所以叶慧还是很乐意接受出纳这份工作。

  因为装潢公司还在筹备中，所以叶慧暂时还继续留在总公司，也继续随时被老总们召唤。叶慧的对面是总公司的出纳梁丽，她比叶慧大几岁，已婚多年。梁丽是周鹤的亲戚，原是市啤酒厂的会计，因为和丈夫闹离婚，迟迟得不到解决，后来一气之下干脆停薪留职，也去了海南，待了一年半载后才回来，但是整个人从外表到内心，到思想都起了巨大的变化，尤其是穿着打扮上非常开放前卫，梁丽在老总们面前也是游刃有余，应付自如。梁丽受周鹤的委托负责指导叶慧做账，梁丽也顺便不失时机地指导叶慧化妆,叶慧却不愿意化妆。梁丽说,不化妆就是对上司的不尊重,口气竟然跟何大明如出一辙。

中午在公司吃过工作餐后,离上班的时间还有半个多小时,外面又热,且出去也没什么事,梁丽便强按叶慧坐在沙发椅上。她从包里取出一应化妆品说:"你这张脸五官长得如此鲜明出众,却被你如此怠慢,缺少打理,太可惜,太委屈它了。你只要稍稍对它花点心思打理一下,我保证立马就会给人光彩夺目,耳目一新的感觉。"梁丽一边说着,一边熟练地给叶慧修眉、描眉、画眼影、扑粉、上腮红、涂口红等等,一系列操作完成后,又从包里拿出一面化妆镜递给叶慧说:"看看,你是否还认得她,是不是整个人立马上了一个档次?"

镜中的叶慧和原来的叶慧简直就是判若两人,不仅光彩照人,美丽非凡,而且眉宇间更增添了灵秀妩媚。叶慧看着镜中的自己,似乎第一次发现自己原来也如此美艳,楚楚动人。她不好意思再多看镜中的自己了,更不好意思抬头理直气壮地看人,就像她窃取了别人身上的好东西,装饰到自己身上一样心虚胆怯。恰在这时,桌上的电话铃声急促地响了起来,叶慧接起,是李鸿的声音,要她送一份文件上去。本来这个文件应该是梁丽送的,现在却指名道姓地要叶慧送上去,而且马上就要送,老总们正等着要急用。这不是分明要为难叶慧吗?叶慧一下子急得没了主意,不知如何是好,口中不停地念叨:"干吗非要我送?干吗非要我送?……"

"送就送嘛,怕什么?不就是化了点小妆吗?没什么大不了的,赶紧送上去吧。"陈明一边忍不住轻笑一边催促着叶慧。

梁丽也在一旁笑着催促叶慧,"你快送上去吧,不要让老总们等久了生气,那时就不好说话了。"看来叶慧是真的躲不过了,只有硬着头皮送上去。

叶慧一路低着头走上去,又低着头将文件放到周鹤的办公桌上,正准备转身离去,却被周鹤喊住了。周鹤微笑着说:"叶慧,你这样不是很好吗?上班时化个淡妆没什么不可以,不要不敢抬起头,这里又没有外人,大胆抬起你的头来。"原来他们也知道叶慧化了妆,而且特意点名要叶慧上来送文件,看来都是故意的,是他们早就预谋好了,原来自己的一举一动都在别人的掌控之中啊。

黄希文脸上的笑,完全就是一副起哄看热闹的意思,他说:"不抬头,今天就不让你下去。"只有何大明的神情总是很认真的样子,他说:"叶小姐,你为什么不喜欢把你的美丽展示出来?你不喜欢别人欣赏你的美丽吗?"此刻,李鸿正站在叶慧的身后,他拍着胸脯对叶慧保证说:"别怕他们,有我在不会有人吃了你,大胆抬起头来。"

看来叶慧今天不抬起头来似乎是脱不了身的,与其这样耗着被他们说三道四,还不如趁早抬起头,赶紧走人了事。想到此,叶慧满脸绯红地抬起头,飞快地扫了他们一眼,转身向楼下跑去,身后传来他们爽朗快乐的笑声。在叶慧急速地抬头看他们的同时,她发现他们一个个也都瞪大眼睛,惊艳般地盯视着自己,尤其是何大明眼睛本来就又圆又大,那一刻眼珠瞪得似两只铜铃铛。看来这个世上男人的趣味跟高学历一点关系都没有,他们都有着原始动物的本性。

如果没有这一次的化妆,也许叶慧还能顺利平静地工作下去,但现在一切都发生了让叶慧始料不及的改变。何大明每天上班不是直接上楼,而是径直走向叶慧,似乎叶慧是他的上司,他必须每天先到叶慧身边来报到。何大明一声不响地静静地站在叶慧的身旁,全然不管办公室其他工作人员的目光,非等到叶慧抬起头来看他,并冲他微笑,他才肯离开上楼。就像一个非等大人表扬并肯定的孩子,他才肯心满意足而去。

有时叶慧正上着班,何大明会悄无声息地走下楼,默默无声地站在她的身旁,不管多久他始终一言不发,常常弄得叶慧手足无措,尴尬不已。叶慧若不抬起头来看他,并冲他微笑,何大明有可能就这样一直在叶慧的身旁站下去。既影响叶慧的正常工作,也招惹同事的目光,还不知道好事者在私下里会怎么谈论叶慧呢?可是叶慧对此却一筹莫展,束手无策,找不到一点解决的好办法。

上班的中间,叶慧去了一趟卫生间,刚走到女卫生间门口,就听到从里面传出的说话声:"真不知道她用了什么办法,勾引得董事长天天像跟班一样侍立在她身旁,我们想让他多看一眼都不行,他连眼皮都不愿意抬一抬。"

另一个声音跟着笑说道:"那只能怪你没有人家有魅力。"

前面的那个人在后面的人身上打了一下说:"去去去,我没有魅力,你有魅力?你只要能让董事长多看你一眼,我就服你。"

后面的人似一面躲闪,一面说:"好了,好了,我做不到。说真的,我听说她也是勾搭上董事长才能来我们公司的,说不定都已经被董事长睡过无数次了,还在这里装矜持。"

"好了,好了,别说了,让人听见不好,小心你的饭碗。"

"怕什么……"叶慧听不下去了,转身离开,她又羞又恨,满脸绯红,好像她真做了什么见不得人的丑事。她知道冲进去和她们说不出什么道理来,只会让自己更加羞辱,她坚信身正不怕影子斜,她们爱说什么让她们说去。

傍晚,叶慧独自骑车走在下班回家的路上,抬头遥望天边绚丽的晚霞,一阵惆怅和忧伤袭上心头,她的心中不由得又想起了远方的韩湘。想起韩湘,叶慧的鼻子就一阵酸楚,泪水很快就蒙上了眼睛,她连忙眨眨眼,不让泪水流下来。叶慧想韩湘,想象韩湘此刻能突然神奇地出现在她的面前,或者韩湘已经来到徽城,找到了她的家,现在正在家里和父母说着话,等着她。那时,叶慧将会毫不犹豫地抛弃一切,和韩湘一起从此比翼双飞,不分不离。

叶慧每一天都带着莫名的激动和期待走进家门,但是迎接她的依然是一如既往的平淡如常,父母的语言和表情也同样是平淡如常,家里没有任何的不同寻常。平淡如常的日子在一天天地过着,叶慧却更加沉默无声,她只愿待在自己的房间,把自己的身心沉浸在书里,安放在文字里。虽然投出去的小说依然一如既往地毫无结果,但是叶慧还是依然一如既往地在继续坚持写她的小说,也依然一如既往地默默思念着韩湘。叶慧时常拿出韩湘曾经的那些来信,一封一封地看下去,现在唯一能安慰她的也就是这些信件了。

3

一天晚上下班,叶慧刚走出公司的大门,就见小周端坐在何大明的小车里,正不停地在向她招手。小周还不到二十岁,还是个在校学生,她学的是旅游专业。因为这是最后一个学期,所以已没有什么课,是出来实习的,目前在公司做前台接待。叶慧走近车旁一看,只见周鹤、李鸿全都坐在车里,何大明坐在驾驶位上,双手掌握着方向盘,看他们的样子似乎是专门在这里等她。

"叶慧,快上车吧。"周鹤在车里对叶慧说,叶慧一看只有副驾空着,只好坐进去。叶慧不知道他们将去什么地方,又不便打听,只得默默地坐着,随他们一起,心想总会有目的地的。

小车沿着九华山路一直北行,然后很快地就进入了一座铁门大院,在红山脚下的一幢三层小楼前停下。这是一幢仿古建筑,极具徽派特色,白墙灰瓦,飞檐翘角,屋顶上还卧着一对木质的双龙戏珠,大气磅礴,栩栩如生。一行人顺着木制的楼梯一直上到三楼,这是一套刚装潢一新的三居室,里面收拾得整整齐齐,窗明几净。客厅不大,一套餐桌椅和一对沙发及茶几,就拥挤得让三五人没有了下脚地。叶慧走进一间卧室,一眼就看到了窗下那架熟悉的钢琴,原来他们四人早已都搬到了这里居住。这是何大明的卧室,黄希文一间卧室,另两个副总共一间卧室。

这里真是个修身养性、归隐自然的好地方,开窗便是空气清新、树木葱郁、景色秀丽的红山公园。面对着这样灵秀幽静的处所,有多少人间烦恼不一抛而尽!有多少人间情仇爱恨不烟消云散!叶慧站在窗前竟然不由得思绪绵绵。

小艾也在这里,原来她已不在酒店上班,专门在这里帮他们烧饭、洗衣、搞卫生,大家进来的时候她正在厨房里烹饪。都说她的变化大,变化快,更令叶慧意想不到的是,小艾和林雄早已是出双入对,如胶似漆。据说,不久俩人即将喜结连理。

不一会儿,黄希文和陈明也到了,大家便开始入席就座,另两位副总说是有他们自己的个人私事不必等候。席间,何大明不停地旁若无人地将菜撅到叶慧的菜碟里,也不管那小碟子已堆得像座快要倒塌的小山包。叶慧吃也不是,不吃也不是,因为她已经吃得够多了。正在叶慧左右为难之际,周鹤的一句话,既及时给她解了围,又惹得满桌的人大笑不已。就听周鹤说:"叶慧,吃不下就别吃了,吃成李总那样就麻烦大了。"

大家一个个笑得开心欢畅,前仰后合,只有李鸿是一脸的委屈和无辜,他很受伤地说:"为什么总是拿我说事?长胖不是我的错!"

"是美食的错。"黄希文笑着接口说道。大家一听笑得更厉害了,一个个笑得泪光闪闪。

这顿聚餐在愉悦的欢声笑语中结束。撤净餐桌,周、李、何、黄四人围成一桌,开始了中国古老的"砌长城"。何大明特别点名要叶慧坐在他身旁,其实叶慧对麻将完全是一窍不通,也毫无兴趣,什么"三万""七筒"一个认不得,什么"和了""成了"一概也不懂,坐在那里纯粹是一种折磨和受罪。可是何大明一再要求,叶慧也不好拒绝,而且他毕竟是董事长,一言九鼎,你一个普通的小职员前途都捏在他手里,你还敢不听?

三个女孩子都被要求陪坐在一边观看,并跟着他们一起时而欢笑,时而叹息,只有陈明像谦恭的服务生一样在一旁不停地忙碌,一会儿热情地为这个人茶杯续上水,一会儿又殷勤地为那个人点支烟,忙得不亦乐乎。正在大家玩兴正浓,情绪最佳时,红玫瑰大酒店的经理王姐来了,叶慧也不知道她究竟叫什么名字,只是随着大家一起喊她王姐。

王姐三十岁左右,个头不高,长得细皮嫩肉,圆润饱满,像熟透的水蜜桃一样,汁液丰沛,甜润爽口,极具少妇风韵。王姐是个热情热闹且直言快语之人,也是个麻将高手,她一来气氛一下子就更加热闹活跃起来。周鹤此时正好手气很背,便退下来让王姐顶上去,王姐一面熟练地堆砌麻将,一面还不忘"数落"叶慧:"你也真是个慢性子,要像小艾看齐,人家马上都要请你喝喜酒了,你到现在还不紧不慢地毫无动静,要加油哦!"

王姐的一席话,让小艾羞得满脸绯红,不好意思地笑着低下头。叶慧也同样被闹得满脸通红,一脸不自然地笑着,更不知道心直口快的王姐到底有何所指。

"是啊,叶慧你怎么一点也不着急,要抓紧哦,机不可失。"李鸿也在一旁跟着凑趣道。

周鹤也是一脸的笑,望着叶慧说:"叶慧,你是不是心中早有人了才这样淡定?"

叶慧笑着摇摇头,轻声说没有。其实叶慧的心里确实装着一个人,她依然一直默默地装着韩湘,只有韩湘才是她今生的最爱和渴求。

那一瞬,何大明和黄希文都同时停下手中的麻将,看向叶慧,不同的是黄希文仍然保持着他一贯谦谦君子满脸温和亲切的笑容。何大明则一如惯常地瞪着他那双又圆又大的眼睛,默默地看着叶慧,让叶慧始终都猜不透他那双大眼睛背后所隐藏的真正意图。难怪在后来的一次酒宴上,王姐当着何大明的面说叶慧不上路,叶慧当时也真的是很迟钝麻木,就连"不上路"都不知是何意。

南海地产公司虽然成立,但还没有正式揭牌开业,所以这一段时间有大量的筹备工作要做,和各个部门的协调及手续等等都需要投入大量的人力、物力、财力和精力。因此大家常常刚回到公司,还没顾上喝口水,又被马不停蹄地派出去执行新的任务。

尽管每天都忙得焦头烂额,但何大明还是坚持不忘每天的习惯。那天上午,叶慧明知道何大明就站在自己的旁边,她却一反常态,一改往日何大明站在她身边,她必须抬头对他微笑,而是沉住气,坚持硬是不抬头,只顾自己忙着手中的事情。直到好半天,何大明终于坚持不住无声地离去,叶慧才长舒一口气地抬起头,为自己的小小胜利而得意。坐在对面的梁丽却不失时机地提醒道:"他可是董事长哦。"言下之意,你得罪了不该得罪的人。

叶慧才根本不管这些呢,她一脸不以为然地说:"董事长有什么了不起,我又不是他招聘来的,用不着处处巴结他,更不会看他的脸色行事。"叶慧当时就是这么骄傲和不服气。梁丽又说:"到时你可不要哭鼻子哦。"

在别人的眼里叶慧是董事长青睐之人,应该感到荣幸和骄傲,甚至私下里应该扬扬自得,沾沾自喜。相反,叶慧却感觉不到一丝的高兴和快乐,只有深深的讨厌和憎恶,以及一种难以承受的负担,总是想尽办法躲避他。叶慧的所作所为让别人不能理解,谁都想巴结董事长,奉承董事长,可以说也是想尽办法在董事长面前表现自己,唯恐自己错过机会,只有叶慧却总是唯恐自己躲避不及。

可是事情常常并不完全遂人愿,你越是想躲避,他越是找上你。叶慧从外面办完事回来,刚走进一楼大堂,正欲上楼,何大明也正巧从楼上下来。叶慧想躲开他拐进旁边的洗手间,但已经来不及,何大明已经看见了她,而且叶慧的一只脚已经踏上了阶梯,想抽回来也是不可能的。叶慧只能硬着头皮,装出一副低眉顺眼的样子向上走,就在他们俩将要擦肩而过时,突然都不约而同地看向了对方。

"为什么见到我像见到仇人一样,没有一点笑容?"何大明率先开口,并总习惯性地瞪着他那双原本就又圆又大,好似眼珠要掉下来的眼睛盯着叶慧看。

叶慧也想对他微笑,可就是笑不出来,叶慧见到谁都会面带笑容,唯独见到他何大明,叶慧的脸上难露笑容,真是没办法。自从上次得罪了他,他已经好几天不来她身边了。叶慧到底还是大着胆子说道:"你不是也没有笑容吗?"

"看来还是我的错?"何大明丢下这句话,俩人就擦身而过,各走各的。

其实,何大明在下属面前一向都是毫无笑容,一副很严肃苛刻的样子,只有看见叶慧时他才会满脸笑容,两眼放光,远远地就会喊:"叶小姐。"这也是别人暗暗嫉妒的原因之一。而那时叶慧也无私无畏,坦然面对,会回以何大明一个温婉的笑容。但自从何大明每天像报到一样来到她的身边,让她烦不胜烦时,叶慧对他的笑容就日渐减少,直至消失。

4

不久,装潢公司正式成立,负责公司全面工作的宋总,工程部的马总和公关部的唐总都如期到岗,当晚总公司在红玫瑰大酒店设宴庆祝。叶慧也算是装潢公司的成员,所以也参加了这次酒宴。酒宴开始之前,叶慧和王姐、宋总,以及何大明四人在一个小包间里喝茶闲聊。聊着聊着,何大明恢复了本性,又开始了对叶慧的挑剔:"叶小姐,你为什么每次都穿得这么朴素,像个修女,不能穿得漂亮鲜艳点吗?"

王姐总是反应快速,她快人快语地笑对何大明说:"你一个月就发给她那点儿工资,还想让她穿得鲜艳漂亮,怎么可能?你要真关心她,就给她买几套新衣服不就得了。"一旁的宋总一句话也不说,只是含笑望着叶慧,叶慧也只是微笑着什么也没说,好像与己无关。

"可以哦。"何大明边说边从口袋里掏出一沓百元大钞放到桌上。

"叶慧,你就拿着去买衣服,没有关系的。"王姐一边说,一边把钱推到叶慧面前。

"小叶,你就拿着,何总一定不会生气的。"宋总也在一旁笑着附和道。

叶慧始终都只是微笑不语,全当这是一场玩笑,因为她根本就不会去拿这钱。可是让他们意想不到的是何大明丢下钱起身走了,紧随其后的王姐和宋总也起身向门口走去,叶慧一下子急了:"哎哎哎,你们都走了这钱怎么办,我也是要走的,丢了我可不负责任。"

"这钱已经属于你的了,你有权如何处理。"已经走到门边的王姐回过头来说,并和宋总一起笑着走出门去。

叶慧看着这一沓钱,感觉它像一个烧红的烙铁,拿也不是,不拿也不是。拿,就意味着她默认了大家的意思,默认了何大明的示好。她不拿,这钱完全敞露在这里,很可能就会丢失,甚至是去向不明。届时,她再怎么解释自己没拿,都解释不清,都没有用,最终的责任还是全在她的身上。此时此刻,叶慧无处求助,她被迫暂时先保管起这沓钱。

这沓钱装在叶慧的包里,犹如一颗随时都会引爆的炸弹,让她一晚上都酒饭无味,心神不宁,一晚上都找不到把钱还给何大明的机会。何大明又不知是有意或是无意,一晚上都始终和别人在一起,直到酒宴散去,叶慧也没能找到机会把钱还给他。

叶慧带着这沓钱忐忑不安地回到家里,那一夜,叶慧躺在床上辗转反侧难以入眠,如果明天再找不到机会把钱还给何大明,这时间一长,不是更麻烦吗?这还怎么说得清?不管如何,明天她都必须把钱还给何大明。

第二天上班,也是凑巧,叶慧刚进入一楼大堂,何大明也从另一扇门走进了大堂,只是他的身后还跟着另两位副总。可是如果现在不还给何大明,再错过机会,不知又要拖延到何时,那时性质就完全变了。

叶慧急忙追上去,轻声喊道:"何董。"何大明似乎没听见,径直继续向楼梯口走去,叶慧又连声呼喊:"何董,何董。"何大明终于停下脚步,回身望着叶慧。叶慧说:"何董,把你的钱还给你。"

"不用了,你留着用吧。"何大明脸上毫无表情地说。

"不,不,这是你的钱,应该还给你。"叶慧不管不顾,也管不了顾不了另两位副总站在一边不怀好意的坏笑,拼命将钱塞进何大明的手里,返身飞快地跑向楼梯。那一刻,叶慧真正体会到什么叫如释重负。她一心只想到尽快地把钱还掉,却根本没注意到,也没想到,更没顾到何大明当时在两位副总面前的那种尴尬之态和窘迫之相。

叶慧以为此事就此过去了,但不几天她就被周鹤传到了总经理室。周鹤一副很严肃的样子,审视着叶慧半天都不说话,一改往日他那和蔼可亲的笑容。叶慧忐忑不安地坐在周鹤的对面,不知发生了什么事?不知周鹤到底要跟她说什么?为什么周鹤这么郑重其事?周鹤沉默的时间越长,叶慧的心里就越紧张,越着急,越没有底气,心几乎都快要提到嗓子眼了。周鹤似乎一点也不理会叶慧的心情,依然慢悠悠地举杯喝水,根本不似他平常雷厉风行的样子。

好半天,周鹤才不紧不慢地问道:"你到公司有一段时间了吧?"叶慧默默地点点头,不知周鹤接下去想说什么,只听周鹤又说,"你来公司时间也不算短了,公司是什么性质,你也应该清楚,它不是国有企业,一朝进去终身安逸。别看我们天天坐在这里指手画脚的,其实我们心里也时时有危机感,你也应该时时有危机感,我们欣赏你,看重你,并不能保证你百事无忧啊。"

叶慧越听越糊涂了,她一直都是兢兢业业地工作,从不敢有丝毫懈怠,周鹤究竟到底要对她说什么?叶慧只能静静地呆呆地望着周鹤,听他继续往下说:"何董这段时间对你很有意见,不是我和李总力保你,恐怕很难保证你现在还坐在这里。"

叶慧终于听明白是怎么回事了,眼泪突然就像开了闸的洪水一样,不受控制地冲出眼眶,哗啦啦地流下来。叶慧知道她在这里流泪显得她是多么脆弱,是多么不合时宜,可是她愈是想要忍住,那泪水却愈是不争气地拼命往下流淌,不管她怎么努力都控制不住。

"哭泣没有什么用,它不能帮助你解决任何问题。"周鹤平静地望着叶慧说。

叶慧又何尝不懂得哭泣于事无补,再说叶慧也并不是为了自己面临开除而哭泣,只是那一刻,她不知自己该怎么说,如何说,又该说什么,她只能用这种方式来宣泄她内心无法述说的委屈。其实,叶慧并不会随便在外人面前流泪,只因为周鹤是第一个赏识她之人、器重她之人,是他一直把她带在身边,所以在周鹤面前,叶慧就像在家人和亲人面前一样,毫不隐瞒自己的内心和真情而自然流露。当然这绝对是叶慧在职场上最后一次流泪,在往后的岁月里不管工作上发生怎样的风云变幻,叶慧都没有再为此流一滴眼泪。

想起从前何大明每天就像给老佛爷请安一样,准时来到她的身边,她却非常讨厌,对他待理不理,极其冷淡和轻视。现在果然都应验了梁丽的话,可叶慧一点都不后悔,她从不会拿自己的感情做交易,拿自己的爱情做砝码,但她一定会尽职尽责地做好自己的本职工作。

下班回到家里,独自窝在自己的房间时,叶慧只要不是在看书写作,她就会不由自主地去想韩湘,想起他,叶慧依然会情难自禁。叶慧再一次翻出她最后一封写给韩湘却没有寄出去的信,满纸都是气愤和怨恨的话。韩湘也曾数次说过要来而临时有变未来,但以前叶慧都能很坦然很平静地接受和理解,从不生气和抱怨,并且还常常站在韩湘的角度去为他考虑,为他说服自己。可这一次为什么叶慧会如此生气,如此不能接受和理解?皆因为她已用情太深,她已太在乎韩湘的感情,韩湘的存在!韩湘的到来以及韩湘的一切的一切!一切的一切都是因为叶慧已深深地爱上了韩湘!任何人,任何事,以及任何力量都不能改变她对韩湘的那份无限深情的爱恋和绵绵不绝的思念。

5

不几天,叶慧就像出嫁的女儿一样,带着她的保险柜一起"嫁到"了下属的装潢公司。装潢公司目前还处在初级阶段,所以只有官,没有兵。公司也只是设在一间深长的门面房里,虽然整个格局布置都是依照总公司设计的,但绝没有总公司豪华气派,恢宏壮阔,怎么看都是小家小气、小打小闹的样子。总经理办公室在最后面,中间是设计部,所有的部门间都是用透明玻璃隔开,前后之间互相都能看得很清楚,谁想在工作中偷懒或做私活,总经理都能一目了然。当然,总经理在后面也是毫无隐私可言的,一切都暴露在众目睽睽之下。

来到装潢公司后,平常无事或不是非得去总公司时,叶慧一般很少或几乎就不去总公司,这样和何大明几乎碰不上面,减少不必要的烦恼,还有那种整天提心吊胆的担忧,生怕何大明像鬼魂一样悄没声息地突然出现在她的身后,弄得她常常神经紧张过度,以致好几次竟像虚脱了一样有气无力。

在装潢公司,三位经理对叶慧都很照顾和尊重,虽然有时公司里只有她一人,但她一点也感觉不到孤独,犹如在自己家一样可以轻松自在地工作。装潢公司这种有官无兵的状况并没有维持多久时间,终于在一个初秋的早晨彻底告别。

那天早晨,叶慧刚一走进办公室,宋总随后就到了,他的身后还跟着一位男青年。他中等身材,皮肤白皙,高鼻梁大眼睛,眉毛不浓不淡。宋总来到叶慧身边,笑着对她说:"叶慧,你登记一下,他叫江夏,今天就开始正式来设计部上班。"

"好的。"叶慧一边答应,一边在公司人员名单簿设计部栏内写上"江夏"的名字。目前,只有工程部和公关部还没招到兵,而且很长一段时间里,工程和业务上的大小事务,都是由各部门经理亲自出马处理。

江夏在后面的设计部,每天不声不响,默默地埋头认真画着图纸,很少到前面来,只有午餐时才过来。叶慧也同样是几乎不到后面去,除非宋总有事找她。在一段时间里,他们俩一前一后,坐在同一间办公室里,几乎就没认真说过一句话,叶慧甚至毫不夸张地说,都没回过头去看江夏一眼,至于江夏是不是认真看过她,叶慧就不得而知了。也就是说江夏的到来并没有引起叶慧太多的关注和在意。其实江夏要看叶慧实在是太容易了,抬头可见。他常常在画图纸的间隙,抬头面对叶慧的背影,痴痴地遐想。有时盼着叶慧能回过头,有时又害怕叶慧回过头,有时叶慧只是侧转一下脸,他就紧张得赶紧低下头,生怕被叶慧发现他在偷看她。

不多久,设计部和工程部也先后进了新人,设计部的张壁是江夏的同学,也是江夏介绍来的。张壁戴着一副近视眼镜,小脸小鼻子小眼睛,瘦瘦弱弱的更显得个子高挑,他那明亮的小眼睛总喜欢在眼镜后面专注地盯着人看,一副莫测高深的样子。工程部的王幸福正好相反,他长得矮矮胖胖的,整天总是一张乐呵呵的笑脸,像一尊笑口常开的弥勒佛。听说他老婆刚给他生了一个大胖儿子,所以他的那张胖脸上,更是时时刻刻都洋溢着掩饰不住的快乐和幸福的笑容,整天都会听到他在那里乐呵呵地,不知疲倦地,无忧无虑地说着笑着,仿佛要把自己的幸福分享给全世界。

不几天公司又来了一位杨小姐,是来做勤杂的,杨小姐只比叶慧大一岁,已结婚生女。杨小姐可能也是刚得女儿的缘故,整天也是一副快乐幸福满足的样子,她那张嘴也是整天一刻不停地说。办公室里新增加了三个人,一下子就热闹起来,尤其是有了刚得儿子的王幸福和刚得女儿的杨小姐,两个人正好有了共同语言,谈起养儿育女经来,一个比一个兴奋,一个比一个来劲,都是滔滔不绝,头头是道,眉飞色舞,乐成了两朵幸福的荷花。人有时候真的是很容易满足。

叶慧、江夏和张壁他们三个人都是局外人,对王幸福和杨小姐这种整天乐此不疲地谈儿说女没有一点兴趣,既不想加入,也无法加入,每天只管埋头做自己的事情。叶慧的事情很少,完了她就埋头看书,从不管别人在做什么或不做什么。江夏和张壁为了总公司的图标设计,整天也都忙得焦头烂额,因为总公司开业在即,时间紧任务重,图标送到总公司一次次审核都没有通过。不仅要设计,还要加以详细的文字说明,他们俩的力量显然是远远不够的。宋总原本就是装潢设计界的大师,在他的悉心指导和帮助下,他们俩又设计了好几张样本,准备再次送过去审核。

总公司开业前一天晚上,两边公司的人(总公司最近也新进了一批人员),加班加点在华茂大厦一楼大厅布置开业会场。叶慧和杨小姐加上总公司的两个会计,一个文秘,她们五个人要负责清洗两大筐的葡萄,而且还不能摘下来,必须保证葡萄还挂在枝上。清洗葡萄本来就要轻手轻脚,又添这么苛刻的一条,弄得她们一个个小心翼翼的,像对待初生的婴儿一样,生怕手脚重了碰掉下来,就是这样小心谨慎,还是不时会弄掉三五颗。

"上面的这些领导真是站着说话不腰疼,坐着说话不腰酸,这不是故意为难我们吗?又要洗干净,又不能摘下来,有这么洗葡萄的吗?也不知是谁这么刁,出这么个馊主意,他们自己怎么不来试试?"新来的肖秘书粗哑着嗓子大声抱怨道。肖秘书声音不甜美倒也罢了,偏偏她那双沉重的鱼泡眼,使她原本圆润俊美的鹅蛋脸大大受损,颜值大伤。不过肖秘书倒是能写一手漂亮秀美的钢笔字,足以弥补了她容貌上的缺憾,这却是叶慧所不能够的。叶慧做什么事都有耐心,偏偏不能平心静气地去练书法,也没有先天遗传父亲那一手漂亮的毛笔字钢笔字,所以叶慧对能写一手漂亮字的人总是心生羡慕和敬重。容貌是天生的怪不得人家,写字除了先天下笔就能写出一手好字外,更有后天的勤学苦练,至少人家这种毅力还是值得敬重和称道的,是值得学习的。

当然了,上帝对人人都是很公平和煞费苦心的,它对你关上这扇门,就会对你打开另一扇窗。它不会把所有美好的东西都完全给一个人,总让你有一些缺憾和不足,然后你才会因此而努力发愤,去弥补不足,说不定由此还会成就一番意想不到的事业呢。

"就是!这存心是跟我们过不去,葡萄本来就是要剥皮吃的,洗不洗有什么关系。"施会计的声音听上去甜美又悦耳,很容易让人产生错觉,以为她一定是一位大美女。其实她不仅长有一对泡泡眼,还有一张满脸癞葡萄似的脸。施会计自以为是从海南总部来的,总有一种高人一等的优越感,常常忍不住在梁丽面前炫耀,说她在那边有多少多少男人爱她,追求她,她现在的老公就是从众多追求者中挑选的,目前是东莞市一家化妆品公司的业务总监。

后来施会计和叶慧熟悉了,又开始常常鼓动叶慧到南边去,说像叶慧这样又美丽又有良好文化修养的小姐到那边去,不知道会有多少有钱的大老板整天围着你转,不用辛苦工作挣钱,也会穿金戴银,吃穿不愁,要啥有啥,出门是专车接送,入宿是洋房别墅,还有大把大把的零花钱。施会计说得天花乱坠,吐沫星子如雨点样四处喷洒,叶慧却并未心动,只是淡然一笑而过。

叶慧和梁丽不仅是周鹤带来的,而且她们俩情趣相投,叶慧还在总公司时,她们俩就经常趁午休之时,跑到书店去看书,也会买一些打折的好书。因梁丽年长,所以梁丽就常常以姐自居,对叶慧就像妹妹一样关心照顾。"你别管她们说什么,上面叫你怎么做你就怎么做。"梁丽轻声对叶慧说,叶慧会意地点点头

"总公司怎么竟招这些歪瓜裂枣。"杨小姐忍不住低声说道,她和梁丽、叶慧她们三人在一个大盆子里洗葡萄。叶慧和梁丽听了杨小姐的话,谁也没说什么,只是会意地微微一笑。

洗完葡萄,她们一个个已累得腰酸背痛,饥肠辘辘,可她们暂时还不能离开。正好有洗掉下来的一些散葡萄,可以充饥,她们便装了满满一大盘,围坐在一起边吃边闲谈。

施会计貌丑却不甘寂寞,她冲着大家说:"我会看手相,你们谁有兴趣?"大家都忙着吃葡萄,谁也没理会施会计的话。在座的除了叶慧还没有归属外,其他人都早已为人妻,为人母,算命看相之事对她们犹如淘汰过时的服装,早已缺乏热情和兴趣。施会计便转向叶慧说:"叶慧,让我看看你的白马王子在哪里?何时会出现?"

叶慧手上正拿着一颗葡萄剥皮欲吃,还没等她答话,梁丽便不由分说地笑着将她推到施会计跟前说:"对对对,快替她看看,就剩她一个人还形单影只了,看看何时能把她嫁出去。"施会计抓着叶慧的右手,好像终于找到了用武之地,在叶慧的掌心上煞有介事地仔细地看了好一会儿,才很认真地说:"你未来的婆家人口众多,关系复杂……"还没等施会计说完,杨小姐一把拽走叶慧,不屑地说:"别听她胡扯!"

"我说的都是真的。"施会计一副着急上火的样子说,"不信

你将来就会知道的。"

"将来你还不知道自己在哪里呢,你倒先知道别人的事情,你可真神!"杨小姐边说边笑,大家都跟着一起大笑起来,施会计也被弄得不好意思地笑起来。

大约七点半时,公司才通知她们去红玫瑰大酒店用餐,公司到酒店大约十分钟路程,她们五人加上其他布置会场的工作人员,十几个人一起浩浩荡荡地拥进酒店。一行人被安排在一个大包间里,叶慧的右边是梁丽,左边是江夏。其实,叶慧只要稍稍细心留意一下,就会发现,江夏此后每次酒宴时都会坐在她的旁边,显然每次江夏都是有意而为之,只是叶慧却一直浑然不知。

6

第二天早晨所有人都提前半小时直接到总公司,叶慧被安排在来宾签到处,负责每位来宾的签名,并给重要人物奉上一份不菲的礼金。在市领导一番精彩飞扬的演讲后,揭牌仪式正式开始,在众人聚焦的目光下,大红的绸布被市委秘书长那双保养得光泽丰润的大手,有力潇洒地从高大的铜牌上哗啦一声揭下来,就像新郎揭开了新娘的红盖头一样,现场立即爆发出一片雷鸣般的鼓掌声和热烈的欢呼声,彩色的气球伴着噼噼啪啪的鞭炮声一齐飞向广阔的天空。叶慧仰头去看,半空中飘满了五彩缤纷的气球,那些被放飞了的气球随着微风在空中慢慢地向东漂移,就像断线的风筝一样。叶慧望着越飘越远的气球,突然感觉自己和这些渐渐飘远的气球一样,根本不知道将要漂泊到何处才是终点和归宿？

　　当人们的视线还在追随那些远去的气球时，就见半空中突然飞来一架直升机，在头顶上盘旋了一圈又一圈。当人们以为它将要飞走时，突然五颜六色的宣传单像雪花般从飞机上纷纷扬扬地飘落下来，人们带着一张惊喜和好奇的笑脸，纷纷张开双手去迎接那飘向自己的彩单。很多年过去，徽城人犹记得这场独特的宣传，这也是徽城史上前无古人，后无来者的一次独创。

　　揭牌仪式结束，所有的领导和来宾离去后，大家便开始打扫，收拾清理狼藉一片的现场。刚刚盖在铜牌上的那块鲜艳夺目的大红绸布，像一位过时的美妇一样被孤零零地弃置一旁。这块绸布有四米长，是叶慧亲自去大祥稠布店购买的，是最上等的绸布料。叶慧当时真的舍不得买，想到它仅仅是为了揭牌仪式上那一瞬间的使命，就如昙花般失去了它存在的辉煌和应有的价值，叶慧真的是为它又惋惜又不忍心。叶慧想它应该穿在一位美丽的女子身上，或者一位待嫁的新娘身上，才能真正更好地展现它应有的价值。

　　"买这么好的绸布料就仅仅为了盖一下铜牌，揭下来就没用了，真是可惜。"回到公司叶慧还在为这块绸布料叫屈。

　　"上面叫买最好的，我们有什么办法，照做就是了。"宋总好似一脸无奈的样子笑着说。

　　"没关系，用完后你把它拿回来做裙子不就得了。"江夏很认真地说。

　　"那怎么行，我怎么好意思拿过来占为己有。"

　　"没关系，到时你不好拿，我帮你拿，再说它本来就是我们装潢公司的。"

当天,这块大红的绸布,也真的被江夏带回了装潢公司,并交给了叶慧,四米长的绸布做衣服也用不了,叶慧也不愿独自占有,便一分为二,分一半给了杨小姐,喜得杨小姐满脸乐呵呵的。叶慧也并没有用这块大红的绸布做裙子,因为叶慧从不喜欢穿大红的衣服。后来这块绸布成了叶慧家的电视机罩布,看来天地间,人和物也是一样难逃宿命的。

开业典礼一结束,所有的嘉宾和恭贺单位的代表,以及工作人员都被邀请到红玫瑰大酒店参加自助餐酒会。酒会在欢快悠扬的《步步高》乐曲声中开始。叶慧还是第一次参加这样盛大隆重的自助餐酒会,整个一楼大堂里人头攒动,欢声笑语,热闹非凡。所有的美食沿着大堂的四周环形排开,五花八门,五颜六色,中西佳肴,应有尽有,令人眼花缭乱,垂涎欲滴。客人们可根据自己的口味喜好,各取所需,各取所好,或三五一群,或四六一伙,边食边聊。

吃完美食,人手一杯或红酒,或果汁,轻轻啜饮,慢慢品尝。公司请来的摄影师端着相机,像辛勤的蜜蜂一样不停地穿梭在欢声笑语的人群中,咔嚓、咔嚓地拍个不停。叶慧和梁丽一人一杯果汁,正好站在一株半人高的绿色植物旁,边饮边说笑,没注意到摄影师走到她们身边,咔嚓、咔嚓地连摁快门。"你们俩站好了,我再给你们拍一张合影。"年轻帅气的摄影师端着相机对她们俩说道。

叶慧和梁丽俩人很配合地并肩站在一起,梁丽个头比叶慧高一点,所以她将头微微向叶慧这边偏过来一些。叶慧一身白衣白裙,凑巧的是,梁丽却是一身黑衣黑裙,两人的衣饰黑白分明,相得益彰,真是各具风采。她们俩都胸佩绿叶红花,手握高脚酒杯,面带灿烂微笑地站在镜头前,留下了这张后来被公司上层人人传看,并被誉为明星照的合影。

叶慧记得那天她被唤去总公司拿照片,走上二楼老总们的办公区,他们正围在一起翻看那天公司开业时的照片,并且对每张照片边看边评论,大家一致公认这张照片是拍摄得最完美无缺的,是最具明星范的。当时黄希文举着这张照片笑问叶慧,这张照片是拿走,还是留在公司存档,叶慧毫不迟疑地说拿走。黄希文后来还说这里的照片你随便挑,只要你喜欢都可以拿走,唯独这张希望能留下来,偏偏叶慧只拿走了这张,多余的一张也没拿。

7

装潢公司最近新接了好几单业务,其中最大的一笔就是桃花县,桃花潭酒店的七幅浮雕制作。前期样稿设计在宋总的直接参与下,很快就画出了图纸,只是后期制作人手短缺,就算工程部的马经理亲自参与,也就他和王幸福俩人,根本就无法按时按质完工,所以江夏和张壁从一开始也参与到了实际制作中。

他们四人每天除了吃午饭时在办公室待半个小时,其余时间都埋头在公司后面的库房里加班加点地制作浮雕。一幅浮雕就是一幅画,每幅画都有自己独有的特色和象征意义。在七幅浮雕制作快要大功告成之时,叶慧和杨小姐一起兴致勃勃地去后面观看。其中有一幅画是一个白白胖胖、五六岁的小男孩,光着圆润的身体,胸前围着一个红兜肚,双手抱着一条鲜活肥美的大红鲤鱼,盘腿坐在荷花上,他那圆润饱满的娃娃脸上,正洋溢着欢乐幸福满足的笑容。所有看到这幅图的人都知道,这就是民间象征子孙有福,年年有余的荷花鲤鱼童子图。

"王幸福,这个白白胖胖,圆圆润润,一脸幸福满足相的胖娃娃,不用问是你制作的,看,多像你!"杨小姐手指着画,对正在埋头用石膏制作的王幸福说。

"你真厉害!应该去当警察。"王幸福头也不抬地说。

"那当然,你要敢在外面不老实,我第一个报告你老婆。"

"哎哟,就你话多,人家叶慧不是一句也没说,谁把她当哑巴了?"

"人家叶慧才懒得跟你这种当爹的大叔啰唆呢。"

"哦——"王幸福拖着怪怪的长音,满脸堆着坏坏的笑说,"我明白了,美女配帅哥,我制作的画再好看,它哪里敌得过帅哥的魅力。"

在场的人全都被他的话逗笑了,尤其是江夏和张壁都意味深长地望着叶慧笑,弄得叶慧满脸绯红,什么话也说不出,也无心再看浮雕了,拉着杨小姐转身就走。身后传来马总的声音:"你这个王幸福啊不说话就不说,说起话来真是逗死人。"

其实叶慧的确真的是去看浮雕,根本就没想过什么美女配帅哥之事,只是他们非要故意往这方面牵扯。尤其是杨小姐似乎和江夏有一些亲戚关系,常常一有机会就在叶慧面前夸赞江夏,一心想撮合他们俩恋爱。还说他长得酷似港星刘德华,尤其是那高挺的鼻梁和侧面,极似刘德华。说实话,江夏确实人品很好,又能吃苦,又很勤奋好学,更重要的是江夏对叶慧一见倾心,魂牵梦萦。可遗憾的是叶慧对江夏没有一丝一毫的那种感觉,这实在是非人力所能帮忙的事情。尽管叶慧也不想这样,她也想接纳江夏,也想试着去爱江夏,可她的心不会作假,她的感情不会欺骗,她的心里梦里依然全都只是远方的韩湘。

在叶慧的办公桌前面有一个位子,是留给公关小姐的,但因为公关小姐迟迟不到任而空着。但不知从哪天开始,这个位子突然变得炙手可热,不再闲置无用。因为江夏早已不像从前那样,老老实实地坐在自己的设计部画图纸,而是得空就坐到这个空位上来画图纸。起初叶慧并没在意,只当江夏是到前面来凑热闹,后来一次叶慧和江夏的目光无意中相遇时,她的心当时就咯噔了一下。没错,江夏看向叶慧的目光,缠绵中透着火辣,温柔中藏着热情,无限情愫都在默默的目光中,叶慧赶紧低下头避开他的目光。

此后,每次江夏坐在这里叶慧都尽力不去看他的眼睛,哪怕就是两人交谈,叶慧也只看别处,或者压根就不抬头,绝不去碰触江夏的目光,叶慧害怕那灼热的目光。虽然江夏什么也没对叶慧说,但江夏看她的眼光已经完全泄露了他内心的秘密。叶慧不想伤害江夏的感情,可她又没有什么更好的办法来阻止江夏对她的爱情,只有竭力去躲避他满含深情爱恋的目光。爱一个人或被一个人爱,真的不是自己能够轻易控制左右的,就像她自己心里依然只装着韩湘,虽然从未谋面,虽然早已失去联系,可依然无法忘却,依然忍不住去想念这个人,爱这个人。这就是爱情,让人无原则地变傻,变痴,甚至变得不可理喻,变得不顾一切。

　　叶慧应付江夏一个人已经力不从心,想不到张壁也插进来凑热闹。记得那天吃午饭时还是江夏坐在这里,午饭后,不经意间,竟换作张壁坐在了这里。起初,叶慧以为张壁完全是无意识的,后来发现张壁看自己的目光更加热烈火辣,大胆直率,不像江夏那样温婉含蓄,柔情脉脉。其实,坦率地说不管张壁怎么样,怎么想,叶慧都不会在乎,都不会往心里去,对于一个太过于圆滑精明,谙于世故的人,叶慧从来都不屑一顾。但是,这还是让叶慧感到无比地烦忧,她总是被感情的旋涡包围,她总是在这种旋涡中左冲右突,每每都要使出全身的力气才能跳脱出一个一个包围圈。她从不想招谁惹谁,却常常被这类事情困扰纠缠。

　　几天后的一个上午,正当大家都在埋头做自己的工作时,一个二十多岁,年轻漂亮、单纯可爱的女孩子笑嘻嘻地走进来,正在大家都诧异地看向她时,女孩径直大方地走到了张壁的身边。女孩扎着高高的马尾辫,身着一件鲜黄色的连衣裙,甜蜜地微笑着,双眼快乐幸福地望着张壁。正在伏案画图纸的张壁,见到女孩一脸的尴尬和不悦:"你怎么来了?"女孩并不在意张壁的态度,脸上依然保持着甜蜜快乐的笑容,带着她一贯撒娇的口吻说:"来看看你,不行啊?"

　　"走吧,有话到外面去说。"张壁并不去看女孩的脸,放下画笔,匆忙领着女孩向外面走去。女孩也不在意,顺从地紧跟在张壁的身后,满脸依然挂着单纯甜蜜的笑容,临出门时还不忘回头和大家道别:"拜拜。"

　　"拜拜。"大家都只是微笑不语,目送她出门,只有杨小姐笑呵呵地扬手和她道别。叶慧也只是看着她笑而不语,从女孩子快乐幸福而又单纯无忧的样子看来,她是个未经过任何风雨侵蚀,苦难磨砺的女孩,内心一片阳光灿烂,像春天一样明媚亮丽。

张壁陪着女孩出去后,一个上午都没有再回来,直到大家吃过午饭后他才回来。张壁去陪女朋友是天经地义的事,没人想追问他的浪漫过程,也没人要求他应该对谁做出解释,可他自己却像做贼一样心虚地对叶慧做出一番解释。我女朋友和你一样大,可她整天却像个小孩子一样不懂事,不成熟,我每天还得哄着她,我真的很累,她要是能像你这样成熟懂事,我该有多省心,会有更多的精力投入工作。有时我也很烦她,真想再不理她,她爱怎样就怎样,可一看见她那撒娇可怜样,又有点不忍心。也曾对她说过不要太依赖我,要是有一天我烦了累了,也会什么也不管不顾地抽身而去,可是……唉……看他那副愁眉苦脸的样子似乎一言难尽。

叶慧闻而不语,只是浅笑着,她喜欢单纯无忧的女孩,也喜欢女孩就应该是纯净无忧的。叶慧最讨厌那种吃着碗里的,眼睛却还死死盯着锅里的贪心男人,这种男人很容易就见异思迁,移情别恋。谁嫁这样的男人,一辈子都得提心吊胆,像防贼一样地生活,那生活还有什么情趣可言?还有什么幸福可言?与其这样还不如不嫁!

杨小姐在一旁听了,笑呵呵地说道:"女孩子依赖你,说明你有本事,有魅力,是你的福气,你应该感到荣幸和骄傲,不要身在福中不知福哦。"

"你错了,只有我们这种没本事的人,才会闲得无聊,天天变着法子去哄女孩子开心呢。"

"哄女孩子开心也是一种本事啊,并不是人人都会,像江夏就不会,只会埋头做事,到现在还没追到女孩子,你应该教教他。"

张壁和杨小姐你一句我一句地在那里继续热烈谈论着,叶慧已不再注意,只顾埋头看自己的书。现在唯一能让叶慧解忧的只有看书,她现在正在看勃朗特的《简·爱》:你以为,因为我穷、低微、不美、矮小,我就没有灵魂,没有心吗?你想错了!——我的灵魂跟你一样,我的心也跟你的完全一样。这句话直击叶慧的心灵,让她忍不住泪眼模糊。没有哪本书,让她有如此深切的感同身受般的共鸣。

叶慧前面的座位依然像稀有物资一样,非常抢手紧俏,江夏刚离开,张壁就瞅准机会迅速坐上去;或张壁刚一起身,江夏就立马抢占了座位,一分钟也不会被冷落。不管是谁坐在那里,对叶慧来说都无关紧要,她都全然不去理会,只当它还像从前一样是一个无人的空位子,是公司的一个摆设而已。

一天下午,江夏从外面兴冲冲地跑进来,手里拿着个照相机,对叶慧和杨小姐扬一扬说:"里面还有两张胶卷,我帮你们照相。"

"好好好,先帮我们俩合照一张。"杨小姐兴奋地拉过叶慧,俩人肩并肩地站在办公桌旁让江夏拍照。

"叶慧,还剩一张单独帮你照,你站过来。"江夏指挥着叶慧走到身边的画墙旁,以墙画作背景拍照。

叶慧还从没有单独面对一位年轻男人的镜头,何况这个男人对自己还怀有一种特殊的感情。虽然刚才和杨小姐合照时，叶慧还从容以对，笑靥灿烂，而此刻她脸上的表情，却一下子僵硬不自然起来，似笑非笑，尴尬无比。叶慧感觉自己那一刻狼狈极了。

当天下午照片就被冲洗出来了，没想到这张似笑非笑的照片竟成了紧俏货，梁丽要了一张，杨小姐要了一张，施会计要了一张，从前的文友石雨萍也要了一张。江夏本来就特别给叶慧加洗了两张，现在倒弄得她自己连一张也不剩，只留下底片。叶慧只得硬着头皮又去请江夏帮忙再给自己加洗几张，江夏倒是求之不得，他恨不得叶慧天天都能找他做这做那。

再次拿到照片时，叶慧真想再给韩湘寄去一张，但是她到底还是忍住了。现在再寄去照片还有用吗？还能挽回什么？如果情已逝，一张照片是无能为力的，是扭转不了乾坤的，只能让对方轻视和厌恶。虽然叶慧的心中始终放不下，丢不开，但是她又不得不承认，所有的一切都结束了，真的是结束了。不管她是如何地不愿意，不相信，她都必须放弃无边的幻想，而是必须接受她和韩湘都不会再有新的续章。

几天后的一个午休日，张壁坐在叶慧前面的那个空位子上，正埋头画图。叶慧也像以前一样不去理睬他们到底是谁坐在那里，她也无心去管那么多，只是默默地发呆。好一会儿，就听张壁得意地说："叶慧，你看看，像不像？"叶慧回过神来，一幅画像已伸到她的眼前。叶慧接过来一看，这画的不是自己吗？虽然不是十分相似，但也八九分地相像。

"怎么样？像不像你？"张壁一脸喜气洋洋地问道。

"嗯,是很像。"叶慧面带微笑地点点头说。

"哇!简直太像了,张壁你可以去摆摊专业画像了,准比在这里赚钱。"杨小姐从旁边探过身体,接过叶慧手中的画像,表情很夸张地说。

江夏也从后面跑过来看,画像从这个人手上传到那个人手上,在大家的一片称赞声中,大半天画像才终于又回到叶慧的手上。叶慧却没有再继续去看它,而是把它卷成了一个圆筒,很随意地放在办公桌上的一个风景画框后面,说是下班后带回家。但是这一放,就彻底放忘了,叶慧始终记不得带回家,直到她被总公司解雇,离开装潢公司也没记得带走它。

后来装潢公司也解散了,叶慧也不知道这幅画像究竟流落到了何处,被何人收藏,或根本就无人收留,权当一张废纸和所有的废旧报纸一样被扫进了垃圾筒,送进了垃圾站,处理成了碎渣,再也没有了面世的可能。就像一些不能说也不愿说的心事,就让它自己默默地揉碎在心里,永远都不要再去告知别人。

8

杨小姐是办公室里的第一位股民,也是唯一的。她经常抽空跑到华茂大厦二楼的证券公司去看股市行情,买卖股票。杨小姐谈起股票来也是神采飞扬,头头是道,滔滔不绝,但大家都毫无兴趣。

说起证券公司,叶慧倒也不是一点不知,以前在总公司上班时,她天天都要数次经过证券公司的门口。只见里面是人山人海,男男女女或站或坐,甚至还有拎着菜篮的大妈大爷,一个个都痴痴呆呆地,昂头瞪眼地,神情专注地盯着前方的一个数字红绿相间不断变化的电子大屏幕。面上表情也是或惊或喜,或悲或忧,捉摸不定,像前方的大屏幕一样复杂多变。虽然天天经过门前,叶慧对里面的情况却是知之甚少,她从来就没有想过要走进去一次,或体验一次,叶慧感觉那有点不务正业,不求上进,走进去有种羞耻感,和不自在感。但叶慧绝想不到,她一向上进能干的堂哥叶超,也会频繁光顾这里。让她更想不到的是,正是她不屑的这件事,后来竟是直接困扰她婚姻的罪魁祸首,以及直接导致她堂哥叶超因病致死的终极诱因,这都是后话。

午休时分,杨小姐一定要叶慧陪她一起去证券公司,叶慧实在是不情愿去,但考虑到杨小姐平常对自己的友好和关爱、热心和照顾,叶慧不好意思拒绝,便勉强答应陪她一起去证券公司。叶慧不愿去是有原因的,一怕总公司的人看见影响不好,尤其是怕被老总们看见,二怕见到证券公司的沐涛。

以前在总公司上班时,叶慧天天从一楼大厅进进出出,和那里的门卫老柳很熟。老柳是一位一只眼睛斜视的四十多岁的男子,他矮墩墩的,皮肤黝黑发亮,面上还有几个大小不一的肉疙瘩。也许就是因为这一副难看的面相,使得他至今还是单身一人,但这并不影响他那颗助人之心,他每天主要负责打扫卫生和收发信件报纸。

一次,叶慧经过门卫室,老柳笑嘻嘻地对她说:"南海地产公司就梁丽和你,你们俩最好,尤其是你,她还有点妖艳。"叶慧不知他是什么意思,就笑嘻嘻地说:"大家不是都很好吗,有谁得罪了你?"老柳却并不正面回答,说:"我天天在这里不知见过多少五颜六色的人,谁是好人谁是坏人,我一眼就看得出来,根本不需要他们多说话。"他那黝黑的脸上满是自信,好像他已经掌握了别人多少秘密似的。停了一下他又说:"你还没有男朋友吧?"

"你怎么知道的?这个你也管?"

老柳黝黑的脸上一下子乐开了花,语气就更加信心满满了,他说:"我从没有看见有哪个男孩子来接过你,女孩子只要一谈男朋友,男孩子就肯定会到她上班的地方来接她,明说是来接,其实真正的目的,是来察访一下女孩子身旁有没有对自己构成威胁的人。"

叶慧听了忍不住笑起来,真是不能小看了他这个门卫。

"你不相信?"老柳望着叶慧说。

叶慧一边忍住笑,一边摇着头说:"没有,没有,你说得很对。"

"我给你介绍个男朋友,怎么样?他就在你们公司对门的证券公司上班,人很好,跟你很般配,也许你们都认识。"

叶慧摇摇头连忙阻止说:"不用,不用,我暂时还不考虑这事。"

"说傻话,怎么能不考虑,俗话说男大当婚,女大当嫁。二十多岁的女孩子得有个男孩子护身,否则在外工作不安稳,麻烦事很多。我看你们公司的那个台湾佬就不是个好人,一个大男人到公司上班,却穿着花衬衫,大花裤衩,走路屁股还一扭一扭的,一看就不正经。"

叶慧笑笑没再和他继续往下说,也没告诉他那叫沙滩裤,别说他一个门卫不能接受,叶慧一开始也是不能接受这种穿着的,毕竟公司是公共办公场所。也许他说的话有道理吧,叶慧没往心里去,也没去多想。不久,叶慧就去了装潢公司上班,就更没把他所说的那些话放在心上。

突然有一天下午,老柳来到了装潢公司找叶慧,这是叶慧完全没想到的。老柳的身后还跟着一位六十多岁的老人,说是沐涛的父亲。叶慧一脸茫然地望着他们,因为叶慧根本就不认识沐涛,也不知他们来找她究竟有何事?原来沐涛就是老柳曾经要介绍给叶慧,在证券公司上班的男孩子。沐涛的家在外地,父母一直都在操心关注他的婚姻大事,却迟迟不见他有任何进展。问急了,催很了,沐涛干脆节假日也不回家了,这不,老父亲只得亲自过来查看督促。他们也曾多次委托门卫老柳帮忙物色,老人一见叶慧就喜欢上了,一定要她和沐涛见个面,而且就是当晚。

叶慧感到很意外,无任何心理思想准备,她面红耳赤地拼命推托,可是老人就是不离开,弄得公司人人皆知。叶慧怕再这样下去影响不好,再说一位六十岁的老人亲自来找她说这事,叶慧觉得老人也不容易,不能太伤老人的心。再说不就见个面吗,又不是逼婚,便答应他们先去见个面。

当晚叶慧如约而至,因为是第一次见面,所以他们就听从老柳的安排,在他的门卫室里见面。门卫室一分为二,前面是值班的地方,后面是老柳的卧室。在那个狭小拥挤,昏暗闷热的卧室里,叶慧和沐涛第一次正式见面。那一晚,叶慧身着一袭黑色连衣裙,美丽端庄的脸上带着浅浅的羞涩的微笑,她侧着身子端坐在床沿上,不时抬眼望一望沐涛。沐涛上身穿一件纯白色的短袖衬衫,下身穿一条深蓝色长裤,他坐在卧室门口的凳子上,满面笑容地面向叶慧。沐涛个子颀长,也谈不上帅气,但五官端正,棱角分明,清瘦的面庞透着精神干练,尤其给叶慧留下深刻印象的是他的那双眼睛,清澈明亮,像暗夜里的两盏明灯样雪亮。叶慧还鲜少见到男人有那样明亮无私的眼睛。

他们互相介绍了一些自己的工作情况,以及单位里的一些事后,也找不到什么特别可说的,就各自道别分手了。这一别就是将近二十多天,沐涛没有去找过叶慧,叶慧也没有来找过沐涛,他们俩之间的故事似乎到此也就终了了,不再有下文。其实,本来就是为了满足老人的愿望而约见,并不是出自他们俩人的本意,所以没有下文也属正常。

此刻,叶慧陪着杨小姐来到证券公司门口,叶慧却在门口停住了脚步,面露为难之色地对杨小姐说:"你还是自己一个人进去吧,我不想进去了。"

"你在门口站着,要是被总公司的老总们看见对你的印象多不好。他在里面上班你就不能进去了?证券公司又不是他家开的,怕什么,进去进去。"杨小姐边说边拉着叶慧的手强行将她拽进去。

杨小姐昂着头对着电子大屏幕看,叶慧也跟着看,可她什么也没看懂,就像一个目不识字的文盲一样,只知是一片红红绿绿不断翻新的数字,却不知是什么意思。看了一会儿,杨小姐拉着她向一个交割窗口走去,走到跟前向里一看,沐涛竟坐在那里,叶慧抽身想走已经来不及了,沐涛也已抬头看见了她。他们俩互看了对方一眼,谁也没说话,好像俩人从来就不认识似的。杨小姐把她填好的单子交给沐涛,办完交割后,叶慧就拉着杨小姐迅速离开了窗口,离开了证券公司。

来到门口正好碰到门卫老柳,叶慧想快点离开这里就装作没看见,可老柳却拦住了她,笑嘻嘻地说:"小叶,好长时间没看到你过来了,你们公司最近又新进来了一批女孩子,一个个描眉画眼,涂脂抹粉的,弄得跟大熊猫似的,说起话来也是一个比一个嗲声嗲气,简直让人受不了,没法看。"老柳边说,还边不停地摇头,"一直没看到你,想问问你和沐涛俩人现在到底怎么样了?问他,他始终只是笑而不答。"

叶慧尴尬着,还未来得及开口,杨小姐已迫不及待地抢先说道:"他一个大男人一点都不主动,倒叫人家女孩子先主动。刚才我们到他那里,他理都不理叶慧,好像不认识似的。"

"这个臭小子真是不懂事,过后我来说他。"老柳一副恨铁不成钢的神情,生气地说道。

对于这次证券公司之行,叶慧很是后悔,倒像她专门是去找沐涛似的。叶慧何时沦落到这一步?他不找她,她倒先去找他,他一定是这么认为的。就算是叶慧去找他吧,他竟连起码的一声招呼都没有,拿她完全当不认识的陌生人,真是太伤自尊了!就算以后他来找她,叶慧也决不会再去理他。

傍晚,快下班时,沐涛到装潢公司来找叶慧,叶慧一看见他,先前那满肚子的怨气,不知为什么都跑得无影无踪了?她竟乖乖地像一只温顺的小羊羔一样跟着沐涛一起走了。

第二天中午在公司里,江夏坐在叶慧前面的那个公关小姐的空位子上,双眼紧盯着叶慧问:"昨天下午来找你的那个人是你的男朋友吗?"

叶慧还没来得及回答,杨小姐倒急不可待地抢先笑呵呵地说道:"是叶慧的同学,他在证券公司上班,我正好买股票要找他帮忙,所以昨天让叶慧陪我去。"

经杨小姐这么一说,叶慧倒也觉得这个解释很不错,就顺势点点头。叶慧知道杨小姐这样极力去隐瞒,其实是想促成她和江夏。但此刻叶慧根本无心去想这些,她满脑子都是江夏刚才的问话,沐涛能算是她真正意义上的男朋友吗?他们总共也不过见两三面,而且都不是主观上的约见。

昨晚下班后,沐涛带着叶慧先去了一家小饭馆,饭馆是一对老夫妇开的,饭馆真的是小得不能再小,放两张小桌子还拥挤得不得了。因为去得早,里面还没有人,老板似乎跟沐涛很熟,见他们俩一进来就热情地打招呼,并对他说:"你有一段时间没来了吧?"

"嗯,我出差了一段时间,刚回来没几天。"沐涛一边回答老板,一边打开黑色公文包,从里面拿出一个高档的墨绿色笔记本递给叶慧,并微笑着说:"这是我从上海买的,特送给你的。"叶慧也并不推辞,高高兴兴地接过了笔记本。

吃过饭后,沐涛又带叶慧去了他租的房,这是一幢民房,沐涛租住了二楼的一间房子。一进门,房间里一片狼藉,不管是地下、床上,还是桌子上到处都散放着杂乱无章的报纸、杂志和一些书籍,看上去已经有很长时间没收拾了。沐涛将叶慧让进屋,叶慧却不知把自己的脚该往哪儿放,只好愣愣地站在那里。

叶慧是个极爱干净整洁的人，近乎洁癖，衣物上不允许有一点瑕疵，什么东西都有一个固定的放处，有条不紊，从不混乱堆放。母亲帮她洗的衣服，她会嫌洗得不干净，再浸泡洗一次；别人坐过她的床单，尤其是不喜欢的人，她会掀起床单泡入水盆中狠狠地搓洗。面对眼前这一片混乱不堪的场景，叶慧的心一下子就冷到了冰点，那种无法言说的深深的失落感紧紧地攥住了她的心，她清楚地感到自己和沐涛不是同一类人。

沐涛面对房间的一片混乱狼藉，也感到很难堪和羞愧，他让叶慧坐在床上，自己赶紧胡乱地收拾一番，但还是凌乱不堪。他们说了一会无关痛痒的话后，叶慧也不想继续再坐下去，面对这样的环境哪里还有说话的兴趣，更没有恋爱的激情，沐涛也没有强留，便送她回家了。分手时，他们互相道别后，也没有再约下次见面的时间，就这样又一次平淡而又平静地分手了。

9

公关部终于迎来了公关小姐——赵心甜。公关小姐的办公位子空置在前面，也已经有很长一段时间了，终于等来了它的主人。但是它的主人对它似乎不屑一顾，根本就没在位子上正儿八经地坐过一天。赵心甜似乎对总经理的办公室更感兴趣，每天早晨一上班就一头扎进去，和宋总在里面嘀嘀咕咕大半天，直到吃午饭才会出来。虽然是透明的玻璃墙，但是只能看得见却听不见声音，有时见他们在里面清浅微笑，有时又见他们在里面哈哈大笑。总之，他们每天都是很开心的样子，像是中了头彩似的。

赵心甜,三十多岁,不仅身材娇小玲珑,而且浑身上下,从里到外都像她的名字一样流溢着甜润清凉之味。她的五官除一双眼睛大而明亮外,鼻子和嘴巴小巧而秀气,全部都是袖珍精致版的,像定制的艺术品。尤其是她的嘴巴也像她的名字一样,会吐出特别甜腻,特别清润的话语。还有她那一双眼睛,用工程部马总的话说,可不是一般人的眼睛,那是一双带电的狐媚眼,流光溢彩,秋波荡漾,风情万种,勾魂摄魄。哪个男人要是被这双眼睛电到,就是不死也是重伤。

自从来了赵心甜,宋总就很少走出那个玻璃房,一切都由赵心甜直接代理。赵心甜知道大家一开始肯定都不会买她的账,所以每次开始发布消息前,总会先加上宋总说的,什么什么,什么什么。既然是宋总说的,就算大家对她有一万个讨厌和不乐意,也没办法,只能遵命照做,谁也犯不着和她较劲,而丢了自己活命的饭碗。

马总的预言不到半个月就被言中。我们的宋总不仅高大魁梧,风度儒雅,相貌堂堂,而且在艺术设计界还有一个美名曰:美髯公。当然,也有人直呼他大胡子,那一定是关系非同一般特亲密之人。颇具艺术家风范的宋总,在人前总是有一些孤傲高冷的样子,似乎令人难以接近。但就是这样一位眼光颇高之人,却在大家谁都没有留意,没有察觉之下,他竟然神不知鬼不觉地被赵心甜轻易俘获,对她百依百顺,言听计从。更有甚者,每天早晨宋总还亲自骑着摩托车去接赵心甜来上班,看得全办公室人人目瞪口呆,个个瞠目结舌。一次宋总去接赵心甜,张壁望着他出去的背影,对大家笑说:"这电力真是够强大,够威猛!"马总也忍不住说道:"公关公关,先从内部攻关。"

其实,大家都见过宋夫人,真的不折不扣是个古典大美人,无论是从身材长相,还是从修养人品,她都是超群出众的,且性格又温柔又善良。据说宋夫人和宋总还是大学同学,当年宋夫人可是才貌双全的校花,追求者多如过江之鲫。但是宋夫人纤手拔开眼前的一片繁花似锦,慧眼在人丛中觅得多才英俊的宋总。俩人一个高大英俊,一个娇美多情,双双才艺拔萃超群,牵手在大学校园里不知道羡煞了多少人。后来,宋夫人分配到中学当老师,宋总去了文化馆,夫妻俩家庭事业双双都很顺利。

这几年,虽然宋总在徽城美术绘画界享有不小的名气,但总觉得缺少了一种创作的激情和灵气。所以,不甘创作停滞的宋总辞去公职,欲创办绘画装潢公司,便被周鹤重金聘请过来。还有他们那个五岁的儿子,像一个小天使一样活泼可爱,神气活现,聪明过人。圆圆的脑袋,圆圆的脸蛋,像宋夫人一样肤如白雪,一双明亮有神的大眼睛似两颗黑葡萄一样乌溜溜的,忽闪着纯真无邪的光芒。这怎么看也是一个标准的幸福美满的三口之家吧,看来男人的出轨多半都是外在的因素多于内在因素。

这天,大清早上班时间,宋夫人突然带着儿子来到公司,大家一个个心虚得手心直冒汗。谁也不敢说出宋总去接赵心甜了,人人只能一个劲地跟她打谜语,尽力将事情遮掩过去,希望她能在宋总回来之前就尽快离开公司。面对如此善良淳朴、温柔贤惠的宋夫人,谁都不愿说出欺骗她的话,可谁又都不得不违心地说出欺骗她的话。宋夫人也许看出了大家善意无奈之举,便很体谅地带着儿子提前离开了。

当一批装潢工程圆满结束,账面上的数字陡然增大时,为了庆祝这样的丰硕成果,公司欲举行一个隆重的庆祝酒会,特邀员工家属一起来参加。但是酒会上没有一个员工带家属来,只有宋夫人带着儿子来参加。上次见到宋夫人时,她还珠圆玉润,丰采明艳,光彩照人。而今再见她时,短短的十来天,宋夫人已面容憔悴,晦暗无光,判若两人。大家面面相觑,心照不宣,看来,这世上真的是没有不透风的墙!看着宋夫人判若两人的容貌,大家除了在心里对宋总一番怨责,更多的是鄙视和憎恨赵心甜。但是面子上,除了叶慧和江夏俩人毫无隐饰地,表露出他们内心无比的厌恶和鄙视外,其他人却没有一个人愿意去得罪她,反而比以前更加地亲近她,甚至是巴结讨好她。

酒会上,赵心甜端着酒杯到处大献殷勤,展现千般媚态。她首先来到宋夫人身边,面带微笑,声音甜柔地说道:"早就听说姐姐是位古典大美人,今日得见,果不其然,姐姐真乃千年难遇的绝色佳人。我敬姐姐一杯,姐姐随意。"说完一饮而尽。宋夫人也表现得非常大方得体,不失礼貌,她不露声色地微笑着点点头,举杯浅浅地饮一小口。接着,赵心甜又一个挨着一个地敬酒,每次都是满满一杯,说完先干为敬,便一饮而尽,弄得人人都没有理由拒绝。只有叶慧和江夏俩人表现得冷冰冰的,他们俩头没抬,眼没瞧,只是礼节性地象征性地浅浅抿一小口。赵心甜似乎也并不在意他们俩的态度,脸上始终挂着甜蜜而媚人的微笑。

最后,赵心甜才来到宋总身边,她手握玻璃酒杯,翘着纤细的兰花指,似醉非醉地半倚在宋总肩旁,一副摇摇欲坠的样子。

现场气氛顿时有些尴尬和紧张起来,大家都静声看着赵心甜,只见她醉眼蒙眬地看着宋总说:"宋总,我敬你,谢谢你一直对我特别地关护。"说完正欲举杯一饮而尽,宋总眼明手快地夺下她的杯子,迅速起身将她扶坐在自己的位子上,说:"你喝醉了,不要再喝了。"说完宋总走到宋夫人身边对大家说:"你们照顾她一下,我们先走了。"

大家目送他们一家三口提前离席,很快也结束了聚餐,纷纷离席而去。赵心甜酒醉心明,见大家纷纷而去,她也跟跄着随众人离开酒店。这顿聚餐似乎弄得不欢而散,此后的公司聚餐再无家属参加。

10

这天下午,叶慧突然接到总公司的通知,让她下班后去趟总公司,不知又有什么临时任务需要加班,这已经不是第一次了,叶慧早已是司空见惯,也不觉得有什么特别不对或异样,所以也没多问。下班后,叶慧准时去了总公司,可除了一个搞勤杂卫生兼值班的人外,整个办公室空无一人,根本就看不出将要加班的迹象。问值班的人,一问三不知,他什么也不知道。叶慧想难道是自己搞错了?可电话明明是周鹤亲自打来的,也是叶慧自己接的,而且听得清清楚楚,明明白白,怎么会有错?正在叶慧疑惑不解时,李鸿拎着两盒快餐匆匆走进办公室。

李鸿在紧靠门口的一圈沙发上坐下,一边打开塑料袋取出快餐,一边招呼叶慧过去吃饭。叶慧走过去接过李鸿递过来的快餐,在他对面的沙发上坐下说:"李总,今晚是要加班吗?"

"叶慧,喊你来就非得是加班?你脑子里除了工作,就不能想点其他事?"李鸿吃饭一向胃口很好,他边说嘴巴还在不停叭叭地吃,"其实我和周总都很欣赏你,知道你和一般女孩子不一样,有修养,有素质,有追求,但有些事我们也无能为力,不能帮你,得靠你自己去应对把握。周总和何总还在'荷花岛'等我们,吃完饭我们就过去,去前我先打个电话。"

李鸿的一番话让叶慧听得一头雾水,摸不着头绪,不知道又有什么恼人的事在等着她?叶慧的心七上八下地忐忑不安,一餐饭吃得如同嚼蜡,不知其味。饭后,叶慧想到何大明也在,心中更是说不出地抗拒和厌烦,便想退出,不愿面对他。她便对李鸿说:"李总,我今晚还是不去了。"

"那哪成,今晚是周总特意安排的,你怎么能不去?"李鸿没有一点退让地说,根本不像平常一副好好人,凡事好商量的样子。

看来,又是一次无法躲开的相遇。一路上,叶慧低垂着头,跟在李鸿的后面默默地走着,心里却是翻江倒海般不平静。大约二十分钟后他们就到了。"荷花岛"位于北湖的东上角,因岛的四周种满荷莲,一大片翠绿的荷叶环绕着小岛而得名。暑天早已远去,但是暑热是一点也没减退,天气还是一点也不凉爽,甚至时常还会隔三岔五地大热那么几天。虽然大部分的荷花还是顺应季节,毫无贪恋之心地凋谢了,但仍有三五枝荷花依然顽强地绽放在一片翠绿中。也有极少数的荷叶经过一个夏天的倾力透支,过度释放,早已是疲惫不堪,无力地扑倒在水面上。一阵晚风吹过,那些依然坚定地矗立在水面中的,硕大如朋的荷叶频频地摇摆舞动,一缕缕清幽的荷香随风扑面而来。

"荷花岛"是一座娱乐城,来到二楼的一个小型茶座舞厅里,周鹤和何大明正坐在一个茶座旁悠闲地喝茶、闲聊。李鸿快步走上前去低声对他们说:"叶慧来了。"

周鹤转过身体,满脸是笑地迎向叶慧,并向她招手:"叶慧,过来坐,过来坐,你想要喝点什么?"叶慧轻轻走过去,在周鹤的左面坐下浅笑着说:"喝茶吧。"她的对面是何大明,右边是李鸿。这样的四人座位,叶慧是怎么坐都觉得不自在。

何大明一言不发地瞪着一双圆溜溜的大眼睛看着她,叶慧最怕何大明这样盯着自己看,一副讳莫如深的样子,看得人全身都发怵。也是,有谁会受得了一个异性总是瞪着一双铃铛样的眼睛,一语不发地盯着你看,心里不发毛才怪呢。叶慧不敢去迎视何大明的目光,也没兴趣和他打招呼,一直低着头默默地喝茶。

当舞曲响起时,周鹤笑吟吟地对叶慧说"叶慧,陪何董去跳一支舞吧。"

"我不会。"叶慧满脸歉意地轻声说道。

"何董会教你的,何董的舞跳得可是一流。"

正说间,何大明已一声不响地先走进了舞池,默默地望着叶慧,静静地等候着叶慧。看这架势似乎就是没得商量的意思,接受也罢,不接受也罢,你都得乖乖地过去。

叶慧想这次是真的躲不过了,是骡子是马都得上去溜两圈。叶慧硬着头皮站起来,慢吞吞地走过去,短短的几步路,她却像经历了千山万水般地艰难和辛苦。叶慧只飞快地瞥了何大明一眼就再没抬眼去看他,何大明一手托着她的腰,一手握着她的手。也许是叶慧心里过于紧张的缘故,也许是空调的温度超低的缘故,抑或是其他不明原因,叶慧的手冷得像块冰。何大明带着她随音乐慢慢起步,但是叶慧可能真的是没有一点跳舞的天赋,或是因为过于紧张和惶恐。总之,叶慧的整个身体僵硬得犹如一根木棍,她跟着何大明笨拙僵硬地挪动着脚步,眼睛一直死死地盯着脚下,生怕自己一不留神就踩到何大明的脚上。但是,叶慧越是担心,越是害怕,越是在心慌意乱和紧张之中好几次踩到何大明的脚上。

这样地跳舞对于叶慧实在不是一种享受,简直比受刑还要痛苦难熬。同样,何大明也好不到哪里去,他始终绷着脸一声不吭,被叶慧踩了无数次后,何大明终于无声地放开了叶慧。叶慧像得到了特赦令一样,逃也似的快速回到座位上,忐忑不安地坐在那里,不敢抬头去看他们,更不敢去看何大明。

"叶小姐,请你出来一下。"还没等叶慧从紧张状态中缓过神来,何大明又开始向她发出了新的邀请。叶慧无助地,面露为难之色地看着周鹤、李鸿二人,希望能得到他们的援助。

"去吧,叶慧,何董又不是老虎能吃了你,不会有事的,放心去吧。"李鸿带着他一贯幽默的口吻说。叶慧无可奈何地站起来,随何大明一起往外走,走出灯光昏暗压抑的舞厅,来到五彩灯光闪烁明亮的室外。叶慧感觉自己那颗抑郁的心,一下子明亮舒畅起来,她忍不住深呼了一口气。叶慧跟着何大明一路无语地来到临湖边的一个石椅上坐下。他们刚一落座,屁股还没坐稳,何大明就迫不及待地,开门见山地向叶慧问道:"叶小姐,请问你有男朋友吗?"

叶慧没有任何心理准备,也料想不到何大明会向她提出这样的问题,她一时愣怔住不知如何作答。就连这整个一晚上的所有安排,叶慧也始终是云里雾里的,不知道这究竟是为了什么?直到她被解雇的那一天,叶慧才终于明白这一晚所有的安排的特殊意义,但叶慧从来就没有为这一晚而后悔过。叶慧不能肯定自己目前这种状态算是有男朋友,还是没有,模棱两可的事情还是不说为好,她便毫无心机地据实回答:"没有。"

"既然你没有男朋友,我也没有结婚,那我们交个朋友吧?"何大明双眼盯着叶慧说。

"不行!"叶慧本能地,毫不犹豫地一口回绝了何大明。

"为什么?"何大明紧追不舍地问道。

"不行就不行,没有什么为什么。"叶慧直率而坦然地说。

"那好吧,我们走吧。"何大明说着径自地向前走去,叶慧默默地走在他的身后。

那一晚,接下来的事,叶慧也记不大清了,大脑一直处于空白迷糊状态,他们还说了些什么她都不记得了,只记得他们一行很快就离开了"荷花岛"。叶慧当晚是骑车,还是打车回家的,她也完全记不清楚了。总之,那一晚的经历让叶慧像做了一场梦一样,当然,叶慧也并不太在意,很快就丢到了脑后。但叶慧想不到这一晚已经决定了她的去留。

也是在得知叶慧被解雇时,公关部的唐总不知从哪里嗅到了一些细枝末节,大家才隐隐地知道了一点这事。杨小姐当时就急得嚷起来:"你真傻,你当时怎么不答应他?"

"这种事能随便答应吗?"

"你不会先答应下来,然后再跟他慢慢周旋。"

"我可没那个本事,也做不到。"

"唉——"杨小姐无奈地长叹一声,说,"你怎么就教不会。"

原来,杨小姐有一表妹在深圳一家大公司做文秘,被她的顶头上司大老板看中,一番追逐博弈后,杨小姐的表妹终于答应了大老板,但她要求大老板必须先为她买房买车,她才同意和他交往。杨小姐曾多次对叶慧宣讲此事,可惜叶慧对此类事件从来都入不了心,嗤之以鼻,绝不可能效仿。

11

"荷花岛"这座具有美丽名称的娱乐岛,想不到竟然成了叶慧的悲叹之地。一个星期后,叶慧又一次来到了这里。

装潢公司也许因为有了能说会道、嘴甜眼媚的赵心甜,生意似乎也越来越红火,大家又一次吃了庆功宴后,似乎还觉得不够尽兴,一定要再去歌舞厅卡拉 OK 一下。这事便交给了公关部长唐总去安排,唐总最喜欢"米兰"的环境优雅安静,便前去接洽,可惜晚了一步,"米兰"已被一家单位全包了。唐总便没有了再娱乐的兴趣,决定改天再去,可大家都不同意,非要乘兴玩一场,唐总只得带领大家来到"荷花岛"。

叶慧本想告假不去,可大家都不同意,说没有特殊原因一个也不能少,想跑是跑不掉的,只有杨小姐因为有要喂奶的孩子,可以特例。去就去吧,叶慧想自己回去也是一个人闷在阁楼上,除了傻想、痴想、痛苦绝望地想,什么事也做不了,反而徒添烦恼伤悲。叶慧现在看书总分神,脑子里一个字也进不去,拿起笔来又一个字也写不出,满脑子千头万绪纠缠在一起成了一团糨糊。与其如此,倒不如索性就和大家一起疯狂地去玩一场,好好地放松一下自己,说不定明天一切也许都会好起来。

这段时间发生的事情太多,太乱,让她的心绪纷乱不堪,只要一个人静下来,思绪就会天马行空地飘荡、神游,无法控制,也无法专心,更构思不出小说。前天上午,黄希文突然到他们装潢公司来向大家宣布,他已从总公司撤资,现在是来跟大家告别的。大家对他既不是很陌生,也不是很熟悉,所以态度都是淡淡的,没有过多的热情,只是说些不咸不淡的告别语。只有叶慧当时像傻子一样呆呆地看着他,心中涌动着说不清的情愫,因为太突然了。此刻,叶慧才终于明白,前几天在总公司大堂里偶然相遇,黄希文为什么突然会递给她一个手机号码,原来他早就不声不响地在做离开的准备。记得后来一次,叶慧突然想起这个号码,就心血来潮地拨过去,结果不是占线就是不在服务区,打不通。这让叶慧很失望,觉得这个人不够真诚。再后来想想打不通也好,若打通了又能说什么呢?无须牵挂的人少一点联系甚好。

一行人酒足饭饱地来到"荷花岛",唐总天生就是个娱乐天才,一进舞厅浑身的每一个细胞都活跃兴奋扩张起来,他抓着歌单一、二、三……一口气为自己点了好几支歌曲。当轮到他唱时,他敞开嗓子放声高歌。宋总也不甘落后,带着赵心甜毫无顾忌地,不知疲倦地旋转在舞池里,一支曲子接着一支曲子尽情地跳下去,跳到黑暗处俩人竟情不自禁地吻在了一起。倒是马总老派得很,不唱也不跳,跟几个年轻人安安静静地坐在茶座旁,喝着饮料,品着绿茶。

曲子一支接着一支地播放着,马总似是想起什么似的,对叶慧、江夏和张壁他们三个人说,你们也去唱啊,去跳呀,不能像我们,我们年龄大落伍了,你们三个可正当年呀,怎么也干坐在这里,快去,快去。马总像是幼儿园园长驱赶围在他身边的小朋友一样,伸开双臂驱赶他们三个出去玩。王幸福也像刚想起来似的,连忙跟着附和说,是啊,是啊,你们不能比我们,我们就是来看看热闹,开开眼界的,你们还是趁年轻多玩玩。

他们三个你看看我,我看看你,各怀心事。最终还是江夏先站起来对叶慧说:"叶慧,我请你跳支舞吧。"

"我不会跳。"叶慧样子窘迫地说。后来叶慧从沐涛那里得知,那晚"米兰"舞厅被他们单位包了。叶慧还得知,那晚沐涛在"米兰"也是寂寞地独坐一旁,看着别人又是唱又是跳地疯狂,自己完全是个局外人。说到那天晚上俩人差点相遇在"米兰",忍不住会意地对望了一眼,真是好巧。

"那我请你唱歌吧。"江夏又提议道。

"好吧。"叶慧犹豫了一下,还是答应了。叶慧跟着江夏一起走上了歌台。

歌曲是江夏去点的,然后他们便一人拿着一个话筒,站在屏幕前等待。当大屏幕上打出《明明白白我的心》时,叶慧的心一下子完全明白了。当江夏唱完男声,接下去该叶慧唱女声时,叶慧的喉咙却哽住了,她尴尬地站在那里,想唱却发不出声,想走又不好走。正在两难之时,赵心甜猛然从身后冲过来,不由分说地抢过她手中的话筒,陪着江夏一起唱了下去。叶慧看上去似被解了围,而她的内心却充满了歉疚和不安。她也知道江夏那一刻该有多尴尬和失落,江夏一定对她产生了很深的误解。

叶慧尴尬地退回到座位上,心中说不出是啥滋味,为什么喉咙会突然在这个节骨眼儿上哽住唱不出?这也许都是天意吧。然而,当张壁邀请叶慧和他一起唱《东方之珠》时,叶慧的嗓子竟然完好如初,但叶慧没有任何心情和兴趣继续唱下去,她顺手把话筒交给了凑过来的赵心甜。叶慧知道自己唱得越好对江夏的伤害越深,江夏对她的误解也越深。尽管叶慧本意并不想和江夏恋爱,但她也不想去伤害江夏,却偏偏在不经意间伤害了他。整个晚上江夏只唱完这首歌后,就再没有任何活动,一个人安静地坐在黑暗的角落里,叶慧亦是。但叶慧不能走过去向他解释,因为这是一件让叶慧无法解释清楚的事,她只能沉默,也只有沉默是最好的解释。

自从那晚后,江夏和叶慧之间似乎有了一段看不见的距离,他们俩很少说话。江夏整天沉默无声地埋头在设计部里,对着一张一张的图纸不停地画过来,画过去,画了一张又一张,好像永远也画不完似的。江夏每天一直不停歇地埋头画画,直到叶慧离开装潢公司那一刻,他才走到她面前说一声:"多珍重!"那一刻,叶慧的鼻子酸楚,咽喉发堵,她强忍住眼泪不让它流下来,默默地重重地点点头。

现在办公室里从未有过地异样安静,每个人都很安分地坐在自己的座位上,这种反常的现象,自从那晚后就一直持续到今天。杨小姐因为没有实质性的工作可做,每天上午就那么多的杂事，做完就无所事事了。办公室每天都这样"正常"地工作，反倒使她感到无所适从，无聊寂寞，也很不习惯。她百无聊赖地前后看看，大声地说："咳，现在一个个怎么都变得勤奋用功起来？"

大家只是抬起头冲杨小姐淡淡地笑笑，没有做出任何具体的回应，杨小姐很失望："咳，走了，太沉闷了，还不如看看股票去，至少还有激动人心的时刻。"杨小姐走了，依然没人对她的话做出任何回应，办公室里现在只剩下三个人，各自都坐在自己的位子上，默默无声地埋头做着自己的事情。

12

赵心甜仗着自己和宋总有着不一般的关系，经常拿出一大堆的车票来报销，只要宋总签字批准，她赵心甜就可以理直气壮地从叶慧的手里领钱。昨天赵心甜才报销了两百多元车票，这天下午她又拿来一百多元的车票要报销。

叶慧翻看着那一沓半新不旧，折痕累累的车票，皱着眉头不悦地说："你昨天不是刚刚才报销了车票，今天怎么又有这么多？"

"昨天是昨天的，今天是今天的，我哪天不在外面跑，生意难道自己会主动送上门来？"赵心甜口气傲慢，一副理直气壮的样子说。

"你就是天天在外面马不停蹄地跑，也不至于一天就有一百多元车票吧？"叶慧还是一脸质疑，毫不退让地说。

"你甭管多少车票，这可都是经过宋总审批过的。"

"宋总审批过的也不行,你只能报你应报的车票。"

"什么叫应报的车票?这些都是应报的车票。"

"那我也不能给你报。"

"那我找宋总去。"赵心甜气呼呼地抓起车票,转身向后面的总经理室走去。

杨小姐一直在叶慧的身边,见赵心甜离开,她急忙小声地劝说叶慧:"叶慧,把钱给她,又不是你的钱,何必得罪她。"

站在一旁的张壁也这样劝说叶慧:"叶慧,你不要太较真了,把钱给她。"叶慧抬头看着他们,他们却冲她默默地点头示意。叶慧又转头去看江夏,江夏却一声不吭,默默地注视着她,叶慧感觉自己一下子成了孤立无援的人。

不一会儿,宋总从总经理室走过来,叶慧便先发制人地抢先说道:"宋总,这个钱我真的不能给她。"

"小叶,我知道你是总公司派过来的,比我们有底气,可我拿的不是你家的钱,你有什么舍不得的?"跟在宋总身后的赵心甜气哼哼地说。

"小叶,你把钱给小赵,总公司那里由我去解释,不会为难你。"宋总面露不悦之色地说道。

叶慧是周鹤亲自派过来把关财务的,如果自己今天把钱给她,那不是失职了吗?既然已经得罪了人,干脆就得罪到底,哪怕是得罪了全世界的人。叶慧打定了主意,任谁说她今天也不会把钱给赵心甜!

叶慧满以为自己是在履行职责,既正确,也无可挑剔,但事实和结果令她非常伤心和失望。但叶慧决不后悔,她觉得自己没有做错,没有违背自己的良心和职责,做了自己该做的,就算因此而被解雇,她也毫无怨言。

一个秋雨绵绵的下午,宋总突然一反常态,一脸笑嘻嘻地对叶慧说,总公司刚刚来电话通知,让叶慧把办公室所有的钥匙交给他后,去一趟总公司。

叶慧闻听此言,一句话也没说,也没问,丢下钥匙就去了总公司。山雨欲来风满楼,叶慧的心里已大概预感到了一些事。但等叶慧真正到了总公司,还是超出了她的预想,老总们的办公室里早已是人去楼空,一点声息也没有,好像谁都跟此事无关,谁也没有给叶慧一个明确有力的理由,对她做出合理的解释。他们都在躲避她,并无声地在告诉她,这是一个不能更改的事实,无法逆转的结果。

叶慧的嘴角溢出一些淡淡的不易察觉的嘲笑,接着她又深深地叹息一声,转身低头轻轻地走向楼梯。这段铺着红地毯,她曾经无数遍欣喜地走过的楼梯,红地毯还是那么鲜艳刺目,而她的心已然黯然神伤。叶慧默默地来到楼下,来到这间她曾经工作过的办公室,这里曾有过她的欢乐,有过她的忧愁,有过她的笑声,也有过她的无奈。这里的一切依然如故,依然还是那样熟悉,但已经不再亲切,不再友好,都将和她不再有任何关联。她将不再属于这里,这里也将不再需要她,这里的一切都将永远从她的生活中消失,就像她将永远离开这里。

此时,所有的人都从格子间里抬起头来默默地看向叶慧,也许是从来就没有这样被这么多的目光同时瞩目过,叶慧感到非常不自在,她的脸竟不知不觉唰地一下红了。叶慧心里知道自己并没有做错什么,因此她不断地告诫鼓励自己,没有必要感到羞愧和胆怯,她可以理直气壮地高昂起头。面对熟悉的面孔,陌生的面孔,曾经不友好的面孔,叶慧一律都回以温婉的微笑。不知是谁带头先鼓起掌,接着两个、三个……一时掌声响成一片,叶慧的泪水一下子冲出眼眶,她深深地给大家鞠了一躬:"谢谢!谢谢大家!"

叶慧在泪光和掌声中寻找梁丽,梁丽现在坐在最后面,她高高地向叶慧扬起手臂,叶慧便径直大步地向梁丽走过去。梁丽起身拥抱了一下叶慧,便从抽屉里拿出一个信封交给她说:"这是两个月的工资。你现在上去找谁都没有用,你怎么那么傻,得罪赵心甜那种小人不值得。赵心甜和宋总昨晚在何大明那里,狠狠地告了你一状,说你根本就不会做账,把账做得一塌糊涂,何大明大发雷霆。周鹤和李鸿现在也无能为力,只能交代我多发给你两个月的工资。你也别难过了,以后到了新的工作单位,记得打电话给我,我一定去看你。"

叶慧勉强笑着接过信封,其实她上楼去并不是要找哪个老总说情,她决不会赖在这个地方不走。叶慧只想要听到他们能够亲口告诉她,让她明明白白地,清清楚楚地,清清白白地离开这个地方,但是他们不敢面对她,一个个都像老鼠怕见猫一样,躲得无影无踪的。叶慧对梁丽点点头,说:"我走了。"

"走好吧,记得一定给我电话。"

"好。"叶慧一边答应,一边已转身,头也不回地向门外走去。叶慧一分钟也不想多停留,她已经不是这里的员工,再待在这里让人感觉有点死乞白赖,恋恋不舍,让人看不起。叶慧要坚强坦然地走出这间曾让她引以为傲的办公室,离开它,她一样能很好地工作,很好地生活。

叶慧被总公司解雇的消息像长了翅膀一样,很快装潢公司人人都知道了,有人高兴,有人不舍,也有人不平。马总一直都是装潢公司最能说真话的人,此时他愤愤不平地说:"这些个资本家最无情无义,你天天为他打工卖命,他不问青红皂白,不定什么时候就能解雇你,想不要你都没得商量。"

那一天办公室的气氛从未有过地凝重,大家都默默无声地看着叶慧,看着她默默无声地一件件收拾着自己的东西。时间在静默中一分一秒地飞逝着,终于还是到了该告别的时候。

杨小姐闪着泪光说:"多联系。"

江夏走过来声音低沉地说:"多珍重。"

王幸福不管什么时候都是最乐观的,他满脸笑容地说:"有空常来看看我们。"

赵心甜也满面笑容地走过来,一副依依不舍的样子说:"真舍不得你走,以后常来这里玩。"

叶慧对着他们一一点头,含笑答应,眼中噙泪,拎着包向门口走去。

一直默默地站在门口的张壁,这时拦住叶慧说:"我送送你吧。"

"不用了,我自己可以走。"

"我还是送送你吧,我有话要对你说。"张壁坚持跟在叶慧的身后。

"不管什么话,还是别说了。"叶慧打开自行车的钥匙,推出车骑了上去。

"那我也要送你回去。"张壁急忙骑车跟上去。

"真的不用送,我什么事也没有,可以自己回家。"叶慧继续阻止张壁,可张壁偏要跟着她一起走,真是没办法。走了一段路,叶慧又劝张壁回去,可他仍坚持跟着她一起走,并说要把她送到家才放心。

"我又不会走丢,你有什么不放心的。"

"你别劝我了,我认定的事,就一定会做到底。"

看来再说也是多余的,叶慧便什么也不说,任由张壁一路跟着。一路上,天空中都在不停地飘洒着薄雾般的江南烟雨,像剪不断理还乱的愁绪,打湿了头发,打湿了脸,也打湿了叶慧的心。

张壁一路不离不弃地跟着叶慧,跟着她一起走进她的家。直到最后他离开叶慧的家,他也一直没有说出他一定要对叶慧说的话。

十一

1

叶秀为了能兼顾到家和徐宝,决定不出去打零工了。叶秀在家属区内,在大家每天必经的路口摆上缝纫机,缝纫机前面挂一纸牌,上写:来料加工,男女服装,代修代补,收费合理。但是一连过去了一个多礼拜,也没人来做衣服,甚至连来问一问的都没有。是不相信她的手艺,还是大家都不缺衣服?不需要修补?叶秀不知问题出在哪里,但是既然摊子已经摆出来,牌子也挂出来了,她也不能马上就摘牌收摊啊?她只能继续坚持下去,不能让丈夫和婆婆看笑话——他们俩当时可是坚决不同意她在家属区摆摊做衣服的。没有生意就没有收入,这下婆婆不仅脸色难看,说话的口气也很难听:"一开始我就不同意你在门口摆摊,你不相信,现在怎么样,接到几笔生意了?人要有自知之明,就你那乡下二百五的手艺,谁敢把衣服交给你做?谁交给你,谁就是二百五。"

没有接到生意叶秀当然底气不足,不管婆婆说什么她都无力抗争,只能不吭声,只能默默坚守。这样过了二十多天还是没人来做衣服,也没人来问一声。这时,就是婆婆什么难听话也不说,什么难看脸色也不给,叶秀也再难有勇气坚持下去了。因为没有收入她自己心里也发慌,也不踏实,毕竟每天张嘴要吃要喝。徐宝晚上放学回来,趴在叶秀耳边悄悄对她说:"妈妈,你别在门口摆摊了,不会有人找你做衣服的,奶奶都跟人家说不要找你做衣服了,奶奶还说你在家门口丢人现眼,你还是去外面找工作吧。"

"别听你奶奶瞎说,妈妈不偷不抢,靠手艺吃饭有什么丢人现眼的。"叶秀怎么也没想到婆婆会这样做,气得眼泪差点掉下来。她想找婆婆吵,可是她知道最后她是吵不赢的,就算婆婆吵不过她,丈夫也会帮婆婆,丈夫永远都站在婆婆那一边。丈夫和婆婆都不支持她自己做事,总是让她出去找工作,总是认为出去工作才是正经事,自己干事就是不务正业。不支持也就罢了,婆婆还在背后捅刀子,她就是在这里摆上十年摊子,恐怕也不会有人来做衣服的。叶秀越想心里越委屈越难受,一肚子委屈无处诉,一肚子气无处撒。

这几年她已经频繁地换了好几个工作,在食品厂当包装工,在冰棒厂洗汽水瓶,在印刷厂做印刷工……她到底换了多少个工作,连她自己都记不清了,反正没有一个工作是做长的,不是人家辞她,就是她辞人家,频繁地换工作让她身心俱疲,也心力交瘁。叶秀很想在家里好好休整一下,给自己一个喘息的时间,再做规划,但是婆婆和丈夫都不许她歇息,不停地赶着她马不停蹄地找工作,找工作,找工作。好像她一不工作歇下来,他们家马上就揭不开锅了,就等着她拿钱回家过日子。

现在,叶秀天天守着不开张的裁缝摊子肯定不是长久之计,她只能无奈地收起摊子。很快,叶秀就去了一家私人服装厂上班,离家远不说,每天都是早出晚归,一个月才两天休息日。如果遇到工期紧,要货急,熬夜加班是常有的事情,根本就照顾不到家,更照顾不到徐宝,徐宝也就完全交给了他奶奶。

但是,徐宝小学刚毕业那年暑假,他奶奶就不幸去世了。

那天,徐宝奶奶像平常一样起得很早,去公园晨练。虽然是夏天,五点钟左右的大街上还是行人稀少的,徐宝奶奶左右张看了一番,确定没有车辆后,她才开始过马路的。但是她刚走到路中央,不知从哪里突然冒失地冲出来一辆黄色出租车,直冲徐宝奶奶而去,将她撞飞出了十多米远。出租车见路上没有行人,就加快速度逃离了现场。

徐宝奶奶被撞昏在花坛边,头上被撞出了一个大血口子,血一直在流淌,但是始终没有人发现她。或许有人发现了,但是多一事不如少一事。等到真正有良心的人发现她时,她已经奄奄一息了,再等到120赶来将她送进医院,她就咽气了。没有找到肇事者就没有经济赔偿,徐宝奶奶就这样不明不白地冤死了。徐宝奶奶死了,就少了一份她的退休金补助,家里的经济就不再像从前那么宽裕了,叶秀也就更不可能停下工作回家照顾徐宝了。徐树林除了整天忙于工作,他连自己都照顾不好,哪还有能力照顾徐宝?他能每天抽空给徐宝做一两餐饭已经很不容易了,多半时候他都是从单位食堂带点饭菜回来,将就着打发掉这一餐。至于徐宝的学习,徐树林更是一点忙也帮不上,他自己学的那点课本知识,一出校门就大方无私地全奉还给了老师。所以徐宝只能靠自己去努力了,如果他自己再不努力,那就没救了。

一个刚刚从小学升上初中的少年,刚开始可能还没完全脱去小学时的稚气和认真,天真和胆怯,也许还能出于本能管住自己,努力去学习。但是随着年龄的增长,年级的升高,青春期到来心理的不断加速变化,以及外界不断的诱惑,他的心绪已经像一匹野马一样,已经没有能力管控住自己。再加上那些年他奶奶对他的溺爱娇惯,任性放纵,使他正一步步地走向行为失控。对于学习,徐宝只要能应付过去,不被老师传唤和找家长,他就不会有更高的追求和上进,而是得过且过,自我放纵。何况他上的还是全市普通中学,校风和纪律以及升学率都是很一般,但没办法,这是根据户口所在区域划片的学校,不上也得上,不上就没得学上。

2

　　堂哥叶超是大伯和大妈的第二个儿子,他的上面还有一个哥哥叶强,早已成家立业。叶强天生性格软弱,为人老好,安分守己,遇事退缩,就连老婆都常常不拿他当回事,经常对他指手画脚,吆来喝去的。叶超却正相反,他天生就是一副顶天立地,事事冲上前,争强好胜,精明能干的样子。高中毕业后就当兵去了外地,转业回来后就直接去了市直机关。但是他天生又是个不甘寂寞、不愿墨守成规之人,总是跃跃欲试想要干一番事业,成天坐在办公室里喝茶看报,根本不是他的理想。叶超又是个较真且追求完美之人,对女朋友稍不满意就分手。所以他三十大几的人至今还是孤家寡人一个,没少让大伯大妈操心。

　　叶超从市直机关辞职下海后,开始做起了木材装潢生意。

他通过战友关系,进来一批批价廉质优的木材,让他狠赚了一把。后来一次在帮战友布置婚房时,发现一套时尚新颖的家具,购买比自打还要经济实惠,一下子又触动了他的经商天赋,他果断地关了木材装潢店,开起了家具店。那时,全城男女青年不知被哪一股风吹到,结婚都一律流行起购买家具。一时之间,家具火热到供不应求,这又让叶超狠赚了一把。后来因为别人眼红他的门面,常常会找一些不三不四的社会青年,前来寻衅骚扰,弄得他无法做生意,不得不关门转让。一直生意都做得很顺风顺水的叶超,因为此事很失落,认为自己无能,连这点小事都摆平不了,因此,直接影响了他再开店经商的兴趣。

叶超天生就对新生事物敏感,当第一家证券公司登陆徽城,开门正式营业时,对证券股票丝毫不懂的他,毫不犹豫地开立户头,投资股票。其实证券公司刚落户徽城,不懂的人很多,大家都是熟人带熟人,一个跟着一个走进证券公司。但是谁也不知道,这一走进,是有的欢喜,有的忧,有的赚钱,有的亏。谁也不知道哪只股赚钱,哪只股亏钱,都是稀里糊涂地投入,盲目地买卖,赚钱的和亏钱的都是一脸的茫然和不解,完全跟着别人跑。

叶超小试身手就小赚了一笔,刚开始的胆怯和犹豫荡然无存,赚钱的喜悦和欲望让他信心大增,胆量也大增。他开始加大了投资力度,从买一千股到买一万股,再从买一万股到买两万股。一个人好运气来的时候,似乎不管做什么买卖都能顺手赚钱,叶超也是。不管他买哪只股,前面买后面涨,就好像有人在暗中助他一样,一路飙升红字当头,他又狠赚了一笔。

叶超忽然有种脑洞大开的感觉,原来还可以这样赚钱,这么容易,这么快捷,这么不用费力！而且还不用租门面,不用交水电费,不用到处奔波采买,不用和任何人讨价还价,我想买就买,想卖就卖,自由自在,轻轻松松就赚来了大把的钱财,叶超简直要乐疯了。这么好的赚钱门路,大伯和大妈也整天乐得合不拢嘴,见到亲戚朋友就直夸叶超有本事,有能耐,会赚钱。这种宣传的直接效果,就是七大姑八大妈,小舅子大姨子,大家都争着纷纷把钱交到叶超的手中,好让他也去给自己赚一把大钱。

  这让叶超再次走进证券部,忽然就有一种使命感和神圣感,感觉自己非常了不起,那种久违的自信重又回到他的身上。他将大显身手,不辱使命,为所有亲友赚来大笔的财富。到那时,他就是他们的财星、福星。手上握着大把的钱财,叶超的胆子似乎比之前壮了许多,也牛了许多。他再不是小心翼翼地一万两万地买,那样赚钱速度太慢,而是将所有的钱像押宝一样,都一次性地投入一只股票中。然后,叶超就像之前一样心安理得地坐在那里,静静地等待它像滚雪球一样,不断地往上翻滚,逐渐膨大。

  第一天安慰般地小涨了一些,因为股数多盈利也很可观,但是叶超并不打算卖,他想等待更大的利润,那时他就是大家的功臣。第二天一开盘,果然就直冲高点,眼看着就要临近涨停,账面上的数额也是在不断刷新,翻升。叶超的那颗心像被一根绳子提着,也跟着提升上来。但是那只股票后来却没有顺势而上,而是一直横盘在那里,中午收盘时还回落了一点。叶超根据经验判定,这只股下午一定会继续上涨,直至涨停,那时他再出手,那就是很大一笔,他不敢想象的可观收入,可能是很多人一辈子都不敢想的。

行情这么好,很多股民都舍不得离开,害怕路上来来回回耽搁了时间,所以就在附近摊点上将就着填饱肚子。叶超也一样舍不得离开,不想骑车回家吃午饭,就在附近小摊子上简单吃了一碗蛋炒饭,又回到证券公司。他坐在椅子上研究着这只股票的资料,一边想象着下午开盘后的大涨。周边已经来了很多股民,大家都在情绪激昂地大声谈论着某只股票下午是涨还是跌。叶超从不参与别人的讨论,他只自己研究选股,看准就下手,像一个独行侠。

但是,下午一开盘,大盘就一路跌跌撞撞地下滑。半个小时后,行情不但没好转,不一会儿,像台风过境一样,近千股丢盔卸甲地死死躺在跌停板上,直到下午收市都还牢牢地趴在那里,没有一点反弹的迹象。之前所赚的那点利润还不够今天的损耗,上半天的笑容在脸上还没有散尽,此刻都像木雕般尴尬地凝固在脸上,难以平复。叶超和所有股民一样一个个被跌得晕头转向,灰头土脸地走出证券部,期待明天能反弹。

然而,第二天更糟糕,一开盘就是跌停,一条直线贯穿到尾市。叶超感觉自己的心脏好像也没有了起伏,冷汗像下雨一样顺着面颊和后背急速地流淌,他不停地用手心手背在脸上抹汗,汗湿的衬衫紧紧地贴在他的背上,让他动弹不得。接下去的交易日虽然不再跌停,但依然是绿字当头,阴跌不止,像阴冷的秋雨一样绵绵没有尽头。

几天时间,所有的财富像水汽一样,不声不响地被无情蒸发。叶超坐不住了,他茶不思,饭不香,整天闭门在房间里,一支接一支地抽着香烟。大妈每次去敲门喊他吃饭,门一打开,她就被那浓重的烟雾驱赶出门,呛得涕泪横流。曾经赶着他买股票的亲友们得知消息后,像蜜蜂一样嗡嗡地一拨又一拨上门追债来。叶超终于支持不住,一病不起倒下了。他发着高烧,说着胡话,昏昏沉沉地被送进医院,一检查已是肺癌晚期。明知道已是回天无力,但是家人还是不死心地带着他南京、上海,各大医院辗转奔波,求医问药。可是叶超最终还是无力回天,撒手而去了。

叶超离世时,正是叶慧和沐涛的恋情陷入困顿之时。

十二

1

叶慧离开南海地产公司不久,沐涛很快就知道了,他通过梁丽打听到叶慧去了东方大酒店。说起东方大酒店,完全也是机缘巧合。当初东方大酒店刚刚落成需要装潢,酒店阮经理找到了装潢公司,要求为他的酒店进行装潢设计。

那也是装潢公司刚成立不久时,公司里只有三位部门经理和叶慧,所以阮经理每次来都是叶慧接待他,并为他泡茶续水。一来二去双方互相都熟悉了,阮经理便邀请叶慧去他的酒店做出纳,叶慧当然不能答应。一是她在这里工作得好好的,没必要动,而且叶慧也不喜欢动;二是周鹤委以她如此重任,她怎么能不负责任地半途而去,对不起周鹤。可阮经理并不知道这些,他经常隔三岔五地打电话给叶慧,或者以看图纸为名来找叶慧,但叶慧始终不肯松口。

其实,叶慧清楚地知道,阮经理一直极力邀请她去,当然还有另一层不言而喻的意思。经过这么多年,经历了这么多事,叶慧早已一眼就看透和明了。一个男人千方百计地接近你,一定有他自己真正的目的和意图。正所谓世上没有无缘无故的爱,也没有无缘无故的恨。现如今走到这一步,叶慧想,总不能一朝被蛇咬,十年怕井绳,故步自封,再也不敢迈步向前,她就算把自己整日禁闭在家里,也难保从此就平安无事,万事无忧。

今天的叶慧,早已经不是当年的那个叶慧,她已经开始成熟,知道该怎样保护自己,也知道人自重,别人自会尊重你。就算他对你有不良的念头和企图,只要你不给他滋生疯长的机会,念头和企图自然就会自行泯灭。

叶慧之所以去东方大酒店,还有另外一个重要的原因,那就是为了文友兼好友石雨萍。叶慧和石雨萍曾在微雨园"文学和新闻学"学习班,同桌学习了四十多天。全班四五十人,只有她俩心性相近,意趣相投,当结业时俩人已建立了很深厚的友谊。但是结业分手后,俩人差不多有一年多的时间毫无联系。再次相遇也是一个偶然,那时叶慧还在叶超的家具店里。那是冬日的一个午后,叶慧一个人坐在家具店外面的沙发上晒太阳,不经意中,发现从自己身边走过去的,那个挺着大肚子的女人很像石雨萍。但当时叶慧没有看清楚她的面貌,所以不敢贸然去相认,但叶慧自此开始留心了。果然,石雨萍又一次经过家具店门口时,正好和叶慧迎面相遇,这次俩人同时认出了对方,并惊喜地喊了出来,叶慧这才得知石雨萍的家就住在附近。

此后,叶慧和石雨萍便开始了时断时续的来往,但她们的友谊真正飞跃大发展,是在叶慧离开华美商场后,最痛苦最绝望最无奈的时期。那时石雨萍经常带着三四岁的儿子来看她,叶慧并没有告诉石雨萍自己的事情,但她那一脸忧郁、孤独、悲伤、绝望的神情,已清清楚楚地告诉别人,她遭受了怎样的伤痛打击和内心折磨,更不可能瞒过石雨萍的眼睛。

石雨萍始终什么也不多说,什么也不多问,她除了经常来看叶慧,还邀请叶慧去她的单位玩。石雨萍的单位里也有几位文学爱好者,她们一起谈诗论文常常忘了下班的时间,那是叶慧最快乐幸福的事情。石雨萍的单位里也有厂报,她便鼓励叶慧投稿,但当时的叶慧哪有什么心情去写文投稿。

一次叶慧去石雨萍单位找她未遇,便独自来到附近的江边码头,站在江水湍急而去的岸边,面对天边的夕阳余晖、落日晚霞和江面上不断上下翻飞的江鸥,以及远处点点如画的白帆,叶慧的思潮汹涌澎湃,灵感突然而至,当时就在脑海里构思了一篇散文《夕阳西下》,不久便发表在石雨萍单位的厂报上。

当然,此《夕阳西下》和上文中的《夕阳西下》同名不同文,这篇散文叶慧当时既没留底稿,也没拿到样报,只得到三元稿费。虽然只是一篇短小的散文,但是,在那时,那种情境下,极大地鼓舞了叶慧,激励了叶慧,给了她信心,给了她力量,给了她坚持活下去的勇气。

而今石雨萍在单位买断,丈夫又下岗在家,双双失业,家庭一下子就失去了经济来源。儿子已经上小学了,后面接着还有初中、高中、大学,不知后面还需要多少钱来培养。钱,钱,钱,到哪里去寻找钱?石雨萍一筹莫展,不知所措。不过,好在她有一副得天独厚的好嗓子。石雨萍便找到叶慧,让她帮她介绍到娱乐城,或大酒店去唱歌。

叶慧哪里认识什么娱乐城的老板,但现在朋友有难,需要帮助,叶慧当然不能袖手旁观。叶慧也就认识东方大酒店的阮经理。当叶慧在电话中和阮经理说起这事时,阮经理让她先把人带给他看看再定。当晚叶慧就和石雨萍如约而至,见了面互相介绍过后,阮经理当场并没有立即表态,只说过两天再答复叶慧。两天后,叶慧再次打电话给阮经理时,阮经理约她晚上见面再说。本来就一句话的事情,阮经理在电话里偏不说,偏要约她晚上见面再说。叶慧知道阮经理这是醉翁之意不在酒,但为了朋友,叶慧现在只能赴约。

晚上叶慧如约在指定的地点和阮经理见面,"阮经理,你考虑好了吗?"叶慧一见面就急不可待地问。阮经理却并不着急回答叶慧,他不慌不忙地把叶慧领到梧桐路口的一个大排档牛肉面摊上,要了两大碗的红油牛肉面。叶慧告诉阮经理自己已经吃过晚饭,但阮经理一定要她陪他再吃,没办法,叶慧只好陪着。陪他勉强吃下小半碗后,叶慧才又问道:"阮经理,现在可以告诉我了吧?"

阮经理还是一副慢条斯理的样子,不急不躁地说:"不急不急,还早还早,我们再去看一场电影。"

"那太晚了。"

"我送你回家。"

叶慧还能说什么?为了朋友,她此时只能咬咬牙先答应,若是拒绝,岂不是前功尽弃,只能到时候见机行事了。阮经理是打车过来的,叶慧是骑车过来的,现在俩人只得同骑一车去电影院。叶慧坐在后面,看上去像一对恋人一样幸福快乐地去看电影。到了电影院购票进去,影片已经开始了,竟是早前被报纸炒得沸沸扬扬的美国大片《泰坦尼克号》。整场电影看完,叶慧满身都是冷汗,手心都是湿漉漉的。这期间,叶慧的心一边被起伏的剧情上下牵动着,一边还被阮经理似是有意,似是无意地碰触一下她的胳膊或手背,她既要保持高度警惕,又要装作不知或不在意地忍耐着。

出了电影院,还不等叶慧先问,阮经理自己倒先说了:"其实,我是开酒店的,并不是娱乐城,要不要唱歌的也无所谓,再说她人长得实在不尽如人意(终于说出真相了)。不过,如果你肯来,我就让她先试唱一下,看看效果如何,如果客人喜欢她的歌,那就让她长期唱下去。"

叶慧一听,急忙说道:"她歌唱得绝对没的说,还参加过市里歌咏比赛,并拿过大奖。"

"我没说她歌唱得不好,我是说她人长得不尽如人意,她如果能像你这样,我肯定没得说。我已经说过,只要你肯来,我一定收下她。"阮经理再次语气加重地强调了后面一句话。

叶慧还能再说什么,只有很无奈地说:"那我先考虑考虑吧。"

这世上的事总是让人无法说得清,叶慧还没来得及考虑,自己也即将面临失业的尴尬,现在还有什么好考虑的,既帮自己,也帮朋友,岂不是一举两得的好事。

2

东方大酒店当时正在装潢中,因为装潢进程非常缓慢,就连阮经理自己都不能确定具体的开业日期,所以他要叶慧经常过来看一下。其实经常到酒店去看看装潢进程的,并不是叶慧一人,还有投资单位派过来的二十多名服务员,叶慧和她们一样三天两头地跑酒店,整整跑了一个月。一个月后,那些服务员心安理得地从叶慧手里领到工资,因为她们和阮经理先前是有工资合同的。当阮经理在签阅工资表时,发现没有叶慧的,忍不住诧异地问:"你自己怎么不领工资?"

叶慧倒像是自己做错了事,不好意思地笑说:"那一个月什么事也没做,只不过过来看看而已。"是啊,过来看看就领到工资,确实有点不好意思。

阮经理没再多说什么,但在心中,他已不把叶慧等同于一般人看待了。要说一开始,他只是单纯地被叶慧美丽的外貌所迷住,而此刻,他更多的是对叶慧人品的敬重和信任。叶慧也因了阮经理的这份敬重和信任,自此她在酒店里工作更加顺畅自如,事事得心应手,这也可以说是叶慧职业生涯中工作得最顺畅、最舒心的时期。

东方大酒店位于闹市区的一个十字路口,得天独厚的优越地理位置,日日招揽着四方来客,八方宾朋。门前不仅有几座漂亮的圆形大花台,还有一个宽敞的大停车场,这是目前市内其他大酒店所不具备的天然优越条件。再加上阮经理原来就是开小酒店起家的,有很充沛的客源,所以当大酒店一开业,楼上楼下,包厢大厅,天天爆满,餐餐无空席,不管是中午还是晚上,翻台是常有的事。老客户也好,新客户也罢,他们都不约而同地宁愿等候,也不愿去别处,喜得阮经理整天眉开眼笑,心花怒放,这样宾客如潮的景象,叶慧觉得石雨萍也功不可没。

阮经理也没食言,酒店一开业,他就让叶慧通知石雨萍过来。现在石雨萍每天晚上都在楼上的大厅里一展歌喉,倾情献唱。石雨萍的嗓音高亢嘹亮,圆润甜美,尤其是那首《我爱你,塞北的雪》成了每晚的保留节目,更是赢得客人一阵阵热烈的掌声和一束束鲜花。掌声再多也不用花钱,鲜花可是要用真金白银购买的,客人从收银台上买来鲜花送给石雨萍,石雨萍再将鲜花退还给收银台,可以拿到一半的花钱。所谓的鲜花,也就是几束人工制作的绢花,一晚上在客人和石雨萍的手上来来去去,如此往返无数次,酒店和石雨萍都成了赢家。石雨萍高兴,阮经理更高兴。

"现在天天看石雨萍,觉得也不是很难看啊。她的歌唱得确实好,连我这个五音不全的人都能感受到。"一次阮经理乐呵呵地对叶慧说。叶慧只对阮经理笑笑,并没有多说什么,有阮经理这句话叶慧心里也很高兴,也更加踏实放心了,因为石雨萍可以长期在这里唱下去了。

出入酒店的客人鱼龙混杂,常常会来一些莫名其妙的客人,不是说是这个公司的,就是说是那个公司的。这些所谓的公司后来才知都是一些"泡泡"公司,也就是皮包公司。他们一个个衣冠楚楚,油头粉面,派头十足,右手抓着翻盖手机,一到酒店就不停地大声打着电话,仿佛全世界都在和他们做生意。打电话就打电话吧,还要显摆地将戴着顶针似的大戒指的左手高抬至胸前,一会儿看一下手掌的正面,一会儿看一下手掌的反面,一会儿又翘起个兰花指,不断变换着手指的花样,双眼专注得像在欣赏什么稀世珍宝似的。当然,脖颈上也不忘挂上个黄灿灿的狗链一样粗大的麻花链,看上去真的是风光无限!他们的身后还时常跟着几个奇装异服、浓妆艳抹的女人,徽城人都习惯称她们"叮当子"。她们一个个还互相暗暗地吃着醋,较着劲,喝起酒来也是一个比一个海量,大有不把对方喝倒誓不罢休之势。抽起香烟来也是一个比一个有姿有态,有情有调。香烟在她们手上就像是一件饰品或道具,让她们看起来更加风情万种,性感十足。而不是像男人那样用来过瘾,或解愁,或者是用来耍派,毫无美感可言。

叶慧是做出纳的,通常不直接和客人打交道,但楼上楼下两个吧台上的收银员若休息时,她就得去代班,所以经常免不了也要和客人有所接触,遇到一些心术不正的客人也是常有的事。一天晚上,叶慧在楼上吧台代班,一桌客人吃完饭离去时,有个戴着一副黑框眼镜,样子斯斯文文的三十岁左右的男人,走向吧台来结账,没话找话地对叶慧说:"你是新来的吧?"

叶慧低头算账,头也不抬地简短答道:"不是。"

"那我经常来吃饭怎么从没见过你?"

一旁的服务员忙抢着代答道:"她是我们酒店的会计,今天是来代班的,平常是不上来的。"

"我说怎么这么眼生,赶快让阮经理把你调上来,要不然埋没了。"

叶慧没有搭理他,低着头数他付过来的钱,发现多了一张百元的钞票,叶慧便把钱退还给他,说:"你多给了一百元。"

客人满面红光的脸上像春光一样灿烂,他志得意满地望着叶慧,很大方地说:"不用退了,是我特意给你的小费。"

叶慧并不领情,冷冷地说:"谢谢,我不需要。"

一旁的服务员刚刚听到客人说要把一百元给叶慧做小费

时,早已经一个个瞪大了眼睛,如磁铁般被一一吸附过来,盯着那百元大钞,恨那百元大钞不是给自己的。因为从来就没有哪个客人大方地给过她们百元小费,因为她们辛辛苦苦地工作一个月,工资也不过就几百元。但还没等她们从惊愕中反应过来,猛然听到叶慧说不需要,她们更是惊得目瞪口呆,怀疑是自己的耳朵听错了。客人刚刚还是一副志在必得,胜券在握的样子,现在也是一脸的惊诧和不解:"不要?为什么不要?"

"为什么要要?"叶慧反问道。

客人反倒被问得哑口无言,不知所措,只好无奈地收起钱,默不作声地走了。和他一道的女人扭着腰肢走在他身后,忍不住没好气地说道:"自作多情,人家小姐根本就看不上。"

客人已经自觉很没面子了,再经女人这么一说,他更不开心了,冲女人怒道:"你少多嘴!"

客人走后,服务员们一个个围满吧台,七嘴八舌地说道:"你好傻哦,为什么不要?"

"你真厉害!"

……

这件事很快地就传到了阮经理的耳朵,他特意来向叶慧求证:"听说昨天有个客人要给你一百元小费,你没要?"叶慧冲阮经理微微一笑,并点点头表示确定。阮经理也点点头,微微一笑,什么话也没说。

此后,只要是叶慧代班,经常会遇到此类事情和此类人。最震动整个酒店上下的是几个月后发生的一件事,以至很长时间里都成为整个酒店最经典的话题。大家每次坐在一起闲说,就会不由自主地说到这上面。有时明明说的是与此不相干的事，却不知怎么七拉八扯就又说到了此事上，好像这事就发生在自己身上一样，不拿出来多炫耀几次就对不起自己似的。那是一个炎热的夏夜，离下班的时间大约还有半小时，基本上这个时候已经不会再上客，此时正在吃饭喝酒的客人们也基本进行到了尾声，不会再要什么菜品，准备结账离开了。所以后厨里的师傅和徒弟们以及服务员们也都会拥到楼下前厅大堂里来休息，吹空调，等待客人离去了好下班。

此时，从一包厢里走出一位到吧台前准备结账的客人。据熟悉他的服务员后来说，他是做黄沙生意的，口袋鼓胀得都要炸线了，经常来酒店吃饭。他身材非常魁梧，一手用牙签剔着牙缝中残留的食物，一手夹着根高档香烟，双手上中指和无名指皆戴着粗大的金戒指，脖子上也戴着根粗大的金项链，中间还坠着一个长方形的小金牌。他来到吧台前，叶慧把账单送到他面前，他只简单看了一眼后就结了账，但没有立即离开，而是满嘴喷着酒气地对叶慧说："这位小姐不常见，是新来的吧？"

"不是，她是我们酒店的会计，今天是在给别人代班。"当时阮经理也正站在一旁，他连忙微笑着上前给客人解释。

"噢——"客人似乎明白了，他丢掉牙签将手伸入裤兜，不慌不忙地掏出一沓百元钞票，缓慢优雅地往叶慧面前一放，说："拿去，买个手机。"

当时的手机还是个稀罕物，没有普及，能够拥有者也是寥寥无几。听到这句话，看到这沓钱的客人和服务员们以及后厨的师傅和徒弟们，就像听到集结号一样，一起哗地不约而同全围了上来。大家凝神静气地观看着这一幕,简直是百年不遇,他们的目光像探照灯似的,不停地在叶慧和客人之间的脸上,来回地游弋、探寻。

"谢谢,我不需要手机。"叶慧不慌不忙地,面容平静地说。

客人显然有点意外,他愣怔了一会儿,似乎才反应过来,不解地问:"真不要?"

"真不要!"

客人点点头,却也不勉强,他收起钱,抬腿昂首转身走了。倒是满心欢喜和期待地围上来准备看一场热闹的众人,却迟迟不肯散去。他们一个个一脸的遗憾,本想看一场精彩的好戏,可刚刚开场就匆匆地收场了,他们真的很不甘,很气恼,很愤慨。

"这个人真没东西,还要显摆!"

"这种人现在多得很,不稀奇!"

……

这一桩桩,一件件真实事件,一次次地在阮经理眼前上映,使得阮经理对叶慧不得不刮目相看,从内心敬重和信任她,不敢对她有丝毫的亵渎。但是阮经理对叶慧的那颗爱恋之心,却丝毫未变,可他又不敢直接表白,只是躲在一旁偷偷地暗暗地远远地观望叶慧。

那天下午,叶慧在大厅的一角一直埋头认真地工作,很久才抬起头。就在她伸胳膊休息的瞬间,一转头,猛然发现阮经理独自坐在离自己五六米以外的右侧方,正面对着自己办公的位置(叶慧目前还没有专门的办公室)。只是阮经理今天的样子看上去似乎怪怪的,他居然戴着一副深色墨镜,像一尊雕像一样纹丝不动地坐在那里,面向叶慧。叶慧什么都明白了,但她依然不慌不忙地、镇定自若地做着自己手上的事情。

后来,阮经理也有过多次的暗示,叶慧都没有回应,阮经理也就不再坚持了,但从此更加信任和敬重叶慧。

3

夏天快到了,酒店里的服务员们都需要做夏季工作服,阮经理早已联系好了一家裁缝店,他告诉叶慧店主今天要来拿定金,所以叶慧上午一上班就径直去了银行,等叶慧取到钱回到酒店,让她万万想不到的是,店主竟是沈萍萍。这始料不及的相逢,让俩人都深感意外和惊喜,叶慧忍不住说道:"没想到是你?"

"为什么不能是我?我本来就是做衣服的嘛。你以为我还在商场里悠闲自在地做着工会主席?想得倒美,商场早已关门倒闭,树倒猢狲散了。"沈萍萍一脸苦笑地说道。

"为什么?商场生意不是一直很兴隆吗?"叶慧更加意外了。这么多年来,叶慧一直都刻意地回避着春江路,刻意地回避着华美商场,她宁可绕行也不愿踏上春江路半步。春江路和华美商场,对于叶慧都是一个不能触摸的伤疤,因此春江路和华美商场的情况她都一无所知。当然,叶慧压根就不想知。

"那已是过去了,这几年市场发展飞快,尤其是服装款式花样更是日新月异,每分每秒都在翻新,总是卖旧款还有谁要。"

叶慧点点头问:"那为什么不去进新款?"

"钱呢?"沈萍萍盯着叶慧反问,"自从你离开之后,赵学军完全像变了个人似的,整个心思都完全不在做生意上,不是今天去黄山游玩,就是明天去九华山拜佛,抑或后天又跑到了北京,大后天人可能已到了上海。总之,就是行踪不定,像一个行僧一样到处云游。再说商场长期养着一大群只拿工资不做事的闲人,赵学军又是死要面子,不仅月月要给员工发工资,甚至还发奖金。窟窿是越来越大,拆了东墙补西墙,越补越无法收拢,就是开银行也得存贷平衡才能屹立不倒吧。"

那倒也是。叶慧点点头,忍不住又问道:"那怎么办?"

"骗呗。"

"骗?怎么骗?"叶慧的心不由得一紧。

"诈骗!反正也不是第一次了,总有人愿意上当受骗,总有一天也会骗局败露,然后就一个个跟着赵总把自己都骗进去了。"

叶慧怔怔地望着沈萍萍,一时无语。叶慧不知道自己是应该欣喜若狂,还是幸灾乐祸?当然她最终什么都没做。人常说,出来混,迟早总是要还的,这些话看来真的是没有说错。谁也逃不过这个规则,谁逾越了,谁就得接受惩罚。

后来,叶慧从沈萍萍那里还得知,为了阻止丈夫郭俊参与赵学军的诈骗活动,沈萍萍在屡次劝说无效后,竟采取了更为极端的方法。因为他们下班回家都要路经北湖,一次两人边走边争吵,语气不断地激烈升级。沈萍萍抑制不住自己的愤恨,竟不顾一切地纵身跳进了北湖里。当时正是大冬天,她又怀着身孕,可把郭俊吓坏了,他也不顾一切地纵身跳下北湖去救起她。为此沈萍萍竟卧床躺了半个多月,幸好没有伤着胎儿。

尽管沈萍萍这样寻死觅活地拿命去阻止,也没能阻止住郭俊,他还是参与进去了。他说他这辈子好坏都跟定了赵总,因为赵总对他有恩。

叶慧到酒店上班后,梁丽倒也不食言,经常来看她。她们俩最喜欢走在夜晚的北湖边,沐浴着晚风,穿行在杨柳侧畔,呼吸着充满了湿润的湖水味的空气。夏夜的北湖边,如诗如梦如画,让她们久久不愿离去。她们来到一处茶水冷饮摊点前,这里专门配有乳白色的塑料桌椅供游人纳凉、休闲。

梁丽和叶慧一人要了一瓶汽水,面湖而坐。月光下的湖水一片宁静清幽,岸上五光十色的霓虹灯倒映在水面上,好像水底下也有一座五光十色的梦幻城。挟带着淡淡的腥草味的夜风从湖面上一阵阵地刮过来,不由分说地灌进她们的鼻孔里,钻进她们薄衫下面的身体里。调皮的柳枝不时地飘过来,撩拨一下她们的身体又迅速地逃回去,像一个个不听话的顽童。

梁丽眼看着湖面,优雅地用吸管吸了一口汽水,慢慢咽下去后说:"你知道你走后,装潢公司是谁做出纳吗?"顿了一下,还不等叶慧发问,她又说,"你一定想不到,这个人会是赵心甜。"

"她?那装潢公司还不成了她家的小金库。"叶慧连忙咽下一口汽水,惊异地说道。

梁丽轻轻一笑,吸一口汽水咽下说:"她倒想是,但怎么可能呢?总公司给他们那么多的投资,他们却没有利润上交,竟月月亏损,总公司便停止继续注资,装潢公司还能坚持多久?一个个灰溜溜地解散回家了。"顿了一下,梁丽又说,"你应该感到高兴。"叶慧只是笑笑,并没有感到特别高兴,因为这已经跟她没有丝毫关系了。

梁丽转动着手中的汽水瓶,接着又说:"你也不要难过,因为我们可能也要解散了。海南总部投资的资金差不多快用完,后面又没有跟进新投资,这里的贷款又迟迟下不来,天天还得大量开销,哪里还能维持多久。"

叶慧此时一点都不难过,她没有什么好难过的,因为她在这里工作可以称得上是得心应手,舒心快乐,自由自在,是她这么多年来从没有过的。她倒应该感谢那些曾经伤害她,让她在磨难痛苦中坚强成熟起来的人,让她有了今天更轻松自如的工作环境,正所谓祸兮福所倚!

交谈中,叶慧还得知梁丽一直离不掉婚的丈夫,上个月因肝病去世了。梁丽从海南归来后,本打算继续将离婚进行下去,但是当她得知丈夫患病后,就毅然放弃了长达三年之久的离婚之战,而是陪着他一起求医问药,精心地照顾他的衣食起居,但最终她的丈夫还是撒手而去。梁丽望着湖水如释重负般地长长舒了一口气,叶慧伸出手默默地握着她的手,两人相视微微一笑。

一个月后的暮晚,周鹤和李鸿陪着农行的行长一行人一起来到酒店,不用说,叶慧都能想到是为了贷款之事。那时为了贷款,叶慧和梁丽不知跑了多少次,耗了多少时间,行长办公室那高高的水泥门槛都快被她们踏平了。尽管她们费尽多少口舌,但最终也没能把贷款要下来。

行长是个瘦高个,戴着一副金丝边眼镜,每次去,他那细长的小眼睛,始终久久地盯着叶慧的脸。不管她们怎么说,说什么,说多久,他总是一副笑眯眯的样子看着你,不点头也不摇头,不生气也不特别欣喜,弄得她们进退都不是。好在叶慧后来去了装潢公司,不用再去接受他的关注。

今天再次相遇,他的目光又死死地落在叶慧的脸上,还没等周鹤介绍完,他就迫不及待地说:"认识,认识。叶小姐,好久不见。"边说边向叶慧热情地伸出手。

叶慧没有向他伸出手,她只是礼貌地微笑着点点头,把他们一行人,送进他们预订的包厢里,便告辞而去。叶慧早已不是以前的叶慧,她再也不会有任何受宠若惊之感,她也没有必要再为他们鞍前马后。

不久,张壁也带着一行人来到酒店。听杨小姐说,他卖了家里的老房子,自筹资金,开了一家装潢公司,而且做得还很不错。叶慧以前工作的装潢公司解散后,杨小姐找到了叶慧,经叶慧介绍,来到了酒店做服务员。

一行人吃完饭从包厢里出来,正好在大堂门口相遇,张壁很惊讶地说:"你在这里?"

叶慧轻轻嗯了一声,微笑着点点头,样子平静又不失礼貌。

张壁的老婆也在,叶慧和她差不多一年不见,她已挺起了大肚子。他们并没有更多的言语,只是互相笑笑就各自散开了。

只有江夏不是来吃饭的,他那天扛着重重的摄像机,汗流满面地跟在一对新人身边,跑前跑后地为他们留下一个个幸福甜蜜的镜头。摄完像,江夏边擦汗边微笑着对叶慧说:"哪天你结婚,我免费帮你摄像。"

"好啊,一定!"叶慧也微笑着说。

4

沐涛了解到叶慧离开南海地产公司的真正原因后,反而很快和叶慧确定了恋爱关系。这一情形,当然也有门卫老柳的一份功劳。他在知道事情真相后对沐涛说,我说叶慧是个不错的好姑娘吧,要人品有人品,要相貌有相貌,你小子可别不知好歹,错过了这么好的姑娘,以后可无处后悔。沐涛被他说得无话可对,只会一个劲地傻笑。

叶慧每天晚上下班都很晚,沐涛便每天晚上都在酒店楼下等候,直到叶慧下班,然后再陪着她一起回家。刚开始沐涛只是把她送到家门口就回去了,自己并不进家门。每一次叶慧站在门口看着沐涛掉转车头,独自而去的背影时,心中总是会莫名地涌起无限的牵挂和不舍。总觉得他这一去,好像从此就要与她一别两宽,永远从她的身边消失,她将永远再见不到他。直到第二天晚上,重又看见沐涛完好无损地准时出现在她的面前时,叶慧的心才完全踏实安稳。叶慧觉得她可能真的是爱上沐涛了,因为这种感觉从未有过。

好几次,沐涛都要让叶慧先进家门,他才肯走,可叶慧不肯,她要看着沐涛先骑车出巷口,她才肯放心进去。这种互相牵挂和不舍,常常使得俩人不是忍不住哈哈大笑,就是不忍分手,但最终还是沐涛屈服于叶慧。

热恋中的俩人天天黏在一起也不会嫌多,嫌烦。叶慧每晚下班都已经九十点钟,再回家,不到半个小时俩人又得分手,这是他们万万受不了,也不愿意的。所以下班后,他们不再像以前一样直接回家,而是跨过马路,一起走进附近的徽城大学校园里。校园的小山坡上、树丛中、操场上、草地上、葡萄架下,处处都留下了他们俩相依相偎,相亲相爱,情深意浓的身影。

晚上九十点钟别人的戏已经散场了,而他们俩才刚刚开始,以致被校保卫处的人盯上,并把他们强行带进了保卫室,隔开在两个房间里进行盘问。核实无误后,他们不知又搞什么鬼,竟扣住沐涛不放,却让叶慧先走。叶慧哪里肯依,坚决不答应,并口气很强硬地说:"我不走,要走俩人一起走。"

"就你这个女人态度最差,我们留下他还有一些话要问。"那个胖胖的门卫瞪着一双鼓鼓的鲫鱼眼,态度也很强硬地说。

"有什么好问的,该问的你们都已经问了八百遍了,再次告诉你们,我们是正常谈恋爱,既没违法,也没犯罪,更不是你们所想象的那种不堪的关系。"

"你态度再不好,我们今晚就不让他走,明天让他单位来领人。"那门卫,大着嗓门道。

"你先走吧。"沐涛也劝说叶慧。

"不,要走一起走!他们不放你走,我就不走!"叶慧依然口气坚定,态度坚决。叶慧哪里放心把沐涛一个人丢在这里,她倒宁可自己被扣在这里,也不愿沐涛被扣在这里。叶慧觉得自己只是在一个私人酒店里上班,无所谓前途,也没那么多的规矩和讲究。而沐涛不同,他是有正规单位的,如果沐涛明天不能按时出现在单位,却让单位领导到这里来领人,对沐涛的名誉、工作、前途等,将会造成怎样恶劣不堪的影响。叶慧不敢想象下去。

叶慧坚定的态度,让保卫科的俩人也很无奈,他们只好松口说:"交两百块钱,你们走吧。"原来就是为了要钱!

叶慧还是不同意,觉得他们是在敲诈,可沐涛为了息事宁人已经将钱拿了出来,他们接过钱,便不再为难他们俩。走在回家的路上,叶慧一直低头沉默不语,心里那种莫大的耻辱和愤恨,让她委屈得直想哭,但她还是强忍住,把眼里的泪又憋了回去。

徽城大学校园是再不能去了,又没有其他的好去处。沐涛的那间出租屋,又乱得犹如杂货店,连落脚的地方都找不到,叶慧更不想去,也不愿去收拾。叶慧并不是没想过去收拾,可那毕竟是沐涛的屋,不是叶慧的屋,叶慧觉得自己目前还没有义务去帮他收拾屋子。在有些事上,叶慧更喜欢顺其自然,水到渠成,从不委曲求全。比如爱情,是最不能强勉而成的,叶慧更相信缘分,相信两人的姻缘早已注定。

哪里都不能去,那最后只有回家。叶慧想,回到自己那间干净、整洁、安静、舒适的小阁楼,应该可以自由自在,肯定不会再有任何人,任何事来打扰。俩人要去叶慧的阁楼,沐涛就得先走进这个家门,沐涛要进这个门,就得过叶子建这一关。见父亲叶慧并不怕,怕就怕沐涛的年龄。因为父母曾经特意给叶慧算过命,算命先生特别交代他们说,你家这个姑娘将来只能找大四岁,小一岁的男孩,千万千万别找大三岁的男孩。可沐涛偏偏就比叶慧大三岁!

当叶慧终于决定把沐涛领进门,领到父母面前时,事先千叮咛、万嘱咐过沐涛,告诉她的父母只比她大四岁,当时沐涛也点头答应了。那天,叶慧信心满满地将沐涛领进家门和父母正式见面。叶子建夫妻坐在客厅双人沙发上,沐涛坐在他们对面的凳子上,叶慧站在母亲旁边,一副陪审的样子。一番东问西问,到底还是绕不开年龄。当叶子建问起沐涛年龄时,叶慧的一双眼睛死死地盯着沐涛,叶慧希望沐涛能领会她的意思,读懂她的心声。沐涛从进门到现在始终都面带微笑。他望一眼叶慧,又转向叶子建如实相告。叶慧的心当时咚的一声,沉到了谷底。叶慧想完了,完了,全完了,白费了她的一番心意。

沐涛在时,叶子建倒也并没有什么不恰当的表示,态度始终都很和蔼。可当沐涛走后,叶子建竟一反常态,脸色铁青地大发脾气,怒声怒气地说:"不是早就跟你打过招呼,不能找大三岁的,只能找大四岁小一岁的吗?"

叶慧坐在沐涛坐过的凳子上,一声不吭地看着脚下的地面,心想到哪里去找大四岁小一岁的?哪里正好有这样的人在等你?大四岁的那个人远在天边,杳无音信,小一岁的近在眼前却毫无感觉。

"那个江夏以前不是听说在追求你吗?家里条件又好,父亲还是个厂长,而且他正好也比你小一岁。"

当初为了不让父母整天在自己的耳边絮絮叨叨地催促,叶慧才向他们透露了江夏一些信息,现在叶慧很是后悔!

"别说小一岁,就是小一天我也不愿意!"叶慧倔强而坚定地说。叶慧在任何事情上都可以迁就父亲,忍让父亲,但唯独在婚姻这件事上,她决不让步!叶慧只要自己想要的,只爱自己所爱的!决不妥协!

"你自己愿意,我也不阻拦,再说你也老大不小了,但如果以后有什么不好的地方你可别后悔,也别怪我这个做父亲的今天没把话说到。"叶子建见叶慧态度这样坚决,他就有了一些让步,可心里却并没有丝毫的妥协,始终对沐涛有着强烈的排斥和反感。

5

不知不觉中叶慧在大酒店上班已经两年多了。这两年是叶慧工作得最顺畅自如、得心应手的时光,她这么多年来,从没有过得如此顺利顺心,也是她目前工作时间最长的一个地方。虽然阮经理曾对叶慧存有觊觎之心,但通过一件件发生在叶慧身上的事情,以及自己一次次无效的暗示,阮经理最终折服于叶慧的崇高人格和高尚品质,并打消了对叶慧的所有不良念头,从内心里真正敬重和信任叶慧,继而更加地倚重她、器重她。

阮经理一个人尊敬叶慧倒并不足以为奇,整个酒店上上下下,都夸赞信服叶慧,说起她人人都不由得竖起大拇指,连声称赞,那才是叶慧此生最大的骄傲和荣幸。一个人能赢得这样的荣誉就是她人生的巨大财富。叶慧想,一个人不管走到哪里只要行得正,走得端,认认真真,踏踏实实地工作就不怕没人欣赏,就不怕没有安身立命之处。

又一个新年来到时,叶子建夫妻应老家堂弟的邀请,和他们一起过年。叶慧不想同去,就一个人留在了徽城。叶慧也不想去叶秀那里。再说叶慧和沐涛早已约好,正月初二沐涛来接叶慧去他家。其实叶慧去不去沐涛家意义并不大,因为她这个丑媳妇早已见过公婆,在他们正式确立关系后,沐涛的父母曾亲自来徽城见过叶慧。主要是沐涛还有兄弟姐妹以及其他一些亲人,总是要去履行一下应该的规矩和习俗。这是沐涛和他父母共同的意思和要求,也是正式向家里和所有的亲属确定他们关系必走的一步。

叶子建夫妻不在,晚上叶慧就睡在他们的房间里,没有上楼回自己的房间。可不知为什么,那一晚叶慧躺在他们的床上,五心烦躁,心情不静,翻来覆去怎么也睡不着。一会儿觉得被子盖得厚重,燥热得难眠;一会儿又觉得枕头太高太硬,头枕在上面硌得难受,左右转动,就是无法入眠。折腾了大半夜,叶慧索性搬走了这块石头般的大枕头。

这一搬,借着窗外射进来的微弱路灯光,叶慧发现枕下竟压着一沓信件。叶慧连忙打开床头灯,看清了是韩湘的来信,叶慧一下子惊呆在那里。叶慧呆呆地盯着这沓来信,半天都不敢相信,不敢去拿。叶慧感觉自己的心像被重物击中一样,在一点点地扩大延伸受伤的面积,泪水早已悄悄地漫上了她的双眼,原来所有的音信都在这里被终止了。

记不得过了多久,叶慧才慢慢地颤抖着拿起这沓信,一一看下去,全是韩湘的,而且每封信都已拆封,叶慧的心一阵说不出的难受和悲愤。她抽出最上面的一封信笺,颤抖着手打开来,当那熟悉的亲切的刚劲有力的字体,又一次出现在叶慧的眼前时,她的泪水再也止不住地冲出眼眶,顺着面颊滚滚而下。每一句、每一字都像一根根钢针一样扎在叶慧的心上,让她揪心裂肺般地疼痛:"叶慧,迟迟收不到你的回信,不知你怎么了?你好吗?很挂念!就算我们今生无缘,可做一个文友通通信,交流交流总可以吧?为什么你始终不肯回信?为什么你就不肯给我一点机会?请不要再让我久等。"

"韩湘,韩湘……"叶慧泪流满面地呼唤着,哭泣着,悲恨着,无奈着,"为什么会是这样的?为什么?"叶慧几乎肝肠寸断,"为什么会是这样的?为什么会是这样的?"叶慧已完全哭成了个泪人。

明天沐涛就要来了,明天沐涛就要来了,叶慧该怎么办?叶慧该如何抉择?叶慧像傻子一样地泪不止,悲不尽,她没能做出更好的抉择。叶慧又一次哀伤地想还是让她死了吧,她死了就不会这样为情而伤,她死了就不会这样痛苦忧伤。可是叶慧真的能抛下梦想去死吗?每一次,叶慧一想到自己苦苦追求的梦想,她那颗坚定欲死的心,一下子就像泄了气的皮球一样失去了力量,变得软弱无力,毫无抗争的勇气。

第二天上午,也就是正月初二,沐涛如约而至。因为又见到了叶慧,沐涛很兴奋、喜悦,而没有察觉到叶慧面色黯然无光,神情疲惫倦怠。他一边兴致勃勃地说着老家过年的热闹场景,一边手不停地把叶慧所要带的换洗衣服、洗漱用品等一件件仔细地装进旅行包里。叶慧站立一旁,看着一脸兴奋,毫不知情,满怀深情和希望而来的沐涛。叶慧在想当她拒绝这颗真诚爱恋、热情期待她的心后,沐涛能否承受得住?她的一声拒绝会不会造成无法挽回,令沐涛失魂落魄的后果?叶慧不敢再想象下去,她已经饱尝了那份失去后的痛苦折磨。叶慧不忍心看到沐涛也去经受那种死一回的痛苦,她也不愿看到又一颗因爱、因她而受伤的心,也去经受炼狱般的煎熬,她更没有理由让沐涛去承受这份因她而造成的痛苦。叶慧只有把那种深沉的痛苦强压在心底,展露出欣喜的笑容。

虽然叶慧的心里对韩湘有着万般的情爱和不舍。可叶慧知道,她已无可奈何,已不可能再回头,她也没有勇气对沐涛诉说出原委,她只能不去回应远方的那个人,那颗心。因为她,已不能伤害眼前这个对她一往情深的人。

虽然最终做出了这样的决定,可叶慧的心灵深处依然忘不了韩湘,放不下韩湘,韩湘在此后的时光里,时常在不经意间,突然地出现在她的心里。那一刻,叶慧的心痛苦而又惆怅,这种痛苦而又惆怅,日后时不时地来折磨一下她,撞击一下她,使她一辈子都摆脱不了。

6

此后,叶慧和沐涛一心一意地恋爱着,叶慧至今都没想过结婚之事,她的心里似乎还接受不了"结婚"这个词。叶慧始终觉得结婚好像不是她的事,似乎是一个离她很遥远,很不相干的事,她终不会和别人一样去结婚。因为她有和别人不一样的梦想和追求。

叶慧可以不想,但并不代表沐涛不想。沐涛工作十多年,小有积蓄,但都投资在股票中。股票对叶慧来讲是一个不熟悉的投资,叶慧不知它究竟为何物,也没有兴趣去了解它,关注它,认识它,更不想去涉猎它。虽然身边有许多人在玩股票,甚至包括她的堂哥叶超,但它不是叶慧今生所求的。沐涛因在证券公司工作,投资股票完全是近水楼台。每天都有大量的交割单据经他之手,每天看着别人大把大把地赚钱,哪有不动心的道理!

在他们认识快两年的一个夏日的晚上,沐涛充满信心地望着叶慧说,等把这次股票抛出后,就给叶慧买最高档的结婚首饰,婚礼服装,然后再选一个好日子,他要给叶慧一个最豪华、最气派、最热闹、最满意的婚礼,他要让叶慧成为天下最幸福、最美丽、最令人羡慕的新娘。叶慧当时只是微笑地望着沐涛,没说好,也没说不好。叶慧并不想要什么高档的首饰,也不期待什么豪华气派的婚礼,因为她不是一个爱虚荣的人。既然沐涛愿意娶,叶慧也不是不可以嫁,何必在乎那些虚套的,取悦别人眼球的东西,却让自己劳命伤财。

因为叶慧这种特殊的工作性质,天天晚上都要工作到九十点钟,甚至更晚才能下班。沐涛还是如常地在楼下等她,直到她下班,不管是刮风、下雨,还是下雪,沐涛从来没有间断过,更没有抱怨过。那些服务员小姑娘更是羡慕得不行,抱怨自己没有好运气,找到这么忠诚老实,温暖可靠的男朋友。就连看门值班的两位师傅也被感动了,常常在叶慧面前夸赞沐涛:"叶会计,你这男朋友稳重可靠,算是被你找着了,也找对了,对你也是太真心太真情,现在难找啊!"叶慧每次听了这些话心里都溢满了幸福和满足,也以为自己真的是找到了归宿。她对他们报以温婉的微笑,算是对他们夸奖的回答。

日子每天都在沐涛的等待以及叶慧的被等待中波澜不惊地过去。那个夏天的夜晚沐涛对叶慧深情承诺的话语犹然在耳,而今已过去了一个秋天和冬天,又是一年的春天,沐涛却似乎已完全忘记了那个夏夜他曾对叶慧的许诺,再也不提什么买高档首饰,买婚礼服装,以及举行豪华气派婚礼之事。

沐涛既不提，叶慧当然也不问，叶慧内心里本来就对结婚有抗拒，甚至恐婚，而且到目前她还没有做好把自己嫁出去，完全交给一个男人的准备。再者叶慧不想结婚还有一个小小的私心，在叶慧内心的最深处还潜藏着韩湘，她一天没结婚，就还能有一天的权利偶尔去想念一下韩湘，一旦结婚她就再也不能去想韩湘了。叶慧觉得俩人现在就这样没有什么不好，既拥有甜蜜爱情，又不被婚姻所束缚，各自都拥有独立的私人空间。叶慧很享受目前这种生活状态，自在又甜蜜，独立又拥有。但是叶慧的这种很享受的爱情甜蜜生活，却不被叶子建所接受，他非常反感。

这里顺便交代一下，曾经红极一时的花园街小商品市场早已经搬走，这条原本就默默无闻、平平淡淡的小街又恢复了原来的宁静，做生意的浙江人也跟着市场一起搬走了。叶慧便和父母一起搬出了租住的二层小楼，重又回到了当年他们才来时所居住的花园街，离叶慧现在上班的酒店最多不过一刻钟的路程。叶慧觉得自己的人生轨迹，似乎绕了一个大圈，又回到了起点。叶子建花钱请人把房子重新进行了装修后，他们才搬进来。这套房子共两间主屋，外带一间小厨房，厨房是他们自己后来建的。叶慧住里面的小间，叶子建夫妻住外面的大间兼做客厅、餐厅，中间用一块蓝色布帘隔开。

大清早起来，叶子建就拉长着脸，看什么都不顺眼，弄得家里到处乒乓作响，也弄得气氛非常紧张和不愉快。叶慧不得不起床，走到厨房门口，见母亲在锅灶上默默地弄着早饭，父亲在厨房里刷牙洗漱，她便转身欲走。叶子建一见她便草草地刷了两下牙,来不及漱口,张开满唇白沫的嘴巴大声地说:"你们俩都老大不小了,总不能就这样一直谈下去,总得有一个结果吧?常言道:男大当婚,女大当嫁。"

叶慧默默转身离开了,以她多年以来在叶子建面前练就的、惯常使用的沉默来应对他的不满和责问。在韩湘的事情上,叶子建已经使叶慧伤痛不已。叶慧不希望他再介入她和沐涛的恋情中来,她自己知道该怎么处理,叶慧一向都认为自己是一个有思想,有主见的人。可是一旦叶子建介入进来,事情往往就不会向着她所希望的顺其自然、水到渠成的方向发展,而是会加速向着她所不希望的方向发展。所以叶慧不想跟叶子建讨论这事,而且讨论下去的最终结果也是双方不欢而散,与其那样,她还不如选择沉默。

可是叶慧的沉默并不能阻止叶子建不说,叶子建每天不是在叶慧早晨起床后,就是在叶慧晚上下班回来,总是要在她的耳边唠叨上半天:"你们俩到底是怎么打算的?他父母又不来跟我商量,他自己又不主动跟我说,难道还让我主动去找他说?"

叶慧还是选择沉默,她也只有沉默,叶慧的心里确实至今都还没有认真地去考虑过结婚这件事,沐涛也至今没有对她说过"我们结婚吧"。她总不能主动跑过去对沐涛说"我们结婚吧"。这不仅掉价,也不符合叶慧的性格,何况她真的没想过要结婚。叶慧总觉得自己不属于婚姻,她志高远大,一心想要有所作为,就算不得已非要结婚,叶慧觉得,也要沐涛亲口对她说出"我们结婚吧"。可是现在沐涛没有说,叶慧又能说什么?所以她现在只能以沉默应对,以沉默拖延。

叶慧的一再沉默激怒了叶子建。又一个早晨,她刚起床,叶子建就声色俱厉地说:"你们俩是不是不打算结婚了,就这样一直胡混下去?"

"胡混"这两个字眼实在是太刺耳了。在叶慧听来,这简直就是带着强烈的侮辱和指责,像浑身长满了坚硬刺角的榴梿一样,锋芒毕露地直扎进她的心。叶慧只感到自己的心疼痛得一阵阵痉挛。叶慧一向受不了的就是叶子建对她语言上的侮辱和伤害。她再也不能沉默了,也无法再沉默了。叶慧大声地说道:"什么叫胡混?我们怎么胡混了?我是不想结婚,我为什么要结婚?我不是叶秀。"

"不结婚你还整天跟他谈什么恋爱,这还不叫胡混?"叶子建愤怒地说。

"恋爱就一定要结婚吗?"叶慧大声地反问。

"恋爱不结婚,你让左邻右舍怎么看你?怎么看我们做父母的?"

"我结婚就是为了给左邻右舍看?我是专为他们才结婚,而不是为我自己?"

"不管是为谁,你也老大不小了,该结婚了,不能一辈子待在父母身边,我们不能一直背负着你这个包袱。"

呵呵,叶慧终于明白了,说来说去还是要把她这个"包袱"尽快抛掉,看来这个家她是再不能继续待下去了。不管她是愿还是不愿,想还是不想,她都是非嫁不可的,想逃是逃不掉的。突然间,叶慧一下子明白了叶秀当初一直不停地哭嫁,是因为心里根本就不想嫁,却又不得不嫁。只是她像母亲一样,在父亲面前,从来都是言听计从,从不说一个"不"字。可是叶秀嫁了又怎么样,婆婆和丈夫始终都看不起她,认为她一个农村人高攀了他们,常常是一言不合就要遭到徐树林的打骂和欺侮。父母只知道让叶秀嫁出去,他们就省心了,没有包袱负担了,他们却没有问过叶秀的内心是怎么想的。

叶慧带着闷闷不乐的心情走出家门,回到酒店,一整天,她的心情都是闷闷不乐的。不恋爱不行,恋爱了不结婚又不行,别人眼睛死死地盯着你,包括自己的父母在内都不肯容你,都不肯放过你。你不是在为自己恋爱结婚,而是在为别人恋爱结婚,为别人而生活。女人难道非要靠婚姻才能立足于世吗?

可是叶慧真的还没想好要去结婚,她一直以来都只想拥有一份能让自己经济独立的工作,然后再去追求自己的梦想,而不是非要有一份把自己束缚起来的婚姻。但是一定必须结婚,那也得等沐涛主动先提出来吧。哪有男的不急,女的倒先急的?可是沐涛至今只字未提,难道她倒沉不住气了?

晚上沐涛一如从前地在酒店楼下等候,直到叶慧下班,俩人默默地走在通往叶慧家的路上。走到一半时,叶慧突然就不想走了。其实,叶慧是不想再回家,叶慧一想到叶子建那些刺耳的、恶毒的、侮辱性的话语,她的心就忍不住疼痛得直痉挛。回到家里,又不得不继续接受他没完没了的数落,叶慧的心一下子悲哀到了极点,她又有了那种走投无路,欲诉无人,欲死不能之感。

叶慧呆呆地坐在马路牙旁,心里越想越伤心,越悲凉,泪水不知不觉地涌出了眼眶,顺着面颊流淌,继而一发不可收拾。多日来积压在心头的气恼和屈辱一下子如火山爆发般喷涌而出,她再也忍不住内心的委屈和悲伤,禁不住失声痛哭起来。沐涛轻轻地搂她在怀里,始终一语不发,只是不停地替她擦去脸上的泪水。

叶慧哭得心碎欲裂,却始终听不到沐涛说一声"我们结婚吧"。尽管叶慧不是很强烈地想要结婚,但此刻叶慧还是很想听到沐涛能对她说出这句话,而且沐涛又不是不知道她为何而泣,但是沐涛始终没有。叶慧的心一下子就很灰冷,很失望,身边这个人到底可靠不可靠?

"我现在有家不能回,万丈红尘都没有我的立身之地,我还不如出家去做尼姑。"叶慧边哭边说。

"别说傻话。"沐涛一边用纸巾给她擦泪,一边说。

"那你说到底怎么办?"

"再等等。"

"等什么?"

"再等等就是了。"沐涛始终不肯说出等什么。

叶慧始终不知道沐涛究竟要等什么,到了这一步他还不肯对自己说出实情,还对自己有所保留,能是托付终身之人吗?可是叶慧一天不结婚,在那个家里她就不会有一天的安宁和自在。

"可我在那个家里真的是再待不下去了。"

"那就先到我那里去吧。"

叶慧犹豫着,伤心着,回去肯定又是没完没了的令人无法忍受的话题。不回去,不知父亲又会说出什么难听的话来?叶慧真不知自己的脚步该迈向何方?

"走吧,先到我那里去吧,别再多想了。"沐涛搀扶起叶慧,叶慧也没再多迟疑,跟着沐涛一起走了。

7

第二天上午,叶慧准时去了酒店上班,一整天她都待在酒店里,连午休时都没有出去,更没有回家。下班之前,天空突然下起了细雨,这样的雨在城市里出行是无须穿胶鞋的。但就在这个时候,韩素音用塑料袋拎着叶慧的一双胶鞋,突然出现在酒店的窗外。

叶慧的心里最柔软的地方突然被感动了一下,母亲来送胶鞋也就是叫她回家,但叶慧知道,这绝不是母亲主动要来送的,母亲不会也不敢,母亲在父亲面前永远都是言听计从,从不会也不敢违抗父亲的旨意。叶慧清楚这是父亲让母亲用这种方法来唤她回家的,这样她就不能也没有理由再不回家了。

当晚,叶慧拎着胶鞋刚一踏进家门,叶子建就劈头盖脸地说道:"你妈不给你送胶鞋去,你今天是不是又不准备回家了?说了你几句,你就这么大胆敢不回家,你今天晚上要是敢再不回家,我明天就到酒店里去,把你的名声搞臭。"

叶慧呆愣愣地看着叶子建,她简直不敢相信自己的耳朵,这就是自己的父亲?这就是自己的亲生父亲!他把他曾经被关押学习,别人对他的那一套,竟拿来用在自己的亲生女儿身上,叶慧一句话也没说,也说不出。她眼中含泪,嘴角露出凄然的冷笑,心中漾起一阵阵的酸楚。

怪不得早晨叶慧一走进酒店大门,大家都笑着冲她喊:乖乖女,乖乖女。

叶慧当时被他们弄得一头雾水,不知道怎么回事,大堂经理便笑着对她说:"叶慧,你是不是第一次晚上不回家?你要是经常晚上不回家,你妈昨晚就不会找到店里来了。"原来昨晚叶慧没按时回家,韩素音便到酒店里来找她。

"要你跟他分手,你倒好,非但不分手,竟连晚上都不回家了。"叶子建见叶慧不语,便缓和了语气说。

正在这时,沐涛从外面推开虚掩的门进来,还没走到屋里,刚刚平静下来的叶子建就又激动地怒声说道:"你又来找她干什么?你还不滚走?站在这里干什么?"叶子建说着说着,竟出人意料地,突然迅速地从墙角抓来一把铁锹,不由分说地向沐涛扎去。

韩素音吓得惊叫起来,叶慧也惊得瞪大了眼睛,身体像被人施了定身法一样,一动也动不起来,这简直太出乎意料,太不敢想象了!

沐涛还算反应敏捷,一步就跳到了门外,躲过了这意想不到的一锹。沐涛不敢在门口多停留,一直冲到马路上,叶子建竟端着铁锹冲到门外。看着沐涛真的走了,他才回来,仍然余怒未消地说:"他天天来缠着你,又不提结婚,就这么一天天拖着胡混下去,你也不小了,光阴耽误不起啊!这世上好男人多得很,不要死抱着一个不放,抓紧跟他分手。"

好男人?叶慧忍不住在心中冷笑,这世上好男人是多得很,但并不是都专为你准备,你想要谁就可以得到谁的。叶慧心目中真正理想的好男人是韩湘,可是韩湘所有的音信都被叶子建无情地切断,他现在又要拆散她和沐涛。叶慧不知道究竟怎样的好男人才能令叶子建满意?

　　第二天午休时,沐涛带着一双布满血丝的眼睛,来酒店找叶慧,显然昨夜他也没有睡好。沐涛白天基本上都不来酒店找叶慧,今天算是个特例。他们俩一同走出酒店,顺着春江北路一直前行,然后拐进一条小街,再由这条小街直通红山公园。买好门票入得园来,沿着人工砌成的石阶拾级而上,四周静悄悄的,公园里没什么人。他们走到一块偏僻空地上,在一根枯树干上坐下,你看看我,我看看你,半天,俩人竟不知道如何开口。

　　自从叶子建提出让他们要不然结婚,要不然分手的这一段时间以来,他们俩吵架的频率像现在的气温一样,一天天直线上升,这是他们自认识以来从没有过的。只要一见面,三言两语后俩人就会莫名地争吵起来,如果恋爱的最终结果是以频繁的争吵收场的话,当初还真不如不恋爱,不恋爱就不会有这么多无谓的争吵,无名的烦恼。

　　沉默半晌,沐涛才问:"你到底是怎么打算的?"

　　叶慧一听,冷笑道:"你可真好笑,这句话应该我来问你,你到底怎么打算的?"

　　"我不是说过再等等吗?"

　　"再等等?等什么?等多久?"叶慧语气激动地说,"我们现在只有一个选择,要不然结婚,要不然分手。"

　　"分手不可能,结婚暂时也不可能。"

　　"这也不可能,那也不可能,你到底是什么意思?"

　　"再等等。"沐涛和叶慧同时说出了这句话。

"我就知道你还是这句话,"叶慧冷笑一声,"你以为真的是我急着想和你结婚吗?告诉你,我从来就没想过要结婚。如果你已经没有诚意就干脆分手,不要再这样耗下去,浪费彼此的感情和时间,对谁都不好。"叶慧说完,愤然起身而去。

叶慧一路脚步匆匆地向公园大门口疾走而去,她的整个心胸都被悲伤和委屈,失望和愤懑填塞。叶慧的确是不想结婚,她一直以来都只想有一份让自己独立起来的工作,然后再去追求自己的梦想。叶慧这辈子只为梦想而生,只为梦想而活,什么都不能左右和束缚她追求梦想的脚步和决心,包括婚姻。所以她宁可不要婚姻。可是家庭和社会都不允许,都不答应,既然这样,那就结吧,可又结不成。那个人到现在还不肯说出"我们结婚吧",还再继续说着"再等等""再等等"。叶慧就是不明白他到底要等什么?是什么有这么大的力量和魔力,让他下不了结婚的决心?

叶慧一路奔走着,一路思想着,一路悲伤着。叶慧开始怀疑自己当初的抉择是错误的,是草率的。叶慧错误地以为沐涛对她爱得多深,爱得多真,爱得多么一往情深。其实,都是她自己在欺骗自己,自己为自己编织了一张网住自己的情网,叶慧为她这种错误的抉择而悲伤不已,痛恨不止。

"别急着走,我话还没说完呢。"沐涛从后面急急地追赶上来,一把拉住叶慧的胳膊。

"别碰我!"叶慧用力地一甩胳膊,歇斯底里地大声喊道,一直憋在心里的泪水,这时如打开闸门的洪水一样汹涌而下。叶慧真的是太悲伤,太失望了!叶慧从来就不会低头向别人祈求什么,现在倒像是她在向他祈求婚姻,却又得不到,这让她感到莫大地耻辱。叶慧从来就没有怀疑过自己会有嫁不掉的这一天,真是太可笑,太可悲,太荒唐了!

相处这么久,沐涛还是第一次看见叶慧发这么大的脾气,叶慧一向都是懂情知理,文静温柔的,心里若不是受了极度的悲伤和失望,是不会这样失去理智的。一股歉疚和怜爱之情涌上沐涛的心头,叶慧的悲伤和失望,叶慧的委屈和气恼都是他造成的,是他让叶慧处在今天这种进退两难的尴尬境地,他是伤害叶慧的罪魁祸首。可是现在他没有一点力量来补救她,他只有以后加倍地来爱她、怜她,可是沐涛不知道自己以后还有没有这个机会?

沐涛的心沉甸甸的,声音也不由得低沉下来,"我不是不想结婚,也不是不爱你,更不是没有诚意,我所做的一切都是认真的。若不是,我不可能天天晚上独自一人,痴痴地站在酒店楼下等候你几个小时,不管是冬天还是夏天,不管是刮风,还是下雨,抑或是下雪,我对你有过一句怨言吗?我对你难道不是真心真意的吗?"

是的。叶慧还是愿意相信沐涛对她所有的付出都是真心实意的。每次外出不管是步行,还是骑车在马路上,沐涛总是让她走在里面,自己走在外面。一个男人能够如此细心地呵护你,关爱你,把危险留给自己,把安全让给你,你还能怀疑他对你的爱不是真心的吗?可是他为什么又迟迟不肯结婚呢?叶慧的心里不得不发出这样的疑问。

沐涛当然看出了叶慧的疑问,他似乎难以启齿地说:"我不是不肯和你结婚。"

"那你到底是为什么？你快说呀！"叶慧满眼含泪地问道。

"我"，沐涛欲言又止，终于满脸涨红艰难地说道，"我现在没有钱。"

"没钱？"叶慧不敢相信，"你工作这么多年怎么会没有积蓄？"

"不是都投资在股票里吗。"

"我知道，现在不正好拿出来结婚吗？"

"拿不出来了。"

"拿不出来？"叶慧瞪大眼睛，惊讶地看着沐涛，不相信地问道。叶慧一直都认为投资股票就像存在银行里一样，自己的钱哪有拿不出来的道理。

"告诉你，你也不懂，股票不是存银行，它是一种投资，是一种买卖，也是一种交易，它时涨时跌，时好时坏。这次跌得太狠，套得太深，投资进去的钱所剩无几，我曾经许诺过你，要给你一个最豪华最气派的婚礼。"

叶慧不等沐涛继续说下去就截住了他的话头："我说过我要一个最豪华最气派的婚礼吗？我只要你给我一个最普通的婚礼就够了。"

"可我现在连一个最普通的婚礼都给不了你。"沐涛明显底气不足，声音低弱得只有他自己才能听得见。

"为什么？"

"我现在身无分文。"沐涛说完，再不敢去看叶慧，而是羞愧地低下头去。

"身无分文？"叶慧喃喃自语,她当初选择沐涛时,并不是看重沐涛有多少钱财,或显赫的家世,如果她是一个看重钱财和家世的人,现在出现在她面前的人就不可能会是沐涛了。叶慧天天身在酒店里,常常目睹别人豪华富贵的婚礼,但她并无意去攀比别人豪华气派的婚礼,可是身无分文在目前能够办出怎样最普通的婚礼？叶慧无法想象,也无力再去想,她表情木然,步履缓慢,疲惫无力地走在公园空旷寂寥、崎岖曲折的石阶上。

这么多年了,叶慧一路走来,风吹过,雨也淋过,叶慧想该来的是否也都已经来过？该去的是否也都已经去了？她是否可以安静下来了？她是否可以专心致志地去创作她多年来精心酝酿构思的长篇小说《梦想有多远》了？

可是,偌大的公园里寂静无声,整个世界也好似寂静无声,谁也无法告诉她漫漫前进路上,还会有多少风,还会有多少雨？

十三

1

徐宝上了初中就学会了骑车,因为中学不是三两步就能走到的,骑车都要二十分钟左右,再说徐树林和叶秀俩工作都很忙,也没有时间天天去接送他。自从徐宝奶奶去世后,徐树林和叶秀俩更是白天黑夜地忙碌,对徐宝的学习更疏于关注。他们只能对他说学习得全靠自己努力,他们也都想当然地以为只要老师不打电话给他们,就说明徐宝在学校里不会有什么问题。徐宝现在已经上初三了,他们最坏的打算,也是最低的要求,就算徐宝考不上高中,考个职校也可以,反正不管上什么样的学校,最终结果都要出来找工作,只要将来能养活自己就行,但是他们的美好愿望也许要落空了。

老师不打电话给他们,并不代表徐宝就没有问题,只不过老师也想省事。既然家长不打电话给老师,或人也不来学校找老师,和老师联系交流,老师也就多一事不如少一事。你爱学不学,爱来不来,反正老师也不指望他一个给自己争升学率。徐宝说不上天资多么聪明,但是只要他肯用功还是可以出成绩的,可是一个没有大人管束督促,没有老师重视关注的孩子,你指望他自己会有多用功,多努力,恐怕全世界都是要失望的。

徐宝之前因为有奶奶经常给他零花钱,所以他手头上从不缺钱花,奶奶去世后他的经济上一下子陷入困顿。从奶奶手上拿钱从不需要理由,从父母那里要点零花钱得绞尽脑汁编理由,费尽心思才能得到少得可怜的一点零花钱,显然徐宝是不满意,也不知足的。在校不被老师重视,在家父母整天忙于工作,也不像以前那么重视督促他,徐宝不知不觉地就和一帮坏孩子走到了一起,常常旷课去网吧。他们请他吃饭,给钱让他上网,还带他去录像厅看录像,渐渐地徐宝离学校越来越远了,离危险却越来越近了。

　　世上哪有免费的午餐,徐宝终于在他们的威逼利诱下,参与了一次公园持刀抢劫,要命的是徐宝还失手致人死亡。他们当时抢劫的是一对年轻的情侣,当那男孩手捂血流不止的伤口,在徐宝面前慢慢瘫下来,倒在女孩怀里时,其他人见状都如猢狲般四散而逃了,只有徐宝却像被孙悟空点了定身穴一样,站在那里一动也不会动。直到有人报警,警察赶来抓他时,他还手握带血的匕首,像傻子样木然不知,徐宝完全被吓傻了。

　　徐宝长这么大,再怎么顽皮不听话,他也没想过要抢劫,要杀人,要与牢狱做伴。这真的是一失足成千古恨!当场逃走的那几个,当然也不可能侥幸逃脱,经过几个月的守候、追踪,他们一个个都被抓捕到案,等待法律的审判。

　　徐宝参与的抢劫伤害案,因为正赶上严打,再加上那几个同伙已经不是第一次犯案,所以公安人员经过将近一年的辛苦调查取证后,终于开庭审理,因为是未成年人,所以是不公开的。徐树林、叶秀、叶慧和叶子建夫妻,以及其他孩子的家人和亲友都坐在旁听席上。不一会儿,一帮剃着光头的小犯人在法警的押解下,一个个走到了庭下等待最终的判决。

徐宝最后一个走上法庭,几个月不见,他似乎长高了,但是面容却很憔悴灰白,目光显出木然呆痴。叶秀一见眼泪哗地一下就流下来了。她的心肝宝贝,她的心头肉,她不指望他将来考上名牌大学,她也不指望他将来出人头地,她更不指望他将来光宗耀祖。可是,你也不能成为杀人犯,成为阶下囚啊。这是叶秀三生三世也想不到的事情,竟然就这样无情地落在她的头上,戳在她的心上,叶秀的心四分五裂般疼痛。

旁听席上,唏嘘声一片,孩子们的家长亲人都在抹眼泪,叶子建夫妻也在抹眼泪,叶慧一边搂着叶秀的肩膀,不停地安抚她,一边也不停地抹着眼泪。庭上对每个人所犯罪行再次进行询问和确定后,当庭宣判。当听到徐宝被宣判八年徒刑,并附带罚款和民事赔偿责任时,叶秀一下子就瘫晕在叶慧的怀里。

一直都很镇定的徐树林,听到这个宣判时,也同样瘫倒在座位上,眼泪汹涌地冲出眼眶。为了徐宝,他们徐家的独苗,他几乎一夜白了头,他到处疯狂地找人花钱疏通,一次次地请人吃饭打点,实指望能念在徐宝是未成年人,年幼无知,是初犯,是从犯,能从轻宣判。可是八年,多么漫长,多么残酷,多么无情,他最美好的青少年时光都将在冰冷的牢狱里度过。

宣判结束,这帮少年犯在法警的押解下被带出法庭,带上门口的警车。叶慧搀着叶秀跟跄着追到法庭门外面,叶秀冲着徐宝的背影,拖着哭音喊了一声"徐宝——"。徐宝只微微回了一下头,还未及看见叶秀,就被法警强行推进了警车。警车呼啸而去,姐妹俩抱在一起,也哭在了一起。

2

橡树下文学网站的诞生,让叶慧的文学梦真正得以实现。叶慧每天晚上下班回到家里,第一件事就是坐在电脑前,不停地敲打键盘,不停地将自己构思的小说,一章接一章地在网站上日日更新。每天进入网站她并不去看热心读者的点评,而是直接先去更新章节,她不想让读者的观点和评论影响她的思路,左右她的情节,主宰她小说的人物命运。

当点击率日日飙升,日日刷新纪录,网站开始联系她了,与她商谈签约之事,这是叶慧完全没想到的。叶慧最初的愿望就是要把自己的小说写出来,痛痛快快地宣泄出来,否则它像一个巨大的块垒一样堵在她的心口,让她寝食不安,坐立不住,日夜放不下。但是叶慧没想到有那么多的人看她的小说,读她的小说,她原来只想永远做一个默默的幕后写作者,而不是走上前台来签约。但是不签约,就不会被在主页推介,就不会被更多的读者读到,虽然协议有点苛刻,叶慧还是答应签约。

签约之后,叶慧写作更勤勉了,不仅仅是热爱,还有一种责任和义务,她不能让喜欢她小说的读者失望。读者的支持和热爱以及打赏,让她再苦再累都有力量坚持每晚更新,她每晚都像一个情绪激昂的战士一样精神饱满地去战斗。

尽管叶慧并不十分关注读者的点评,但是一个叫湘子的读者还是引起了她的注意。也许都是因为有一个"湘"字吧,情感上明显地就比其他人亲切些,也靠近些。他们开始了互动,开始了交流,越深入,越交流,叶慧越来越觉得这个湘子就是韩湘。

在无数次的互相猜测中,双方终于亮明了身份,那个湘子就是韩湘。韩湘告诉叶慧,他现在在北京一家文学刊物担任主编,欢迎叶慧给他们杂志投稿,并邀请叶慧去北京参加他们刊物的年会。对于他个人的情感婚姻状况,韩湘只字未提,叶慧也没问。同样,叶慧也只字未提自己的现状,但是叶慧答应会给他投稿。叶慧利用一个星期的时间写了一篇万字小说寄给了韩湘。

一个半月后,叶慧收到了韩湘寄来的样刊和参加年会的邀请函。坐在喧哗的候车室里,叶慧望着窗外纷纷扬扬鹅毛样的大雪,思绪亦如大雪般飞扬。

半个月前,叶慧也是在这里,送叶秀去了上海。叶秀曾经的同事好姐妹,在上海一家制衣厂,她在那里干得很好,她介绍叶秀过去。当时叶慧推着叶秀的行李,一直将她送到检票口,叶慧说:"姐,记得常给家里打电话。"

叶秀含泪点头说:"是姐对不起你,去追求你的幸福吧。"临别时,姐妹俩紧紧抱在了一起,千言万语都融进了这深深的拥抱中。

距离发车的时间不足半个小时了,车站的喇叭终于播出,开往北京的 K686 火车将要开始检票,请大家拿好票,带好自己的行李,做好准备。安静的人群一下子就开始骚动起来,人们纷纷离开座位排队准备检票。

叶慧没有立即离开座位,她依然安静地坐在那里,直到这一刻,她还拿不定主意,她还在犹豫,她是否要去北京？她再次望向窗外,窗外的雪花似乎越来越大,越来越稠密。